Michel Tournier

de l'Académie Goncourt

Le médianoche amoureux

Gallimard

Né en 1924 à Paris, Michel Tournier habite depuis trente ans un presbytère dans la vallée de Chevreuse. C'est là qu'il a écrit *Vendredi ou Les limbes du Pacifique* (Grand Prix du roman de l'Académie française) et *Le roi des aulnes* (prix Goncourt à l'unanimité). Il voyage beaucoup, avec une prédilection pour l'Allemagne et le Maghreb. Il ne vient à Paris que pour déjeuner avec ses amis de l'Académie Goncourt.

Les amants taciturnes

LUI. Yves Oudalle. C'est mon nom. Né à Yport, le 21 mars 1930, de père marin-pêcheur et de mère de famille nombreuse. Mon père pratiquait la pêche côtière sur une barque qu'il aurait pu manœuvrer seul, mais qu'il exploita avec un compagnon en attendant que mon frère aîné soit en âge de le seconder. C'est la présence de ce frère qui a incliné ma vie. Je le jalousais et j'éprouvais le besoin lancinant de le surpasser. La solution, je l'avais sous les yeux chaque fois que le grand marché du mercredi nous envoyait à Fécamp, port des terre-neuvas. Mon frère pêchait le maquereau, le hareng, la coquille Saint-Jacques. Je pêcherais la morue. Il partait chaque matin pour revenir le soir sur une barque de sept mètres. J'embarquerais pour quatre mois sur l'un de ces chalutiers de soixante-dix mètres de long et de onze mètres de large que j'admirais l'hiver quand on les radoubait en cale sèche en vue du grand départ. Il était du petit métier, je serais du grand métier. J'irais sur les bancs de Terre-Neuve et de l'Arctique dans les mers les plus froides du monde avec cinquante hommes d'équipage. Je n'avais qu'une hâte, quitter l'école et embarquer. La loi interdisait l'engagement d'un mousse de moins de quinze ans. Je savais que l'on pouvait partir plus jeune cependant sous la tutelle d'un parent. Un oncle éloigné, capitaine de bord, me permit ainsi de signer mon premier contrat à treize ans.

J'ignore ce qu'était la vie des enfants en usine, au fond des mines de charbon ou isolés dans les plaines beauceronnes au milieu des troupeaux de moutons. Celle d'un mousse de grande pêche, c'était l'enfer. Comme l'écrivait tranquillement à l'article « souffre-douleur » le dictionnaire Larousse de l'époque, « le mousse était le souffre-douleur de l'équipage ». Pour l'exploiter, le piétiner, le battre, le sodomiser, les hommes avaient deux arguments : « On est tous passé par là. Il fera comme les autres » et : « C'est le métier qui rentre. » Le métier, cela consistait à « énocter » la morue, c'est-à-dire à la vider de son sang et à la laver dans une grande baille avant de la jeter dans la cale. Cela exige que les mains restent sans cesse plongées dans l'eau de mer pendant les seize à vingt heures que dure la « journée » de pêche, et on imagine les affreux moignons violacés, gercés, crevassés, corrodés par la saumure qu'elles devenaient, des mains qui n'avaient plus figure humaine. Je porte encore aujourd'hui les stigmates de ce terrible apprentissage.

Mais le travail n'est rien encore. Car le « crassous », placé au plus bas de la hiérarchie du bord, se doit au service de l'équipage souvent ivre de fatigue, d'énervement et d'alcool. Il seconde normalement le cuistot, courant d'un pont à l'autre avec soupières, cafetières et gamelles, ou il distribue à la ronde vingt cigarettes allumées qui lui remplissent la bouche et l'asphyxient. Et il n'est pas rare que son bref sommeil soit interrompu par quelques coups de sabot qui le tirent de sa paillasse pour servir la bordée de nuit. Et comment me serais-je plaint ? Avais-je assez insisté pour en arriver là ! « Tu l'as voulu Jean-Foutre ! » Et par-dessus tout cela, il y avait l'étrange et toute-puissante solidarité de l'équipage qui, sans aucun endoctrinement politique, sait bien qu'il est en bloc victime d'un système économique et social. Il en va de même dans toutes les classes exploitées. La misère et les souffrances rendent ses membres féroces les uns à l'égard des autres, mais ils savent tous que cette misère et ces souffrances doivent être imputées à la machine et à ses maîtres. Pour le terre-neuvas, le maître c'est l'armateur. L'armateur, le simple terre-neuvas ne le voit jamais, c'est une sangsue mythique, un ogre caché. Le capitaine seul l'affronte après la pêche. Il lui fait un rapport oral mêlant chiffres et détails humains, en admettant d'entrée de jeu qu'une blessure grave ou même une mort survenues à bord l'impressionneront moins qu'une campagne déficitaire. C'est de cette comparution que dépendent le réengagement de tout l'équipage et le sien.

Je n'ai pas rencontré mon armateur avant d'être devenu moi-même capitaine. Mais j'avais seize ans lorsque ses deux enfants firent une apparition sur le *Frehel*, chalutier à rampe arrière qui prospectait les accores groenlandais depuis huit jours sans grand résultat. L'atmosphère à bord était orageuse, et l'arrivée de ce garçon de dix-huit ans et de cette fillette de dix ans, émanations de l'armateur, ne pouvait pas plus mal tomber. Pourtant, depuis qu'une chaloupe les avait amenés venant d'un plaisancier luxueux, le capitaine s'efforçait de leur faire les honneurs du *Frehel* et de les initier au grand métier. Trop absorbé par mes corvées, je n'ai guère eu le loisir de suivre le cours des quarante-huit heures qu'ils passèrent à bord, mais j'ai été l'acteur bien involontaire d'un incident qui pimenta sans doute leur expérience. J'étais en train de brosser le pont arrière quand survint le second avec nos deux visiteurs. C'était un colosse

sans esprit qui mettait tout son orgueil dans une
barbe noire fort soignée et les cigares de marque
qu'il ne cessait de téter. Il s'arrêta à ma hauteur
et fit un geste du doigt vers son cigare justement
qui se trouvait éteint. Embarrassé par mon balai,
je tirai de ma poche le gros briquet de cuivre à
pétrole, attribut de l'une de mes fonctions de
mousse, et j'en fis jaillir une longue flamme
fuligineuse. La malchance voulut qu'au moment
où je l'approchai du cigare du second un coup de
mer me fît basculer en avant. La flamme plongea
en grésillant dans la belle barbe lustrée et lui-
sante. L'homme fit un saut en arrière en poussant
un rugissement. Une caque de harengs se trouvait
à sa portée, sur laquelle reposait une grosse
morue. Il la saisit par la queue et m'en gifla à
toute volée. C'est ce qu'on appelle sur les chalutiers la « cravache des bancs », une étrivière
visqueuse et barbelée dont tous les mousses ont
fait l'expérience. J'étais trop rompu aux mauvais
traitements pour m'affecter outre mesure de ce
coup-là. Le jeune fils de l'armateur le prit apparemment moins bien. « Viens, Nadège », dit-il en
faisant demi-tour avec sa sœur. Je les regardai
s'éloigner en pensant que leur désapprobation ne
ferait qu'aggraver mon cas aux yeux du second.
Du moins avais-je appris le prénom de la petite
fille.

ELLE. C'est vrai que je m'appelle Nadège. Mon père disait : « Je lui ai choisi ce prénom pour l'obliger à être ravissante. Faute de quoi il la ridiculisera. » Or, de ce prénom, j'ai toujours souffert justement comme d'un ridicule, car je suis tout le contraire de « ravissante ». Il y a dans la vie d'une petite fille un instant crucial, une épreuve décisive après laquelle plus rien n'est comme avant. Regardez-les se bousculer à la sortie d'une école. D'un simple coup d'œil vous reconnaîtrez les innocentes, celles qui n'ont pas encore subi l'épreuve. Elles sont maigrichonnes ou dodues, gracieuses ou gauches, radieuses ou mélancoliques, mais visiblement elles ne s'en soucient pas, elles ne le savent même pas. Les autres, les éprouvées, les initiées se reconnaissent au miroir qu'elles portent au fond du cœur. Celles-ci se sont posé un jour maudit la question fatidique et pourtant si dérisoire : « Suis-je jolie ? » A ce moment, c'est toute l'aliénation de la condition féminine qui leur est tombée sur les épaules. Oui les femmes devraient militer pour qu'on leur accorde comme aux hommes le droit à la laideur. Il faudrait aussi en finir avec cette convention ignoble qui veut qu'on ne demande pas son âge à une femme de plus de trente ans, qu'on évite même d'y faire allusion, comme s'il s'agissait d'une maladie honteuse. En agir ainsi, c'est se ranger à l'opinion courante selon laquelle une femme devenue adulte, et qui a donc cessé d'être une proie fraîche et désirable, est tout juste bonne à être jetée à la poubelle.

Suis-je jolie ? Ce n'est pas à mon miroir que j'ai posé la question, c'est à ma mère. J'avais onze ans. Elle m'éblouissait par sa beauté, son élégance, sa science mondaine raffinée. Nous sortions de chez l'oculiste qui venait de chausser mon petit bout de nez d'une grosse paire de lunettes d'écaille. On conviendra que la question ne pouvait plus être éludée. Je louchais sur toutes les vitrines de la rue pour tâcher d'y saisir mon reflet. J'aurais dû normalement demander : est-ce que ces lunettes me vont ? La « question cruciale » profitait en quelque sorte de sa ressemblance avec cette question anodine pour se glisser à sa place : « Suis-je jolie ? » J'entends encore la réponse de ma mère. Elle s'est tatouée à tout jamais sur ma peau : « Non, mais tu as l'air sympathique et intelligent, et ça vaut beaucoup mieux. » J'étais désespérée. Car la sympathie et l'intelligence ne signifiaient rien pour moi. Il n'y avait qu'une alternative : jolie ou malheureuse. Ma mère venait d'un mot de me vouer au malheur. « Ça vaut beaucoup mieux. » Comment aurais-je pu croire cette affirmation lancée avec une désinvolture enjôleuse, alors que ma mère elle-même paraissait avoir mis tout en œuvre pour démontrer aux autres, et sans doute à elle-même, que pour être née à Fécamp de plusieurs générations cauchoises, elle n'en était pas moins une des femmes les plus brillantes de la société internationale de l'armement?

Sympathique et intelligente au lieu de jolie et élégante. Il m'a fallu des années pour prendre mon parti de ce destin. J'ai fini par admettre que si ce n'était pas « beaucoup mieux », ce n'était pas non plus forcément une malédiction. Encore que ces deux qualités paraissent parfois s'exclure. Est-ce un signe d'intelligence? J'ai un sens aigu de la bêtise et un flair infaillible pour la détecter. Quant aux hommes chez lesquels je l'ai repérée, j'oscille entre un rejet immédiat, radical et sans recours, et une indulgence amusée, un mépris teinté d'attendrissement. « Je t'en supplie : sois beau et tais-toi! » J'en ai fait fuir plus d'un par cette prière.

Comme mon air intelligent et mes lunettes m'y invitaient, j'ai fait des études : une licence de lettres classiques à la faculté de Rouen. C'est là que j'ai rencontré Alexis qui se destinait à l'agrégation de philosophie. Les philosophes sont des professionnels de l'intelligence. Ce que les autres cultivent en amateurs, l'esprit, la subtilité, la finesse, la pénétration, l'intuition, la vision synthétique, ils en font profession. C'est comme cela qu'il m'a eue. Peu de filles, j'imagine, ont été séduites par la lecture commentée de pages de Leibniz, Kant, Hegel, Heidegger. Ce fut mon cas.

Avec le recul, je le trouve risible, mais je n'en ai pas honte. Nous nous sommes mariés. Beaucoup trop jeunes, de l'avis unanime de nos familles. Les remous de Mai 1968 nous ont rapprochés puis séparés. Il est difficile à un couple de survivre à une pareille expérience. Je ne cessais de railler l'ardeur révolutionnaire d'Alexis. Il est vrai qu'il avait toujours conçu son rôle de professeur de philosophie dans un sens socratique, comme celui d'un éveilleur, d'un inquiéteur, d'un sublime fauteur de troubles. Il salua Mai 68 comme un avènement personnel. Je voyais les choses autrement. En vérité tout se résolvait pour lui en discours, un flot verbal incoercible qui balayait tout, obstacles, contradicteurs et simple bon sens. Il confondait prendre le pouvoir et prendre la parole, et je ne me faisais pas faute de le lui faire observer.

Abreuvée de ridicule, je me suis retirée à Fécamp dans le giron familial. L'homme du pays de Caux passe pour taciturne, et c'était la qualité que j'appréciais le plus après la verbosité soixante-huitarde. Je me mis au vert, au pain sec, mais non toutefois à l'eau, car j'avais gardé l'habitude, prise au Quartier latin, de passer des heures dans les cafés. Les milieux fécampois convenables se scandalisaient de me voir traîner dans les bistrots du centre et du port. C'est là que j'ai rencontré Oudalle. Il recrutait un équipage

pour un bateau dont la Sécherie[1] venait de lui
confier le commandement. Il occupait une table
au fond du troquet où les candidats à l'embauche
venaient s'asseoir les uns après les autres avec
leurs papiers, comme on va à confesse. Massif,
lent, le regard bleu sous ses sourcils blonds,
Oudalle paraissait aussi causant qu'un ours blanc
du pôle Nord. Je l'ai tout de suite aimé. Il m'a
rappelé plus tard que ce n'était pas notre première rencontre. Vingt ans auparavant, au cours
d'une croisière que nous faisions en famille sur un
yacht de la Compagnie, mon père nous envoya,
mon frère et moi, passer deux jours sur un
chalutier de notre flotte qui travaillait à proximité. Cela faisait partie de notre éducation.
J'avais été dès l'abord rebutée par l'atmosphère
de tristesse brutale qui régnait dans ce bagne
flottant. J'y fus témoin d'une scène de violence : le
second gifla à coups de morue un jeune mousse
qui avait failli lui brûler la figure en allumant son
cigare. Je n'aurais certainement pas reconnu
l'adolescent dans l'ours blanc du troquet, mais lui
avait entendu mon prénom — suffisamment rare
pour qu'il ne l'oublie pas dans des circonstances
elles-mêmes assez marquantes.

J'ai eu l'occasion de parler avec lui des senti-

1. Nom donné familièrement à la Compagnie générale de
grande pêche.

ments forcément hostiles que les travailleurs de la
mer nourrissent à l'égard des suceurs de sang que
sont pour eux les armateurs. Mais nous — les
enfants de l'Ogre — nous étions élevés dans le
culte des hommes du « Grand Métier », ces
pêcheurs d'Islande célébrés par une pléiade
d'écrivains de Victor Hugo à Roger Vercel en
passant par Pierre Loti et Joseph Conrad. C'était
notre épopée familiale, notre monde à nous,
grandiose et sombre avec ses héros et ses
méchants, et surtout la flottille des bateaux à
voiles, puis à vapeur et maintenant à moteurs
diesel que la Compagnie avait armés en près d'un
siècle d'existence, et dont les maquettes scrupuleusement exactes garnissaient les vitrines du
grand bureau de la Sécherie. Tout cela jouait bien
sûr dans mes sentiments pour Oudalle. Il est parti
en campagne trois semaines après notre première
rencontre, et pendant les cinq années qui ont suivi
je me suis exaltée à l'attendre, à penser à lui, à lui
écrire, non sans qu'une autre moi-même ne ricane
de ce rôle de femme de pêcheur, veuve en
puissance, parcourant les grèves désolées dans ses
voiles sombres, que je me plaisais à jouer. Pourquoi le nier ? La littérature m'habitait — elle
m'habite toujours — et je songeais non sans
émotion à la Gaud du roman de Pierre Loti qui se
consume d'amour esseulé pendant que son Yann
navigue sur les mers froides. Un passage du

roman me troublait surtout par son parfum de
fétichisme qui étonne dans un livre aussi naïf :
Très souvent elle touchait les effets de son Yann, ses beaux
habits de noces, les dépliant, les repliant comme une
maniaque, — surtout un de ses maillots en laine bleue qui
avait gardé la forme de son corps ; quand on le jetait
doucement sur la table, il dessinait de lui-même, comme
par habitude, les reliefs de ses épaules et de sa poitrine.

LUI. Mon oncle disait qu'un terre-neuvas ne
devrait pas se marier. Il y a évidemment le sort de
l'épouse délaissée les trois quarts de l'année, seule
à la maison avec les enfants. Pour que leur père ne
devienne pas un étranger, elle leur en parle autant
qu'elle peut. Mais que leur dire à la longue à
moins de posséder une imagination de romancier ? Elle ne doit pas non plus faire de l'absent un
saint, un héros, un bon génie. Car il y a l'épreuve
du retour, la difficile réinsertion dans un milieu
où on a appris à se passer de lui. Ses histoires de
glaces, de tempêtes et de poissons lassent la
tablée, et, de son côté, il n'est plus au courant de
la vie quotidienne du voisinage. Combien de fois
le départ du père pour une nouvelle campagne est
attendu avec impatience par tout le monde !

Je suis bien obligé de constater que c'est dans la
conversation que se manifeste la difficulté de vivre
en couple pour le marin. A force d'être séparés, on
n'a plus rien à se dire.

Mon cas se compliquait d'une dimension sociale ou pour le moins professionnelle. Le marin qui épouse la fille de l'armateur passe aux yeux de ses frères pour un transfuge, presque pour un traître. D'autant plus qu'il est soupçonné d'obéir à l'attrait de l'argent. Les équipages de la grande pêche proviennent rarement de Fécamp. Fécamp, c'est la ville, c'est le domaine des armateurs. Les hommes, eux, sont originaires des bourgs et des villages du pays cauchois. Ils appartiennent aux mêmes couches défavorisées que les ouvriers agricoles. Pour être né à Yport (1 000 habitants), je fais presque figure de bourgeois. J'ai donc épousé une demoiselle de la ville. Riche de surcroît et instruite. Divorcée il est vrai, mais d'un agrégé de philosophie. Il y aurait eu de quoi être intimidé si j'étais de première jeunesse. Mais le grand métier m'a longtemps maintenu célibataire, et ce n'est qu'après avoir obtenu mon brevet de capitaine à l'Ecole d'hydrographie et des pêches de Fécamp que j'ai songé à me marier. Sans doute voulais-je devenir présentable aux yeux de ma nouvelle famille et avoir au moins une casquette galonnée à montrer à ma fiancée. Encore une concession faite aux riches. Mais toutes ces années passées dans la pure société d'hommes qu'est un équipage ne sont pas une préparation à la vie conjugale. Au début je disposais d'un certain capital mythologique dans l'esprit de Nadège. Elle avait été élevée au sein de cette dynastie d'armateurs dans le culte de la grande pêche. Elle m'écoutait avec passion quand j'évoquais mes campagnes. Puis le capital s'est épuisé. Sa passion s'est muée en respect. Ensuite ce n'était plus que de la patience qu'elle m'offrait. Et la patience a ses limites...

ELLE. Et pourtant c'est vrai que nous sommes du même milieu, et cela s'entend dans nos échanges. Souviens-toi. Un jour, tu as osé me faire une déclaration qui aurait sonné d'une façon inouïe aux oreilles de toute autre femme. J'étais nue, debout devant toi. Tes mains parcouraient mon corps avec une lenteur émerveillée. Tu m'as dit...

LUI. Tu es belle comme une morue !

ELLE. J'étais ravie en vertu de la franc-maçonnerie à laquelle nous appartenons toi et moi, et dont ce mot est le signe.

LUI. Morue, merluche, doguet, dorse, aiglefin, haddock, narvaga, cabillaud, stockfish... Nous avons autant de mots pour ce poisson-fétiche que l'Arabe pour le chameau. Et c'est vrai qu'elle est belle notre morue avec ses trois nageoires dorsales, ses deux nageoires anales, sa robe décorée de marbrures et de taches de léopard, et surtout

ELLE. ... surtout son barbillon mentonnier qui incarne sa sensibilité et son humour.

LUI. Après tout, on permet bien à un chasseur d'appeler sa femme ma biche ou ma caille. Et puis quoi... Ondine, Mélusine, les Sirènes. La femme-poisson possède sa légende, ses prestiges !

Malheureusement un événement devait bouleverser notre franc-maçonnerie et du même coup ma vie privée. J'escalais à Saint-Pierre-et-Miquelon quand je reçus le 23 mars 1973 un télégramme laconique et péremptoire :

Navire désarmé définitivement issue voyage. Ne pas communiquer cette information équipage. Signé : Morue.

J'avais beau m'attendre à cette fin soudaine de Fécamp capitale de la morue, le coup était brutal. Mais comment en vouloir aux vieilles familles d'armateurs fécampois de baisser les bras après une lutte ruineuse contre le cours du temps ? La morue salée, aliment de pauvres produit par des pauvres, fait place au cabillaud gelé ou surgelé au moment où les bancs épuisés par une exploitation intense se raréfient. La plupart des chalutiers du grand métier partent à la ferraille. Et moi, je mets sac à terre et je me retrouve chômeur à quarante-trois ans. Me voilà donc terrien intégral et mari à temps complet. Quel bouleversement !

Tu as réagi par une décision dont je n'ai compris qu'à la longue qu'elle te coûtait et que c'était pour moi, pour me sauver, pour sauver notre couple que tu la prenais. Six mois après mon retour définitif, tu fermais notre bel appartement dont les fenêtres dominaient le port de Fécamp, et nous nous installions au Grouin-du-Sud, près d'Avranches, dans une maison familiale d'été que tu as fait restaurer pour la rendre habitable toute l'année. Cette migration d'un bout de la Normandie à l'autre avait un sens bien précis : m'éloigner du milieu fécampois où la crise et la décomposition de ma profession entretenaient une atmosphère détestable, et surtout me rendre sous une forme nouvelle la mer dont la fin de ma carrière m'avait privé.

Sous une forme nouvelle, oui, et c'est peu dire encore ! Car le pays cauchois ne connaît pas le mot plage avec ce qu'il évoque de douceurs sablonneuses et de faune d'estivants. Des hautes falaises de craie sans cesse attaquées par le flot et les intempéries qui leur arrachent des lambeaux rocheux, des grèves couvertes de galets que le ressac brasse dans un tonnerre de raclements, voilà tout notre bord de mer. J'avoue sans honte que je ne sais pas nager, moi qui totalise des années de navigation. Les baignades, bronzages et autres ébattements estivaux, tout comme le bric-à-brac de la prétendue pêche sous-marine avec ses masques, palmes, combinaisons, fusils et bouteilles à oxygène, c'est une affaire de Parisiens, de riches oisifs qui viennent jouer quelques jours avec l'océan. Nous, nous ne savons pas jouer avec l'océan.

A Grouin, j'ai découvert le contraire de la mer, l'envers de l'océan : la marée basse avec son mode d'emploi, la pêche à pied. Pêche d'indigènes, ignorée des vacanciers, qui se pratique chaussé de vieilles espadrilles fortement lacées, vêtu et coiffé à la clocharde, et qui demande une profonde complicité avec la « laisse », cette zone ambiguë, litigieuse, magique, alternativement couverte et découverte par les oscillations du niveau de la mer.

Le pêcheur à pied vit au rythme des marées. Plus importantes sont pour lui les heures du flot et du jusant que celles du lever et du coucher du soleil. Il obéit à la grande et mystérieuse horloge astronomique dont les chiffres s'appellent solstices, équinoxes, reverdies, syzygies. Placé à son chevet, l'*Annuaire officiel des marées* lui fixe des mois à l'avance le jour où il devra prévoir un pique-nique sur la grève, se lever à trois heures du matin ou encore renoncer parce que c'est le temps des mortes-eaux.

Mon beau chalutier moderne, qui jaugeait ses 1 485 tonneaux, ayant été envoyé à la casse, je me déguise en vagabond et je pars en campagne avec seau, boîte à sel, bêche, besace, foëne, panier, filet à crevettes, sans oublier une bouteille pour rapporter l'eau de mer de leur cuisson, mais surtout avec au cœur la joie anticipée de longues heures de vadrouille dans les herbiers, vasards, flaques, rochers, lagunes et lises. Je déverserai ce soir sur la table de la cuisine des oursins et des moules, des poulpes et des étrilles, des couteaux et des patelles et, si nous sommes bénis des dieux marins, un homard aux lourdes pinces bleues et à la détente caudale redoutable.

ELLE. Au début, j'ai cru devoir t'accompagner dans tes courses, et sans doute de ton côté t'es-tu honnêtement efforcé de m'associer à tes plaisirs de pêcheur à pied. Mais nous avons bien dû nous avouer qu'il s'agissait de plaisirs solitaires, de joies égoïstes qu'on détruit en voulant les partager. Tes efforts pour m'obliger à être prête à l'heure fixée par le terrible *Annuaire officiel des marées,* pour m'apprendre à tirer de sa gangue de sable le couteau — *solen ensis,* précisais-tu avec une pédanterie d'autodidacte — à l'aide d'un fil d'acier rigide terminé par un plomb conique, pour que je me décide enfin à plonger ma main nue sous la crinière de varech d'un rocher pour y saisir le corps puissant et glacé d'un poulpe ou d'un congre, pour... pour... pour... je ne sais plus tant les conseils et les objurgations que tu faisais pleuvoir sans cesse sur ma tête y laissaient peu de traces, oui tout ce vain apprentissage nous a au total plus séparés que réunis. Et pour tout achever, il y a eu cette rencontre extraordinaire avec Patricio Lagos dont les inventions ont pris pour nous valeur de symboles.

LUI. C'était un clair matin de septembre après une marée d'équinoxe qui avait donné à la baie un air dévasté, hagard, presque pathétique. Nous marchions sur une grève constellée de miroirs d'eau que faisaient frémir des poissons plats, et jonchée de coquillages inhabituels, bulots, praires, ormeaux, palourdes. Mais nous n'avions guère le cœur à pêcher et nous regardions surtout dans la direction de la côte sud voilée par un brouillard laiteux. Oui, il y avait du mystère dans l'air, presque du drame, et j'ai été à peine surpris quand tu m'as montré à une centaine de mètres deux corps humains enlacés recouverts de sable. Nous avons aussitôt couru vers ce que nous prenions pour des cadavres de noyés. Ce n'étaient pas des noyés recouverts de sable. C'étaient deux statues sculptées dans le sable, d'une étrange et poignante beauté. Les corps se lovaient dans une faible dépression, ceints d'un lambeau de tissu gris souillé de vase qui ajoutait à leur réalisme. On songeait à Adam et Eve avant que Dieu vînt souffler la vie dans leurs narines de limon. On pensait aussi à ces habitants de Pompéi dont on voit les corps minéralisés par la pluie des cendres

du Vésuve. Ou à ces hommes d'Hiroshima vitri-
fiés par l'explosion atomique. Leurs visages
fauves, pailletés d'écailles micacées, étaient
tournés l'un vers l'autre, séparés par une distance
infranchissable. Seules leurs mains et leurs
jambes se touchaient.

Nous sommes demeurés un moment debout
devant ces gisants, comme au bord d'une tombe
fraîchement ouverte. C'est alors qu'a surgi de
quelque trou invisible un drôle de diable, pieds et
torse nus, vêtu d'un bloudjine effrangé. Il a
entrepris une danse gracieuse avec de vastes
gestes des bras qui semblaient nous saluer, puis
s'incliner vers les gisants comme pour les cueillir
et les élever ensuite vers le ciel. La grève désertée
par l'étale du jusant, la lumière pâle, ce couple de
sable, ce fou dansant, tout cela nous entourait
d'une fantasmagorie mélancolique et irréelle. Et
soudain le danseur s'est immobilisé comme saisi
par une extase. Puis il s'est incliné, agenouillé,
prosterné devant nous, ou plutôt — nous l'avons
compris — devant une apparition surgie dans
notre dos. Nous nous sommes retournés. A droite
le rocher de Tombelaine émergeait de la brume.
Mais surtout, suspendu comme un mirage saha-
rien au-dessus des nuées, le Mont-Saint-Michel
brillait de toutes ses tuiles vermeilles, de tous les
vitraux de sa pyramide abbatiale.

Le temps s'était arrêté. Il fallait que quelque

chose se produisît pour le remettre en marche. Ce fut un friselis qui me chatouilla les pieds. Une langue couronnée d'écume me lèche les orteils. En prêtant l'oreille, on perçoit le bruissement innombrable de la mer qui rampe sournoisement vers nous. Dans moins d'une heure, cette aire immense exposée nue au vent et au soleil sera rendue aux profondeurs glauques et miséricordieuses.

— Mais ils vont être détruits ! t'es-tu exclamée.

Le danseur s'inclina en signe d'approbation avec un sourire désolé. Puis il se leva d'un bond et mima le retour du flot, comme s'il voulait l'accompagner, l'encourager, le susciter même par sa danse. Les sorciers africains n'agissent pas autrement pour provoquer la pluie ou chasser les démons. Et la mer obéit, contournant premièrement les bords de la dépression où gisait le couple, puis trouvant la brèche, laissant glisser un innocent doigt d'eau, puis deux, puis trois. Les mains jointes furent atteintes les premières, et elles se défirent, laissant en suspens des moignons de poignets coupés. Nous regardions avec horreur cette dissolution capricieuse et inexorable de ce couple que nous persistions à sentir humain, proche de nous, prémonitoire peut-être. Une vague plus forte s'abattit sur la tête de la femme, emportant la moitié de son visage, puis ce fut l'épaule droite de l'homme qui s'effondra, et nous les trouvions encore plus émouvants dans leur mutilation.

Quelques minutes plus tard, nous étions contraints de battre en retraite et d'abandonner la vasque de sable où tournoyaient des remous écumeux. Le danseur nous accompagnait, et il apparut qu'il n'était ni fou, ni muet. Il s'appelait Patricio Lagos et venait du Chili, de l'île de Chiloé précisément dont il est originaire et qui se trouve au sud de la côte chilienne. Elle est peuplée d'Indiens spécialisés dans l'exploitation des forêts. Il avait étudié simultanément la danse et la sculpture à Santiago, puis s'était expatrié aux antipodes. Le problème du temps l'obsédait. La danse, art de l'instant, éphémère par nature, ne laisse aucune trace et souffre de ne s'enraciner dans aucune continuité. La sculpture, art de l'éternité, défie le temps en recherchant des matériaux indestructibles. Mais, ce faisant, c'est la mort qu'elle trouve finalement, car le marbre possède une vocation funéraire évidente. Sur les côtes de la Manche et de l'Atlantique, Lagos avait découvert le phénomène des marées commandé par des lois astronomiques. Or la marée rythme les jeux du danseur de grève, et elle invite en même temps à la pratique d'une sculpture éphémère.

— Mes sculptures de sable vivent, affirmait-il, et la preuve en est qu'elles meurent. C'est le contraire de la statuaire des cimetières qui est éternelle parce que sans vie.

Il sculptait ainsi fiévreusement des couples dans le sable mouillé tout juste découvert par le reflux, et c'était sous la même inspiration qu'il dansait et sculptait. Il importait que l'œuvre fût achevée à l'instant de l'étale, car celle-ci devait être une parenthèse de repos et de méditation. Mais le grand moment, c'était le retour du flot et la terrible cérémonie de la destruction de l'œuvre. Destruction lente, minutieuse, inexorable, commandée par un destin astronomique et que devait entourer une danse lyrique et sombre. « Je célèbre la pathétique fragilité de la vie », disait-il. C'est alors que tu lui as posé une question pour nous primordiale, à laquelle il a répondu de façon obscure et mystérieuse, je trouve.

ELLE. Oui, j'ai soulevé la question du silence. Parce que selon nos us et coutumes, la danse s'accompagne de musique, et d'une certaine façon, elle n'est que la musique incarnée, la musique faite corps. Alors cette danse qu'il exécutait en silence autour de ses gisants de sable, cela avait quelque chose de paradoxal, d'insolite. Ce mot de silence, il l'a rejeté purement et simplement. « Le silence ? a-t-il dit, mais il n'y a pas de silence ! La nature déteste le silence, comme elle a horreur du vide. Ecoutez la grève par marée basse : elle babille par les milliers de lèvres humides qu'elle entrouvre vers le ciel. *Volubile*. Quand j'apprenais le français, je suis tombé amoureux de ce mot gracieux et ambigu. Il s'applique au liseron dont la tige grêle et interminable s'enroule autour des plantes plus robustes qu'il rencontre, et il finit par les étouffer sous sa délirante profusion ponctuée de trompettes blanches. Le flot est lui aussi volubile. Il enlace de ses tentacules liquides la poitrine et les cuisses de mes amants de limon. Et il les détruit. C'est le baiser de la mort. Mais volubile, le flot l'est encore par le babil enfantin qu'il chuchote en s'épanchant sur la vase. Il insinue ses langues salées dans les sables avec des soupirs mouillés. Il voudrait parler. Il cherche ses mots. C'est un bébé qui balbutie dans son berceau. »

Et il est demeuré en arrière pour nous quitter avec un petit geste d'adieu et un sourire triste quand nous sommes parvenus sur la plage.

LUI. Il est un peu fou, ton sculpteur-danseur, mais c'est vrai qu'en traversant la Normandie d'est en ouest, en émigrant des galets de Fécamp vers les sables du Mont-Saint-Michel, nous avons changé de rumeur océane. Les lames des côtes cauchoises concassent des milliards de cailloux dans un vacarme rocailleux. Ici la marée murmure en s'avançant à pas de mouette.

ELLE. Ce faux silence ne t'a pas réussi. A Fécamp, j'ai aimé un homme taciturne. Il y avait en toi la condamnation de tout le bavardage de convention dont s'entourent les rapports humains. Bonjour, bonsoir, comment ça va, très bien et vous, quel temps de chien... Tu tuais tout ce verbiage d'un regard lourd. Ici tu es devenu taiseux. Il y a de la grogne dans tes silences, du grommellement dans tes apartés.

LUI. Attention. Je n'ai jamais condamné « quel temps de chien ! ». Je ne crois pas qu'il soit vain de parler de la pluie et du beau temps. C'est un grand sujet marin. Moi, je trouve de la poésie lyrique dans les bulletins de la météo. Mais justement. Les mots qu'on prononce doivent s'accorder au ciel et à la mer. Les paroles de Fécamp ne répondent pas à l'air d'Avranches. Il y a ici comme un appel doux et insidieux, une demande que je ne sais pas satisfaire.

ELLE. Ici nous sommes séparés par une immense plage de silence à laquelle chaque jour apporte sa marée basse. La grande logorrhée de Mai 68 m'avait fait rêver d'une sagesse laconique, de mots pesés, rares, mais lourds de sens. Nous sombrons dans un mutisme pesant et tout aussi vide que la verbosité estudiantine.

LUI. On aimerait savoir ce que tu veux. Tu ne cesses maintenant de me reprocher mon silence. Tu ne recules devant aucune agression, aussi blessante soit-elle.

ELLE. C'est pour t'en faire sortir. Je cherche la crise, l'explosion, la scène de ménage. Qu'est-ce qu'une scène de ménage? C'est le triomphe de la femme. C'est lorsque la femme a enfin réussi à force de harcèlements à arracher l'homme à son silence. Alors il crie, il tempête, il injurie, et la femme se laisse voluptueusement baigner par cette averse verbale.

LUI. Tu te souviens ce qu'on dit du comte de Carhaix-Plouguer? En société sa femme et lui ont l'air parfaitement unis. Ils échangent ce qu'il faut de mots pour ne pas intriguer. Pas un de plus, il est vrai. Car ce n'est qu'une façade. Le comte, ayant appris que sa femme le trompait, lui adressa la parole pour la dernière fois en lui communiquant sa décision de ne plus jamais lui parler en tête à tête. L'extraordinaire, c'est que, malgré ce mutisme, il trouva moyen de lui faire trois enfants.

ELLE. Je ne t'ai jamais trompé. Mais je te rappelle que ce minimum nécessaire de mots échangés pour ne pas intriguer, il t'arrive de ne pas même me l'accorder. Le dimanche nous allons habituellement déjeuner ensemble dans un restaurant de la côte. J'ai parfois tellement honte de notre mutisme que je remue les lèvres silencieusement pour faire croire aux autres clients que je te parle.

LUI. Un matin que nous prenions notre petit déjeuner...

ELLE. Je me souviens. Tu étais plongé dans la lecture du journal. Tu avais disparu derrière le journal déployé comme un paravent. Peut-on être plus mufle ?

LUI. Tu as appuyé sur la touche de lecture d'un petit magnétophone que tu venais de poser sur la table. On a entendu alors un concert de sifflements, râles, gargouillements, souffles et ronflements, le tout organisé, rythmé avec retour au point de départ et reprise de toute la gamme. Je t'ai demandé : « Qu'est-ce que c'est que ça ? » Tu m'as répondu : « C'est toi quand tu dors. C'est tout ce que tu as à me dire. Alors je l'enregistre. — Je ronfle, moi ? — Evidemment tu ronfles ! Mais tu ne le sais pas. Maintenant tu t'entends. C'est un progrès, non ? »

ELLE. Je n'ai pas tout dit. Poussée par toi, par ton ronflement nocturne, je me suis renseignée. Il y a toujours une vieille étudiante qui sommeille en moi. J'ai découvert une science, la rhonchologie, une définition du ronflement nocturne. La voici : « Bruit inspiratoire au cours du sommeil, provoqué par la vibration, au moment de l'entrée de l'air, du voile du palais sous l'effet conjugué et simultané de l'air qui arrive par le nez et de l'air qui s'engouffre par la bouche. » Voilà. J'ajoute que ce tremblement du voile du palais est fort semblable à celui d'une voile de bateau qui fasseye au vent. Comme tu le vois, c'est toujours une affaire de voile.

LUI. Je suis sensible à cette échappée nautique, mais je te rappelle que je n'ai jamais navigué à la voile.

ELLE. Quant aux remèdes proposés par la rhonchologie, le plus radical est la trachéotomie, c'est-à-dire l'ouverture d'un orifice artificiel dans la trachée pour que la respiration se fasse hors des voies nasales normales. Mais il y a aussi l'uvulo-palato-pharyngo-plastie — pour les initiés l'u.p.p.p. — qui consiste à réséquer une partie du voile du palais, y compris la luette, et à en abattre les pointes de manière à limiter ses possibilités vibratoires.

LUI. On devrait dire aux jeunes gens à quoi ils s'exposent en se mariant.

ELLE. Et réciproquement! Comment une jeune fille soupçonnerait-elle que le prince charmant qu'elle aime émet la nuit un bruit de locomotive à vapeur? Il n'empêche : au fil des heures nocturnes passées aux côtés d'un gros ronfleur, elle se fabrique une philosophie assez amère.

LUI. Que dit-elle cette philosophie rhonchologique?

ELLE. Qu'un couple se construit lentement au cours des années, et que les mots qu'il échange prennent avec le temps une importance croissante. Au début les gestes suffisent. Puis le dialogue gagne en étendue. Il faut qu'il gagne aussi en profondeur. Les couples meurent de n'avoir plus rien à se dire. Mes relations avec un homme sont terminées le soir où, le retrouvant après une journée passée ailleurs, je n'ai plus envie de lui raconter ce que j'ai fait, ni d'entendre de sa bouche comment de son côté il a occupé ces heures sans moi.

LUI. C'est vrai que je n'ai jamais été bavard. Mais il t'arrive assez souvent d'interrompre une de mes histoires parce qu'elle ne t'intéresse pas.

ELLE. Parce que tu l'as déjà racontée cent fois.

LUI. Tu m'as fait un jour à ce sujet une proposition diabolique, et je me demande encore si tu parlais sérieusement. Tu m'as proposé de numéroter mes histoires. Dès lors, au lieu d'en raconter une du début à la fin avec tous les raffinements d'un bon conteur, je me serais borné à énoncer son numéro, et tu aurais compris aussitôt. J'aurais dit 27, et tu aurais retrouvé dans ta mémoire l'histoire du chien de ma grand-mère embarqué par erreur sur mon chalutier et revenu à Fécamp en vedette militaire. 71, et nous aurions songé ensemble silencieusement à la fidélité de ces deux goélands que j'avais sauvés et nourris sur un bateau, et qui ont su me retrouver sur un autre bâtiment. 14, et l'odyssée de mon grand-père lors de son unique visite à Paris aurait surgi à notre esprit. Mais alors ne me reproche plus mon silence !

ELLE. Tes histoires, je les connais toutes, et même je les raconte mieux que toi. Un bon conteur doit savoir se renouveler.

LUI. Pas absolument. La répétition fait partie du jeu. Il y a un rituel du récit que respectent par exemple les enfants. Sans se soucier de nouveauté, ils exigent qu'on leur raconte la même histoire dans les mêmes termes. Tout changement les fait sursauter d'indignation. De la même façon, il y a un rituel de la vie quotidienne, des semaines, des saisons, des fêtes, des années. La vie heureuse sait se couler dans ces moules sans se sentir confinée.

ELLE. Mon idée de numérotage de tes histoires, tu as tort de croire qu'elle ne visait qu'à te faire taire. J'aurais pu aussi bien m'en servir pour te faire parler. Je t'aurais dit simplement : 23. Et aussitôt tu m'aurais raconté comment tu as vécu dans Le Havre assiégé du 2 au 13 septembre 1944. Mais je m'interroge honnêtement : aurais-je le cœur d'écouter la même histoire racontée indéfiniment dans les mêmes termes ? Aurais-je l'imagination enfantine qu'il faut pour cela ?

LUI. Je suis persuadé du contraire. Tu mens ou tu te mens. Et il y a l'autre point de vue, le mien. Une certaine idée très redoutable est bien faite pour tuer le dialogue d'un couple, c'est celle d'*oreille vierge*. Si un homme change de femme, c'est afin de trouver chez la nouvelle une oreille vierge pour ses histoires. Don Juan n'était rien de plus qu'un incorrigible hâbleur — mot d'origine

espagnole qui veut dire beau parleur. Une femme
ne l'intéressait que le temps — hélas court, de
plus en plus court — où elle prêtait foi à ses
hâbleries. L'ombre d'un doute surprise dans son
regard jetait un froid de glace sur son cœur et sur
son sexe. Alors il s'en allait, il partait chercher
ailleurs l'exquise et chaude crédulité qui seule
donnait leur vrai poids à ses hâbleries. Tout cela
prouve l'importance des mots dans la vie du
couple. D'ailleurs quand l'un des deux couche
avec une tierce personne, on dit qu'il « trompe »
l'autre, ce qui est situer sa trahison dans le
domaine du langage. Un homme et une femme
qui ne se mentiraient jamais et s'avoueraient
immédiatement toutes leurs trahisons ne se trom-
peraient pas.

ELLE. Sans doute. Mais ce serait un dialogue
de cyniques, et les blessures qu'ils s'infligeraient au
nom de la transparence les sépareraient assez vite.

LUI. Alors il faut mentir ?

ELLE. Oui et non. Entre l'obscurité du mensonge et le cynisme de la transparence, il y a place
pour toute une gamme de clairs-obscurs où la
vérité est sue mais tue, ou volontairement ignorée.
En société la courtoisie interdit de proférer crû-
ment certaines vérités. Pourquoi n'y aurait-il pas

aussi une courtoisie des couples ? Tu me trompes, je te trompe, mais nous ne voulons pas le savoir. Il n'y a de bonne intimité que crépusculaire. « Baisse un peu l'abat-jour », disait le charmant Paul Géraldy.

LUI. Dans les couples peut-être, mais certainement pas entre femmes. Là, le cynisme le plus cru s'étale tranquillement. Mesdames, vous êtes entre vous d'effrayantes commères ! J'attendais un jour chez le coiffeur dans la partie « Messieurs » qui n'était séparée du salon pour dames que par une demi-cloison. J'ai été suffoqué par la complicité qui unissait coiffeuses, manucures, shampouineuses et clientes dans un babillage généralisé où les secrets les plus intimes des corps et des couples s'étalaient sans la moindre retenue.

ELLE. Les hommes entre eux se gênent peut-être ?

LUI. Plus que tu ne crois. Plus que les femmes en tout cas. La vanité masculine, si ridicule en général, leur impose en l'occurrence une certaine pudeur. Par exemple, nous ne parlons pas trop volontiers de nos maladies.

ELLE. Il est vrai que les « secrets intimes », comme tu dis si joliment, se ramènent à peu de chose chez les hommes. Avec eux tout finit toujours par des chiffres. Tant de fois ou tant de centimètres. Les secrets des femmes sont autrement subtils et obscurs! Quant à notre complicité, elle est celle des opprimés, donc universelle, car partout la femme subit la volonté de l'homme. Aucun homme ne saura jamais la profondeur du sentiment de complicité qui peut unir deux femmes même tout étrangères l'une à l'autre. Je me souviens d'un voyage au Maroc. J'étais la seule femme de notre petit groupe. Comme cela arrive souvent dans le Sud, nous sommes abordés par un très jeune garçon qui nous invite spontanément à prendre le thé chez lui. Le père nous reçoit entouré de ses fils, trois ou quatre, je ne sais plus. Le plus jeune devait tout juste marcher. Une couverture masquait la porte de la pièce qui donnait sans doute sur les chambres. Elle bougeait parfois subreptice-ment, et on apercevait un œil noir qui glissait un regard. La mère, les filles, la grand-mère, la belle-mère, refoulées à l'intérieur, atten-daient, écoutaient, épiaient. Je me suis souvenue des protestations des femmes dans les maisons desquelles on installait un robinet d'eau cou-rante. C'en était fini pour elles des courses à la fontaine du village, et des longs et délicieux bavardages avec les autres femmes dont elles étaient l'occasion. Quand nous sommes partis,

j'ai croisé une jeune fille qui rentrait. Elle m'a
souri à moi seule, parce que j'étais la seule femme,
et il y avait dans ce sourire un monde de fraternité
chaleureuse. Et quand je dis fraternité, je devrais
dire « sororité », si le mot existait.

LUI. C'est peut-être que la chose elle-même est
trop rare pour mériter d'être nommée.

ELLE. C'est surtout que ce sont les hommes qui
font le langage. Dans un curieux roman intitulé *Le
miracle de l'île aux dames*, Gerhart Hauptmann
propose une robinsonnade de sa façon. Il imagine
qu'à la suite du naufrage d'un paquebot des
chaloupes occupées exclusivement par des
femmes échouent sur une île déserte. Il en résulte
une république de femmes, d'une centaine de
citoyennes environ.

LUI. C'est un enfer !

ELLE. Pas du tout, au contraire ! C'est la
grande sororité. L'idée que défend Hauptmann,
c'est que si les femmes se querellent, c'est la faute
aux hommes. Ce sont les hommes les grands
semeurs de zizanie chez les sœurs. Même chez les
bonnes sœurs que perturbe leur commun confesseur.

LUI. C'est cela le miracle ?

ELLE. Non, le miracle, c'est qu'un jour, après des années de communauté sororale heureuse, l'une des femmes inexplicablement se trouve enceinte.

LUI. Le Saint-Esprit sans doute.

ELLE. Tout pourrait encore s'arranger si elle accouchait d'une fille. Mais la malignité du sort veut qu'elle ait un fils. La fin de l'île aux dames a sonné. Le virus viril va accomplir son œuvre dévastatrice.

LUI. En somme, puisque toi et moi nous avons le malheur d'appartenir à des sexes opposés, n'ayant plus rien à nous dire, il ne nous reste qu'à nous séparer. Faisons-le du moins avec éclat. Réunissons tous nos amis pour un dîner nocturne.

ELLE. Un médianoche, comme on dit à l'espagnole.

LUI. Choisissons la nuit la plus courte de l'année afin que nos derniers invités partent au lever du soleil sur la baie. Je me charge du menu. On ne servira que des produits de ma pêche à pied.

ELLE. Nous leur parlerons, ils nous parleront, ce sera la grande palabre sur le couple et l'amour. Ce sera un médianoche d'amour et de mer. Quand tout le monde aura dit son mot, tu frapperas de ton couteau sur ton verre, et tu leur annonceras solennellement la triste nouvelle : « Oudalle et Nadège se séparent parce qu'ils ne s'entendent plus. Il leur arrive même d'avoir des mots. Puis un mauvais silence les entoure... » Et lorsque le dernier invité sera parti, nous placerons sur la porte de la maison un écriteau : À VENDRE, et nous nous éloignerons à notre tour dans des directions différentes.

*

Ainsi fut fait. Des invitations furent adressées pour le soir du solstice d'été à tous les amis de Nadège et d'Oudalle. Nadège retint toutes les chambres des trois hôtels d'Avranches. Oudalle flanqué de deux compères prépara une pêche à pied d'une ampleur mémorable.

Il faisait jour encore quand les premiers conviés se présentèrent. C'étaient ceux qui avaient eu le plus de route à faire, puisqu'ils arrivaient directement d'Arles. Puis, presque aussitôt, les plus proches voisins sonnèrent, et une demi-heure s'écoula encore avant que les suivants affluent. Ils se succédèrent toute la nuit en un constant ballet de voitures, comme le voulaient Nadège et Oudalle qui n'avaient pas prévu un dîner régulier autour d'une table, mais un service permanent auquel chacun prendrait part au gré des arrivées. Il y eut d'abord des tourteaux à la nage, un consommé de moules aux croûtons grillés et des anguilles fumées. Puis des bernard-l'ermite flambés au whisky et des oursins violets boucanés. On attendit traditionnellement le douzième coup de minuit pour servir le plat royal, les homards Pompadour entourés de biches de mer. Ensuite la nuit se poursuivit avec des pieuvres au paprika, des paellas de seiches et une gibelotte de vieilles. Aux premières lueurs de l'aube, on apporta des ormeaux au vin blanc, des beignets d'anémones et des coquilles Saint-Jacques au vin de Champagne. Ce fut ainsi un vrai médianoche marin sans légumes, fruits, ni sucre.

Un groupe de convives s'était rassemblé sur la haute terrasse dont les pilotis s'avançaient jusque sur la grève. Ni Nadège, ni Oudalle n'aurait pu dire qui eut l'idée de raconter la première histoire. Elle se perdit dans la nuit, ainsi sans doute que la deuxième et la troisième. Mais, surpris par ce qui était en train de se passer chez eux, ils firent en sorte que les récits suivants fussent enregistrés et conservés. Il y en eut ainsi dix-neuf, et ces récits étaient tantôt des contes inaugurés par le magi-

que et traditionnel « il était une fois », tantôt des
nouvelles racontées à la première personne,
tranches de vie souvent saignantes et sordides.
Nadège et Oudalle écoutaient, étonnés par ces
constructions imaginaires qu'ils voyaient s'édifier
dans leur propre maison, et qui s'effaçaient dès le
dernier mot prononcé pour faire place à d'autres
évocations tout aussi éphémères. Ils songeaient
aux statues de sable de Lagos. Ils suivaient le lent
travail que cette succession de fictions accomplis-
sait en eux. Il leur semblait que les nouvelles,
âprement réalistes, pessimistes, dissolvantes,
contribuaient à les séparer et à ruiner leur couple,
alors que les contes, savoureux, chaleureux, affa-
bles, travaillaient au contraire à les rapprocher.
Or, si les nouvelles s'étaient imposées d'abord par
leur vérité pesante et mélancolique, les contes
avaient gagné au fur de la nuit en beauté et en
force pour atteindre enfin un rayonnement d'un
charme irrésistible. Aux premières heures, Ange
Crevet, l'enfant haineux et humilié, Ernest le
braconnier, Théobald le suicidaire, et l'affreux
père de Blandine, et Lucie, la femme sans ombre,
et quelques autres, toute cette foule grise et
austère dégageait une atmosphère de détestation
morose. Mais bientôt Angus et le Roi Faust,
Pierrot avec sa Colombine, Adam le danseur et
Eve la parfumée, le peintre chinois et son rival
grec formèrent le cortège étincelant d'une nou-

velle noce, jeune et éternelle. Et c'était surtout le
dernier conte, celui des deux banquets, qui sau-
vait, semblait-il, la vie conjugale quotidienne en
élevant les gestes répétés chaque jour et chaque
nuit à la hauteur d'une cérémonie fervente et
intime.

Le soleil du solstice embrasait la silhouette du
Mont-Saint-Michel quand le dernier invité se
leva pour prendre congé après avoir dit pour ses
seuls hôtes le plus beau conte sans doute jamais
inventé. La marée montante courait sous le
plancher à claire-voie de la terrasse. Les coquillages caressés par le flot desserraient leurs valves
et laissaient fuir la gorgée d'eau qu'ils avaient
retenue pendant les heures arides. Les mille et
mille bouches altérées de la laisse s'emplissaient
d'humeur saline en chuchotant. La grève balbu-
tiait à la recherche d'un langage, comme l'avait
bien compris Lagos.

— Tu ne t'es pas levé, tu n'as pas frappé sur
ton verre avec ton couteau et tu n'as pas annoncé
à nos amis la triste nouvelle de notre séparation,
dit Nadège.

— C'est que la fatalité de cette séparation ne
m'apparaît plus aussi évidemment depuis que
toutes ces histoires me sont entrées dans la tête,
répondit Oudalle.

— Ce qui nous manquait en effet, c'était une
maison de mots où habiter ensemble. Jadis la

religion apportait aux époux un édifice à la fois réel — l'église — et imaginaire, peuplé de saints, enluminé de légendes, retentissant de cantiques, qui les protégeait d'eux-mêmes et des agressions extérieures. Cet édifice nous faisait défaut. Nos amis nous en ont fourni tous les matériaux. La littérature comme panacée pour les couples en perdition...

— Nous étions semblables à deux carpes enfouies dans la vase de notre vie quotidienne, conclut Oudalle, toujours fidèle à ses métaphores halieutiques. Nous serons désormais comme deux truites frémissant flanc à flanc dans les eaux d'un torrent de montagne.

— Ton médianoche de mer était exquis, dit encore Nadège. Je te nomme cuisinier en chef de ma maison. Tu seras le grand prêtre de mes cuisines et le conservateur des rites culinaires et manducatoires qui confèrent au repas sa dimension spirituelle.

Les mousserons de la Toussaint

J'avais en fin de semaine un match de polo à disputer à Rio de Janeiro. Je devais rejoindre ma femme qui y était partie quatre jours auparavant avec mes trois meilleurs chevaux. Il leur faudrait bien ce délai pour surmonter la fatigue et l'énervement de dix heures d'avion. Ma femme se ferait un plaisir de les monter sur piste pour les détendre. Homme de cheval, je me devais évidemment d'épouser une femme de cheval. C'est faute de ce genre de complicité qu'ont capoté mes deux précédents mariages.

Donc j'étais célibataire d'occasion, et peut-être cette situation insolite (je suis un homme foncièrement et irrémédiablement conjugal, *homo conjugalis*) a-t-elle contribué à me faire péleriner vers ma prime jeunesse. Ce soir-là, je devais prendre à Roissy l'avion qui me mènerait à Rio avec une escale à Madrid. Ayant congédié les domestiques, j'ai fermé moi-même notre hôtel particulier et j'ai attendu avec mes bagages le taxi qui devait me mener à l'aéroport. Par la pensée, j'avais déjà quitté Paris, j'étais déjà à Rio avec ma femme, chez les amis du club hippique qui devaient nous recevoir, mais surtout avec mes chers bourrins remis de leurs émotions de voyage aérien.

Mes rêves furent brutalement pulvérisés par le choc du réel, en l'occurrence un panneau pendu de travers au-dessus du guichet d'enregistrement de mon vol : ledit vol était annulé. Motif : une grève du personnel rampant de l'aéroport de Madrid. J'étais consterné. Voilà une chose qu'on n'aurait pas vue sous Franco ! Compte tenu des heures des vols suivants et du décalage horaire avec Rio, mon match de polo était dans le lac et j'avais fait franchir inutilement l'Atlantique à mes bourrins chéris. Mon épouse en prendrait son parti : elle adore l'avion, et mon Dieu un séjour en plein printemps brésilien n'a rien de tragique.

Ce contretemps m'avait en revanche curieusement coupé du réel. L'hôtel était fermé, le personnel dispersé, mes chevaux et ma femme envolés. Absurdement retenu à Paris que j'avais moralement quitté, je flottais dans un vide étrange et inquiétant. Il me semblait que ma vie se trouvait comme « déchaussée », telle une dent ébranlée qui ne reste en place dans son trou de gencive que par la force de l'habitude. La moindre pression de la langue dénude ses racines et le trou sanguinolent et mou de la gencive.

Je pris un taxi et posai le pied sur mon trottoir habituel, désemparé par excès de disponibilité. Portant d'une main ma valise, de l'autre mon sac de cabine, je poussai du genou la grille du jardin et m'engageai dans l'allée. La nuit humide de novembre était tombée, mais la lumière glauque des réverbères éclairait le sol très distinctement. Je repousse d'un coup de botte un paquet de feuilles mortes et je découvre ce faisant une mince grappe de champignons. « Il fait un vrai temps à mousserons », pensai-je. L'intérieur de la maison est sinistre. Je suis parti, nom de Dieu, alors qu'est-ce que je fais là ? Le réfrigérateur n'a rien à m'offrir. La télé reste noire. Je tourne un moment dans des pièces désertes et trop bien rangées pour que je ne m'y sente pas un intrus. Je songe à aller manger un morceau dans le petit restaurant de la rue Le Sueur où l'on est servi jusqu'à minuit, puis cette perspective me fait horreur. Finalement, je me déshabille et je me couche.

« Un vrai temps à mousserons d'automne. » Oui, car si le mousseron est principalement un champignon de printemps, il connaît une variété d'automne plus trapue, plus sombre mais non moins savoureuse. Je revois les maigres champignons de tout à l'heure. Je pense à mon enfance. Pendant la guerre, j'avais huit, neuf, dix, onze, douze ans. Nous vivions dans le presbytère d'un village bourguignon. Tant bien que mal, mais nous ne pouvions guère nous plaindre en ces temps misérables. Je sillonnais la campagne à bicyclette pour glaner du ravitaillement chez les paysans. Je ne suis pas près d'oublier le poids terrible que représente une remorque attachée à la tige de la selle, ni la rudesse des rubans de liège qui remplacèrent très vite les pneus de caoutchouc. J'allais à l'école communale où on me faisait grief de mes origines bourgeoises que trahissaient ma mise et mon accent. Je n'avais de véritable ami qu'Ernest, un « mauvais sujet », indécrottable cancre, mais génial braconnier. Ah celui-là, pour poser des collets aux lapins, piéger des merles ou prendre à la main les truites de l'Ouche, il n'avait pas son pareil ! Que de fois j'ai pu grâce à lui améliorer substantiellement l'ordinaire familial ! En échange, ma mère lui donnait nos frusques et nos chaussures hors d'usage. Tout lui allait superbement, et il portait indéfiniment nos défroques qui paraissaient par sa grâce devenir éternelles.

Les champignons, c'était sa spécialité. Il en aurait trouvé sous la table du maître d'école, et savoureux encore ! Sans rien y connaître théoriquement, il faisait d'instinct le tri entre vénéneux et comestibles avec une sûreté infaillible. A une nuance près pourtant : il ne fallait pas lui soumet-

tre une récolte dans un mouchoir ou un panier
pour avoir son avis. Là, il secouait la tête, refusait
de se prononcer, avouait son ignorance. Le champignon n'était reconnaissable que sur le terrain où
il avait poussé, avant que quelqu'un y ait touché.
Tel était Ernest.

Les mousserons... Je me souvenais d'un champ
parfois inondé, en contrebas de la Fontaine
Fermée — l'une des deux sources de l'Ouche —
que l'on appelait, je ne saurais dire pourquoi, la
Combe aux jars. J'aurais volontiers juré qu'à
l'heure qu'il était les champignons formaient
leurs « cercles de sorcière » dans l'herbe rare qui
peuplait cette terre ingrate.

Je cherche vainement le sommeil et, sans
m'endormir vraiment, je sombre dans une sorte
de rêve éveillé qui me ramène à ces années
d'enfance en somme assez brèves, mais qui forment le socle de toute existence. La Combe aux
jars et ses mousserons, Ernest et ses poches
pleines de lézards, d'insectes, de nids, d'œufs, de
couteaux, d'engins de pêche ou de piégeage.
Trente-cinq ans que j'ai quitté tout cela qui reste
pourtant si vivant et si proche. N'y a-t-il pas
beaucoup d'ingratitude à avoir si totalement
négligé ce pays et ces gens qui ont entouré et
nourri mon enfance pendant les années noires ?

Je me lève. Décidément je n'ai pas sommeil. Je
me rhabille en sachant au fond de moi, mais sans

oser encore me le formuler, à quel projet j'obéis. La Bentley attend dans le garage souterrain, monstre assoupi et docile. Il n'est que de la commander et elle bondira hors de son trou. Je commande. La porte électrique bascule lentement. Le moteur ronfle avec douceur. L'avenue Foch baigne dans une clarté blafarde. Je roule en direction du périphérique. Il est deux heures et demie de la nuit quand je m'engage sur l'autoroute du Sud.

En arrivant à la sortie de Pouilly-en-Auxois, j'eus une hésitation. Je me proposais initialement de pousser jusqu'à Beaune, puis de remonter vers Montigny par la nationale 470. Mais des panneaux, annonçant la sortie de Pouilly, égrenaient des noms de villages qui chantaient si gentiment à mon oreille que je ne pus résister à leur appel. Commarin, le village de l'écrivain-cheminot bourguignon Henri Vincenot, Pont-de-Pany où ma grand-mère maternelle avait vécu son enfance et où elle était enterrée, Chazilly où nous allions nous baigner, mes frères et moi, dans un étang artificiel. Je quittai donc l'autoroute, et aussitôt les souvenirs continuèrent à me sauter au visage. Il y en avait même de seconde main, je veux dire qui concernaient mes parents ou mes grands-parents et que j'avais entendu évoquer cent fois dans le cercle familial. C'est ainsi qu'en m'engageant dans la descente qui aboutit à Sainte-

Sabine, je me souvins du grand massacre d'oies qu'y avait perpétré mon grand-père au volant de sa Citroën B 12 en 1926. Quand il s'arrêta devant sa pharmacie à Bligny-sur-Ouche, ma grand-mère s'étonna de toutes ces plumes blanches qui couvraient la voiture. « Demain on mangera de l'oie à Sainte-Sabine », dit mon grand-père avec une simplicité biblique. L'aube blanchissait l'horizon du levant quand je passai au ralenti devant cette même pharmacie. Que de souvenirs, que de morts !

Deux kilomètres séparent Bligny de Montigny. Tout dormait encore quand j'entrai dans le village. J'en fus soulagé. Après tant d'années d'absence, j'aurais détesté une arrivée en fanfare au volant de ma voiture tapageuse. Je fus tout de suite à la Combe aux jars près de la Fontaine Fermée. Je n'en croyais pas mes yeux : un bois ! Là où vallonnaient des prés humides se dressait maintenant une petite forêt d'aulnes plantés régulièrement. L'idée d'assainir ce bas-fond en y plantant des arbres était somme toute raisonnable. Mais la présence et surtout la taille de ces aulnes me faisait brutalement mesurer le poids des ans. Eh oui, il faut moins de trente-cinq ans pour transformer en futaie un plantis de baliveaux ! Je me sentais vieux tout à coup, et très au-delà déjà de ce milieu du chemin de la vie dont parle Dante. Et puis j'étais désappointé. Et mes mousserons ? M'étais-je levé au cœur de la nuit et avais-je fait toute cette route pour rentrer bredouille ? J'interrogeai une fois encore mes souvenirs. Au sommet de la Balance, dans les pâtis de Bessey-en-Chaume, je revoyais un petit bois avec un espace vide à l'abri cependant d'une avancée de mélèzes. Car le mousseron est ainsi fait qu'il lui faut de l'air et de la lumière, mais aussi la protection d'une haie, d'un mur ou de la corne d'un bois.

Me voilà donc reparti avec ma belle automobile, direction Beaune, dans la montée dite la Balance. A cinq kilomètres, on prend à gauche une petite départementale en direction de Crépey, et juste avant Bessey... Tout était là. Je retrouvai en sortant de la voiture l'atmosphère un peu alpine de ces sommets bourguignons (le col de Bessey-en-Chaume est le point le plus élevé de l'autoroute du Sud) avec ses herbes cylindriques et ses bouquets de sapins. Mon avancée de mélèzes n'avait pas bougé. Et les mousserons godailles *(marasmes d'oréade)*, toute une colonie de mousserons, étaient fidèles au rendez-vous. Je fus quérir la poche de plastique que j'avais jetée dans le coffre, et me mis au travail avec l'ardeur de mes douze ans retrouvés. Etait-ce parce que j'avais grandi ? Il me semblait que les champignons que j'avais ramassés jadis ici même étaient plus beaux que ceux d'aujourd'hui. Brumes dorées du passé, vous magnifiez les moindres choses !

Mon sac lourd et plein me fit sortir de mon rêve. Que faire maintenant ? Reprendre la route et regagner Paris ? Perspective sinistre. Mais alors quoi, qui ? Ernest bien sûr ! Pas plus que la corne des mélèzes de Bessey, il n'avait dû bouger, mon génial braco. Il était six heures, et l'aurore aux doigts de rose montait derrière le lointain clocher de Crepey. La bonne heure pour ce sauvage.

La Bentley ronronnait comme un gros chat en descendant la Balance.

Arrivé à la petite auberge que tenait jadis le couple Guéret, je tourne à gauche et je franchis le pont de l'Ouche. La maison des parents d'Ernest a pris certes un coup de vétusté avec son escalier de guingois et sa toiture rapiécée comme un vieux fond de culotte, mais elle m'accueille en familier. Je frappe à la porte. Une voix que je reconnais aussitôt interroge : « Qui c'est ? » Je me nomme. La porte s'ouvre. « Alors c'est toi ? » Certes il a beaucoup changé, et je ne suis pas sûr que croisant dans la rue ce faune hirsute, j'aurais aussitôt reconnu mon ancien copain. Mais à la réflexion, la métamorphose du rouquin efflanqué au regard pointu que j'avais connu en ce renard moustachu aux yeux verts, effilés par l'ironie, cette métamorphose semblait dans la logique qui veut que l'enfant soit le père de l'homme. « Je suis venu aux champignons », lui dis-je en lui tendant mon sac, comme si cette explication suffisait à justifier mon irruption après trente-cinq ans de silence. « Des champignons ? dit-il en jetant un coup d'œil dans mon sac, ah c'est bien toi ! » Et tout son visage affûté reflète un amusement intense tempéré par l'indulgence qu'appelle mon cas. « Couchez, Briffaut ! » Un chien d'une race mal définie où domine néanmoins l'épagneul me flaire passionnément les jambes et la braguette. « Et ben justement j'allais déjeuner, dit Ernest. On va ajouter une omelette aux champignons, si tu veux bien. » Je voulais bien, d'autant plus que je n'avais pas dîné la veille. Il m'offre une chaise et, assis auprès d'un baquet, il entreprend d'éplucher les champignons. J'observe la pièce. Il y a là tout un bric-à-brac rustique et forestier, des peaux de lapin séchant sur des châssis, des filets de pêche, des cages, des bourriches, des nasses, des balances à écrevisses, une cognée posée sur un tas de bûches, et je note que les trois fusils accrochés à un râtelier mural se trouvent au-dessus du grand lit ouvert, à portée de main de l'homme couché. Habitude ancestrale ou méfiance invétérée ?

— Tu vis tout seul ?

— Seul maître après Dieu ! Tu sais que je ne m'entendais pas trop bien avec le père. J'étais parti. Quand il est mort, je suis revenu auprès de

la mère. Elle est morte à son tour, il y a quelques
années, je ne sais plus. Voulait pas aller à
l'hospice. L'avait bien raison. Depuis, plus personne. Seul avec Briffaut. Pas vrai, Briffaut ?

Le chien approuva d'un battement de queue.

— Alors comme ça, t'as roulé toute la nuit
pour venir ramasser des mousserons ?

Cette absurdité conforme à la vérité en appelait
une autre qu'Ernest admit sans plus d'objection :

— Ma femme est à Rio de Janeiro avec mes
chevaux, je me trouvais libre.

Libre... La vraie liberté, ne l'avais-je pas
devant moi ? Mes mousserons de la Toussaint ne
m'avaient-ils pas obligé à la découvrir ? Ernest
avait débuté à côté de moi sur le banc de l'école
communale de ce village. Puis nous nous étions
séparés, et nos voies divergentes nous avaient
menés, moi dans un hôtel particulier avenue
Foch, lui à revenir à son point de départ, cette
masure natale pleine de vie et d'odeurs avec son
corniaud. Je m'étais battu avec acharnement
pour faire fortune et j'y étais parvenu. J'avais
divorcé deux fois, et seul notre goût commun pour
les chevaux nous rapprochait encore, ma troisième femme et moi. J'avais bouclé plusieurs fois
le tour de la terre, d'est en ouest et d'ouest en est.
Ce qui m'impressionnait, c'était l'incuriosité
totale d'Ernest à mon sujet. Ce que j'avais pu
faire de tout ce temps ne l'intéressait tout simple-

ment pas. Il n'avait pas bougé d'un mètre. Il vivait aujourd'hui comme il avait vécu enfant et adolescent. La monotonie de sa vie rythmée par la ronde des saisons dans lesquelles les jours se superposent aux jours et les années aux années devait ramener à presque rien les trente-cinq ans — pour moi débordants d'aventures heureuses et malheureuses — pendant lesquels j'avais disparu de son champ visuel. Et finalement moi seul j'avais des questions à lui poser. Le surprenant, c'est qu'il se montra communicatif, presque disert, ce grand solitaire, mais j'ai bien vite remarqué que, tout en paraissant s'adresser à moi, il échangeait des coups d'œil avec Briffaut, lequel était bien évidemment son seul interlocuteur véritable. Robinson Crusoé dans son île déserte. Il m'y faisait penser avec son gilet en peau de mouton et sa barbe roussâtre. Et moi, j'étais le commandant du premier bateau anglais abordant l'île après des lustres et cherchant à nouer un dialogue avec l'homme aux chèvres. En vérité je cherchais à imaginer ma vie si j'étais resté comme lui-même sur ces lieux de mon enfance.

Des visages flottaient dans ma mémoire. Annette Mazurier, par exemple. C'était ma madone puérile. Il n'y avait pas de meilleure élève à l'école du village et même dans tout le canton, à ce qu'on disait. Elle avait à douze ans

un sérieux de femme adulte. Son petit visage
d'une pureté angélique aurait pu passer pour
excessivement grave sans la fragilité qui le sau-
vait. Qu'était-elle devenue ? Sage-femme, juge de
paix, abbesse dans un couvent ?

— Annette ? Ah, la Mazurier ? Ah celle-là, on
peut dire qu'elle a eu du malheur, tiens ! Il est
vrai qu'elle l'a un peu cherché. On n'a pas idée !
Elle avait dix-sept ans, pas plus, qu'elle s'est
laissé enleurrer par un vaurien qui débarquait de
Dijon. Un ancien para qui s'était distingué en
Indochine. Qu'il disait en tout cas. Il en avait
plein la bouche de ses exploits pas bien propres.
Tout le monde s'y est mis pour avertir l'Annette.
Il était pas dissimulé d'ailleurs : « Je suis un
voyou. » C'était, comme qui dirait, écrit sur sa
figure. Il suffisait de le regarder. Annette était la
seule qui voyait rien. Elle a jamais voulu en
démordre. Même quand il lui a avoué qu'il avait
déjà femme et enfants à Dijon. Enfin bref, ils se
sont mariés. Elle a eu un premier fils, le Pierrot
qu'on l'appelle. Elle en attendait un second
quand le beau para d'Indochine a disparu. Avec
la voiture dont il lui laissait les traites à payer. Un
enfant d'un an, un enfant à naître et des dettes.
Sans compter tous ces gens qui lui répétaient
méchamment : on te l'avait bien dit, tu n'as rien
écouté, etc. Elle a travaillé dur, la pauvre
Annette. Comme elle avait des diplômes, elle a

fait institutrice. Elle a même trouvé un autre mari, un brave homme de veuf beaucoup plus âgé qu'elle. Elle pensait sans doute qu'elle en avait fini avec son voyou, et qu'elle en entendrait plus parler. En un sens oui. Mais il y avait ses fils. L'aîné, il est du côté de la mère. Pas de problème. Mais l'autre, c'est le père tout craché. Ce Jeannot, il avait pas onze ans que déjà il rentrait à la maison entre deux gendarmes. Depuis, il tourne de plus en plus mal. Jusqu'ici sa mère a pu payer pour réparer ses bêtises. Mais ça ne durera pas toujours...

Annette si sage, si sérieuse qu'elle menaçait d'être ennuyeuse pour celui qui vivrait avec elle, et cette passion, ce coup de folie, physique sans doute, qui la jette aux pieds du para d'Indochine. Elle savait sans doute, intelligente comme elle était, qu'elle commettait une terrible bêtise, mais elle en avait peut-être assez de cette réputation de petite fille modèle qui la retenait prisonnière. Et la vengeance à retardement du para qui en disparaissant lui laisse au ventre le germe d'un autre lui-même dont elle ne se débarrassera pas de si tôt, puisque c'est son fils. Et avec lui va se répéter le premier malheur qu'elle a subi.

Le feu ronflait dans la cuisinière antique couturée de fissures sans nombre. Saurais-je encore obtenir une flambée aussi rapidement et sans un flocon de fumée dans la pièce? Tout un art...

Ernest jetait dans une vaste poêle une quantité de champignons qui me parut exorbitante. Je notai aussi qu'il ne les avait pas lavés, et je me souvins d'une dispute qui opposa un jour ici même ma mère à une matrone du village venue en « extra » faire un gros déjeuner à la maison. Elle protestait vigoureusement contre l'incompréhensible manie des gens de la ville de toujours vouloir tout rincer à grande eau. Elle se souciait de l'hygiène comme d'une guigne et ne voulait voir qu'une chose : mouillés, les aliments, cuits ou crus, sont moins savoureux.

— Et Edouard Lecoûtre ? Qu'est-ce qu'il est devenu, Edouard ?

C'était le fils-à-maman de la classe. Craintif, soigneux, toujours tiré à quatre épingles. Bon élève avec cela, parce que sa mère le faisait travailler chaque soir. Le père était mort dans un accident de la route, et la veuve Lecoûtre avait pris d'une main ferme la direction de leur petite exploitation agricole. Une quinzaine d'hectares, deux chevaux, six vaches, un poulailler, un clapier, une poignée de canards barbotant dans la mare, cela nécessitait tout de même un commis et une servante. La veuve n'avait jamais passé pour tendre, mais ces deux aides lui firent très vite une réputation de dureté et de rapacité que rien ne venait tempérer. Ils partirent l'un après l'autre. Elle en engagea de nouveaux. Et chaque fois c'était la même antienne : une virago aussi âpre au gain, cela relevait d'un autre âge, d'une autre civilisation.

— Et Edouard dans tout ça ?

Cette question souleva l'hilarité d'Ernest.

— Ah on peut dire qu'il l'a bien possédée, sa vache de mère ! Tu te souviens les filles Marélier, Ginette et Viviane ?

Si je m'en souvenais ! Leurs parents communiaient dans l'éthylisme le plus complet. Les enfants — dont je n'ai jamais su exactement le nombre — faisaient à l'école des apparitions épisodiques et pittoresques. Plus d'une fois l'un ou l'autre portait des traces de sévices si graves que l'instituteur crut devoir alerter la gendarmerie. Il y avait alors des explications orageuses avec le père qui venait tonitruer à l'école et jurer qu'on n'était pas près d'y revoir ses enfants.

— Eh ben, enchaîna Ernest, voilà-t-il pas que l'Edouard s'entiche de Ginette Marélier ! Quand il a dit ça à sa mère, elle a failli le tuer. Enfin c'est une façon de parler, parce qu'elle l'a toujours mignoté son Edouard. Mais aller chercher une fille dans cette famille calamiteuse ! Jamais, jamais, jamais ! Jusqu'au jour où la Ginette se retrouve enceinte, et l'Edouard tout faraud raconte partout que c'est lui le responsable. Descente du père Marélier chez la veuve Lecoûtre. J'aurais voulu voir ça. Tout l'après-midi que ça a duré. Finalement ils se sont mis d'accord. L'Edouard marierait la Ginette, mais elle ne reverrait plus jamais sa famille. Jamais. Personne. La rupture complète et définitive. C'est la Viviane qui a rapporté ça. Même au mariage, la famille Marélier était interdite. Et ça, c'est la vérité. Ensuite la Viviane a donné régulièrement des nouvelles de sa sœur au café de la place. D'abord le régime sec. De l'eau. A la rigueur du café, du lait. Et surtout, ah surtout pas un sou ! L'armoire toujours fermée à double tour. Les courses, elles les faisaient ensemble. Mais la Ginette, elle était là que pour porter les paquets. Elle restait comme une étrangère à la ferme Lecoûtre. Une servante qu'aurait même pas de salaire ! criait sa sœur en plein café.

— Mais il y a eu l'enfant ?

— Ah oui, mais la Lecoûtre avait décidé : un enfant, un seul. Défense d'en faire un second ! Mais c'est là que tout a changé. Une fille qu'elle a eue la Ginette. Ils l'ont appelée Alberte, je te demande un peu ! Et très vite Ginette a compris que ce bébé, il possédait peut-être la clef de sa prison. Parce que dès le début, la terrible veuve Lecoûtre, elle a fondu comme neige au soleil devant sa petite-fille. Gâteuse perdue qu'elle était en face du bébé ! Les gens qui voyaient ça n'en croyaient pas leurs yeux. Rien n'était trop beau pour Alberte. Le porte-monnaie de sa grand-mère s'ouvrait largement chez les marchands de jouets ou de vêtements d'enfants de Beaune. Avec ça, elle faisait trimer de plus belle sa bru et son fils, mais Ginette riait sous cape et attendait la suite avec confiance.

— La suite?

— Oui parce que dès qu'Alberte a commencé à ouvrir les yeux, elle a parfaitement saisi la situation. Et que sa mère était une pauvre esclave qui attendait sa libération. Ça n'a pas traîné! A dix ans elle avait la plus belle bicyclette du village, à quatorze ans sa vespa, a dix-huit elle passait son permis de conduire et étrennait sa 4-chevaux. Jamais l'Edouard n'avait eu droit à une voiture, lui! En même temps la veuve Lecoûtre perdait peu à peu le contrôle de la ferme. La mère et la fille ont tant fait qu'elle reste à cette heure dans un placard en attendant de partir pour l'hospice des vieux de Bolleyne. Ce que c'est que l'amour, tout de même!

Nous mangions de bon cœur une énorme omelette aux champignons arrosée d'un clos-vougeot de la meilleure cuvée. Décidément cette Bourgogne de mon enfance, c'est une province où l'on sait vivre, même si l'on y est comme ailleurs âpre au gain et dur aux poivrots et à ceux qu'amollit un grand amour.

Je continuai machinalement à lancer des noms à mesure qu'ils émergeaient de l'oubli. Le nombre des morts était effrayant. Le petit Chambert, qui ne se déplaçait jamais sans sa boîte à outils et dont le seul bonheur consistait à démonter des machines agricoles ou des moteurs de mobylette : déchiqueté par une mine allemande. Il avait voulu voir ce qu'il y avait à l'intérieur. La taupe, une longue fille maigre au cheveu raide, qu'on appelait ainsi à cause de sa myopie : fauchée par une péritonite que les antibiotiques auraient guérie deux ans plus tard. Quant au couple Guéret qui avait tenu cinquante ans la minuscule auberge posée comme une borne à la tête du pont, leur âge, à l'un et à l'autre, quand j'étais parti, excluait bien évidemment qu'ils fussent encore là. Ernest m'apprit qu'ils étaient morts à quarante-huit heures d'intervalle, d'abord elle, puis le vieux, sans doute épouvanté de ces deux jours vécus sans sa femme. Et il y avait ceux qui comme moi avaient quitté le village et dont on n'avait plus de nouvelles, et à l'inverse quelques nouveaux venus.

Parmi ces derniers, j'en connaissais un, Vladimir, dit Vava, qui était à l'époque accordéoniste dans une brasserie de Dijon. C'était le frère d'une fermière d'ici, Honorine Certain, une maîtresse femme, généreuse comme la nature et entourée d'une nichée innombrable. Le père Certain ressemblait au guerrier des cigarettes « Celtique », un géant aux longues moustaches blondes. Une famille superbe qui inspirait le respect et l'amitié. Vava lui faisait de brèves visites, toujours avec son instrument aux belles touches d'ivoire et ses airs de citadin égaré au milieu de ces culs-terreux. Je l'avais détesté dès la première minute, ce petit monsieur cambré dans son veston rase-pet avec ses cravates criardes et ses chaussures pointues en deux couleurs et à hauts talons. Il jouait les petits marquis effarés par les odeurs et les bruits d'une maisonnée rustique, et tous ces braves gens riaient de confiance à ses plaisanteries et à ses calembours de voyageur de commerce.

Et le malheur avait frappé. Il y avait eu sur la route un échange de coups de feu entre une colonne allemande et un groupe de maquisards. Le lendemain à l'aube, un régiment ukrainien de la Wehrmacht investissait le village et saccageait les maisons. Les hommes étaient enfermés dans l'église. La famille Certain subissait le choc le plus meurtrier de cette journée maudite. Le père, le commis et les deux filles aînées, d'abord isolés, étaient emmenés ensuite dans la forêt. Tout le monde crut qu'ils y seraient fusillés. C'était seulement pour leur faire enterrer neuf maquisards tués au cours de l'opération de nettoyage qui avait précédé. Mais on ne les revit pas, car ils furent d'abord internés à la prison de Dijon, puis déportés à Buchenwald.

Quelques jours plus tard, comme si la vie se

devait de répondre par un défi aux agressions de la mort, Honorine Certain mettait au monde deux jumeaux. C'était beau, c'était sublime, mais la situation de la ferme n'en devenait que plus dramatique. Et on avait vu alors arriver Vava, plus frisotté et gominé que jamais avec son accordéon aux belles touches d'ivoire en bandoulière. Et Vava avait mis bas le veston rase-pet, il avait remisé ses chaussures pointues, sa cravate criarde et même son bel instrument. Il avait retroussé ses manches sur ses faibles biceps de citadin, et il avait fait face aux travaux de printemps de l'exploitation menacée de naufrage par la disparition du patron, du commis et des deux filles aînées.

— Et maintenant ?

— Maintenant ? Il est toujours là, Vava. Tu peux aller le voir. Un an après la Libération, on a vu revenir de déportation le père Certain et ses deux filles. Du commis, on n'a plus jamais entendu parler. Mais Certain était touché à mort. Une épave. Il s'est mis à boire. Presque chaque jour Vava était obligé d'aller le chercher au café pour le porter dans son lit. Il est mort dans les années cinquante. Vava n'est jamais reparti. Un vrai laboureur d'autrefois qu'il est devenu auprès de sa sœur. Ses neveux et ses nièces le respectent comme leur père. Il a même laissé pousser sa moustache pour imiter son beau-frère. Quelquefois, le dimanche, tout le monde insiste pour qu'il aille décrocher l'accordéon. Il s'essaie un peu à en jouer. Il dit qu'il ne peut plus bien avec ses gros doigts de paysan. Ce que c'est que la vie tout de même !

Il me restait à m'enquérir de ma maison d'enfance, ce presbytère qui avait abrité mes années de guerre.

— Le presbytère ? Ah c'est une triste chose ! Tu sais qu'il appartient comme l'église à la commune. Quand ta famille l'a quitté après la guerre, on l'a loué à des gens d'ici. L'ont jamais voulu y faire la moindre réparation. Forcément, c'était pas à eux. Le conseil municipal s'est entêté de son côté. Disait comme ça que le loyer était trop modique pour justifier des dépenses. Si bien qu'un beau jour une partie de la toiture s'est effondrée. Il a bien fallu que les locataires s'en aillent. L'ont même obtenu une indemnité de la commune. Depuis, plus personne, plus rien. Y tombe en ruine.

La ruine de cette grosse maison pieuse et rassurante pour cause de désamour... Une fois encore une sorte de remords vint me poindre le cœur. Peut-on sans pécher oublier à ce point son passé le plus tendre ?

— Si on allait voir ?
— Si ça peut te faire plaisir !

Le chien, ayant aussitôt compris qu'on sortait,

trépignait déjà devant la porte. Ernest prit sa
casquette et une branche souple de noisetier qui
se trouvait là. Le chapeau et la canne sans
lesquels les messieurs de jadis ne sortaient pas,
pensai-je fugitivement. Il ne lui manque que les
gants. Sûr qu'il les aurait eus s'il avait fait froid !

Nous fûmes accueillis par une belle matinée
d'automne. Un souffle d'ouest tiède et humide
caressait la toison rousse des arbres. Un troupeau
d'oies passa en jargonnant à grand fracas. Les
dernières hirondelles se distribuaient sur les fils
électriques, comme des notes sur une portée de
musique. Briffaut se lança sans conviction à la
poursuite d'un chat qui disparut dans un soupirail. Comme tout paraissait calme et posé à sa
juste place ici ! Se pouvait-il que des passions et
des intrigues se cachent comme partout sous ces
toitures de vieilles tuiles moussues ?

Déjà nous longions le mur de pierres sèches du
jardin du presbytère et nous pouvions compter les
brèches qui permettaient d'y entrer librement.
Un pauvre jardin envahi par les ronces, les orties
et les oseilles sauvages, non plus un jardin de
curé, comme on dit, mais un lambeau de terrain
vague. Lorsque nous y pénétrons, nous mettons
en fuite un couple de lérots.

— Vont bientôt hiverner, observe Ernest.

Je constate la disparition des deux immenses
sapins où je passais les heures chaudes de l'été,

bercé par le ronflement du vent dans leurs ramures étagées. Eux aussi, je les aurais crus éternels, indestructibles. Détruits par le temps, tués par les hommes, mes beaux géants...

Le presbytère est ouvert à tous vents. De l'escalier, on voit le ciel par une déchirure béante de la toiture. Les planchers pourris cèdent sous nos pieds. Les fenêtres pendent hors de leur chambranle. Il n'y a plus de bon que le gros œuvre. Et encore ! Je me souviens maintenant que nous devions pomper l'eau dans la cour et que les toilettes consistaient en une baraque posée sur une fosse dans le jardin.

Cependant mon imagination travaille. Je fais des plans. Ici une salle de bains, vaste comme un salon, avec une grande baie vitrée ouvrant sur la montagne. Là une cheminée monumentale où brûlerait l'« affouage », cette attribution de bois communal à laquelle a droit chaque habitant. Je me souviens avec ivresse des hivers bourguignons si froids, si secs que pour l'expliquer les météorologues invoquent un couloir qui amènerait directement les vents polaires sur la région. Mais c'était surtout l'aménagement des communs qui m'excitait. Je choisis l'emplacement du garage pour les voitures, d'une écurie pour mes chevaux et d'un chenil pour une meute. J'aurais également un potager, un clapier, un pigeonnier et une volière pour les faisans. Comme les deux sources de l'Ouche se rejoignent dans le jardin, il serait facile d'y faire creuser un vivier à truites d'une fraîcheur irréprochable. Chaque matin, je ferais mon marché sans sortir de chez moi : salades, œufs, poulet, lapin, poisson... J'évaluais dans ma tête les frais à engager pour réaliser ce beau rêve. Ce sont les fonds qui manquent le moins. N'est-ce pas La Fontaine qui a écrit cela ? Il est vrai qu'il a écrit aussi *La laitière et le pot au lait*.

— Crois-tu que la commune me le vendrait ?

— Le presbytère ? Ça m'étonnerait. Y a pas plus tête de mule que le maire.

— Qui est-ce ?

— Amaury, il s'appelle. Hector Amaury. C'est un ancien maçon. Vit de rien. A horreur du changement. Mais on peut toujours aller le voir.

Nous y allons. Je comprends tout de suite que le couple que nous formons n'est pas de nature à rassurer le vieux sanglier. La réputation d'Ernest doit laisser à désirer ; quant à moi, la nouvelle de mon irruption dans cette trop belle auto immatriculée à Paris a visiblement déjà fait le tour du village. J'ai beau me présenter comme un enfant du pays, rappeler mes années à l'école communale, Amaury se carre dans sa porte sans un geste pour nous faire entrer.

— Ça serait pour louer le presbytère, finit par risquer Ernest.

— Il est pas à louer, tranche Amaury.

— A la vérité, dis-je timidement, avec tous les travaux, je souhaiterais plutôt m'en porter acquéreur. Parce que voyez-vous...

— Il n'est pas à vendre, coupe Amaury. De toute façon cette maison n'est pas habitable dans l'état où elle est.

— Justement, j'y ai jeté un coup d'œil. Je suis disposé à prendre à ma charge tous les travaux nécessaires...

Visiblement cette mention ébranle l'ancien maçon. Il amorce un mouvement de recul, comme s'il allait nous inviter à entrer. Mais j'ai le malheur d'apporter une précision :

— Il faudrait pour tout remettre en état comme je le souhaite entre deux et trois millions...

Amaury sursaute en entendant ces chiffres.

— Deux à trois millions ? Vous vous imaginez vous en tirer avec ça ? Mais rien que la toiture à refaire, ça demanderait au moins le triple !

Il ricane devant l'indigence qu'il croit découvrir. Ces Parisiens, ça vous en met plein la vue avec leur auto en or massif, et ensuite ça n'a pas un sou pour se loger ! Il est à nouveau carré dans sa porte. Plus question de me faire entrer. Il y a un malentendu évident. J'achève de ruiner mes chances en le dissipant :

— Monsieur le maire, quand je dis deux à trois millions, je ne parle pas en centimes. Je parle en francs. En francs lourds !

— Deux cents à trois cents millions ?

Sa bouche tombe de stupéfaction. Ses yeux s'arrondissent d'horreur.

— Eh oui, que voulez-vous ! Rendre cette ruine confortable, ajouter un garage, des écuries, un logement pour des gardiens, que sais-je encore !

Amaury continue à me fixer avec épouvante.

— Deux cents à trois cents millions ? mais ça va pas, non ? Vous voulez révolutionner tout le village ? Vous voulez... vous voulez...

Il ne trouve plus ses mots. Finalement il martèle :

— Le presbytère, je vous l'ai déjà dit : il est ni à louer ni à vendre !

Il nous tourne le dos et rentre dans sa maison. Je regarde Ernest qui rigole dans sa moustache. Nous nous dirigeons vers sa maison et la Bentley sagement posée au pied de l'escalier.

— Tu es allé trop vite, me dit-il. Il fallait t'installer ici. Faire connaissance, tourner autour du pot, avancer patiemment tes pions.

La patience ! Voilà une vertu qui n'est pas mon fort. Il me semble au contraire que tous mes succès, je les dois à mon impatience, à la rapidité de mes calculs et des actions qui suivent. Aller vite. En affaires comme en amour. Mais n'est-ce pas aussi la cause de tous mes échecs ?

*

Trois jours plus tard, je retournais à Roissy accueillir mon épouse et dédouaner mes chevaux.

En plaçant ses valises dans le coffre de la Bentley, elle découvrit un sac en matière plastique où une poignée de champignons achevait de pourrir.

— Qu'est-ce que c'est que ça ? demanda-t-elle.

Je jetai le tout dans une corbeille du parking.

— Ce n'est rien. Des mousserons de Montigny. Tu ne comprendrais pas.

Elle n'a pas insisté. Elle a toujours respecté le mystère des années d'origine, ces temps fabuleux où non seulement nous ne nous connaissions pas, mais où elle n'était même pas née.

Théobald
ou Le crime parfait

Quinze ans écoulés, cela suffit-il à vous mettre hors du coup? Je m'efforçais de m'en persuader, mais je me défendais mal contre un sentiment de culpabilité en lisant dans mon journal les circonstances de la mort du professeur Théobald Bertet. Tout semblait prouver qu'il avait été assassiné, et que les coupables étaient conjointement son épouse Thérèse et l'amant de cette dernière, un certain Harry Pink. C'est que Thérèse Bertet évoque pour moi une aventure à la fois amère et ardente dont le souvenir m'est exquis parce qu'elle se confond avec ma jeunesse.

Je préparais une licence de lettres, et pour assurer ma matérielle j'assumais les modestes fonctions de surveillant au collège municipal d'Alençon. Théobald Bertet avait deux sixièmes, et il aurait dû m'écraser du haut de son agrégation de grammaire. Il n'en était rien cependant car personne en vérité n'était moins écrasant que lui. On imagine difficilement un être plus falot, une silhouette plus concave, un hère plus terne. Il était heureux pour lui qu'il eût en partage des enfants très jeunes et que ses classes fussent traditionnellement parmi les plus faciles, car des adolescents d'âge « ingrat » n'eussent fait de lui qu'une seule bouchée. Peut-être en avait-il fait l'expérience pénible au début de sa carrière ? Je me souviens de ses réticences un jour que nous parlions « métier » et des relations diverses qui peuvent s'établir entre maître et élèves. Sans doute mes propos — que j'ai oubliés — avaient-ils été optimistes ? Je ne sais. Mais je le revois secouant la tête d'un air blessé en répétant : « Oh non, les enfants ne sont pas bons, vous savez, ils sont féroces. Il suffit qu'ils se sentent les plus forts. » Et pourtant, si Bertet m'inspirait une pitié mêlée de répugnance (je me sentais encore proche à mon âge de ces enfants « féroces »), il m'était bien impossible de le mépriser, car il se montrait, pour peu qu'on l'encourage à sortir de son silence, d'une étonnante et très fine érudition, possédant ses classiques latins et grecs sur le bout du doigt, sachant parler avec esprit architecture romane et peinture baroque, musique atonale et nouveau roman. Il vous donnait alors le sentiment pénible que vous apparteniez avec vos pareils, le cours des choses et le règne de l'argent et de la force, à une sphère grossière et ignoble, tandis que lui se promenait solitaire et ravi dans un jardin secret où tout est raffinement et transparence.

Or cette ombre d'homme, par un incroyable paradoxe, avait une femme éclatante de beauté, de santé, d'appétit de vivre et d'aimer. Le contraste était saisissant entre cette jeune Walkyrie à la poitrine en forme de proue et la demi-portion grise et terne qu'elle traînait derrière elle. Le cas est plus fréquent qu'on ne pense. La volonté de puissance de certaines femmes ne s'accommode que d'un mari diminué, souple comme un gant vide.

J'étais jeune, naïf et entreprenant. Le dimanche matin, on pouvait me voir m'entraîner sur le terrain d'athlétisme du collège. Je compensais l'image humiliante du pion que je donnais de moi aux élèves en surclassant les plus grands au cent mètres ou au saut en hauteur. Comme tous rêvaient de la belle Thérèse Bertet, je décidai, autant par vrai désir que par jactance, d'en faire ma maîtresse. Mon entreprise réussit avec une facilité dont ma vanité ne songea pas à s'étonner. Ce qui m'étonna en revanche, c'était la curieuse habitude qu'avait Thérèse d'associer son mari à toutes nos parties fines. « Ainsi, raisonnait-elle, personne ne peut rien dire. » Sans doute. Mais, esclave des stéréotypes, comme le sont souvent les jeunes gens, je souffrais de me reconnaître dans le trio des classiques comédies de boulevard, la femme, l'amant et le mari complaisant. Il m'aurait été facile pourtant de déceler dans nos relations des traits curieux, profonds, inquiétants qui leur conféraient une originalité incomparable. Mais je vivais cette affaire en aveugle. Ce n'est qu'avec le recul et à la réflexion que sa complexité m'apparut.

Donc moralement ce n'était pas le rêve. Physiquement nous faisions des étincelles. Ceci aurait pu compenser cela si un troisième facteur n'était venu obérer le total. Mes nouveaux amis me coûtaient cher, très cher compte tenu de mes moyens de petit pion. Il semblait aller de soi qu'ils étaient mes invités dans toutes nos sorties. Thérèse avait tôt fait de balayer les timides velléités que manifestait Bertet à l'heure de l'addition. Mais en outre elle m'avait emprunté la somme nécessaire à l'achat d'une voiture, sous prétexte que les traites constituent une véritable escroquerie. J'avais dû liquider mon livret de caisse d'épargne, décidé, puisque je vivais, comme on dit, « une bonne fortune », à jeter mon bonnet par-dessus les moulins. Ce qui restait de mes économies ferait les frais d'un voyage en Grèce que je projetais pour les vacances.

Nos belles amours durèrent un trimestre, unité de temps chère aux enseignants. Thérèse et moi nous cultivions le cinq à sept dans ma petite chambre d'étudiant. Jusqu'au jour où se produisit l'inexplicable.

Entre cinq et sept justement, alors que je chevauchais glorieusement ma Walkyrie, la porte de la chambre s'ouvrit. Comment diable avais-je pu oublier de tourner le verrou ? Mais avais-je bien oublié ? Une autre main ne l'avait-elle pas rouvert ? La porte encadrait la silhouette de Théobald. Comme nous étions plongés dans la pénombre, nous ne pouvions le voir qu'à contre-jour. Rien de plus tristement caricatural que ce corps qui paraissait toujours être placé de profil, même quand on lui faisait face — avec ses bras ballants, son épaule droite plus haute que l'autre, sa tête trop grosse, inclinée sur la gauche, comme entraînée par son poids.

Il resta ainsi un bon moment, comme hébété, une durée interminable, cependant que les cuisses puissantes de Thérèse m'emprisonnaient dans une étreinte qui m'empêchait de bouger. Puis il referma lentement la porte, et nous entendîmes son pas traînant s'éloigner.

Thérèse ne fit qu'un saut sur ses vêtements. En deux minutes, elle était habillée et prête à partir. « C'est un suicidaire, balbutiait-elle. Il serait capable de se suicider. » Elle partit comme le vent.

Le lendemain matin, le principal du collège, M. Julienne, me convoquait dans son bureau.

C'était un homme fin et soigné qui affectait des manières cavalières. Il me traita avec une désinvolture amusée, faisant allusion au printemps, à ma jeunesse, à mes succès féminins.

— Seulement voyez-vous, ajouta-t-il, vous êtes allé un peu trop loin. L'un de vos confrères se plaint de votre conduite envers sa femme, laquelle a confirmé les dires de son mari. Ils ont apporté d'autres témoignages. Or un établissement d'enseignement doit être à l'abri de ce genre de scandale. Quel exemple pour les enfants! Dans une ville comme Alençon... le conseil des professeurs... l'association des parents d'élèves...

Bref, il se voyait dans l'obligation de me prier d'aller exercer mes talents de pion-séducteur dans un autre établissement.

J'en aurais été quitte pour un déménagement en effet, sans le prix de la voiture que j'avais avancé. Je ne pouvais le réclamer à Bertet, envers lequel j'avais de tels torts, qu'en des termes courtois et modérés. Ce fut l'objet d'une lettre soigneusement polie que j'expédiai à son adresse. Et comme un malheur n'arrive jamais seul, j'avais dû laisser ouverte — encore une fois! — la porte de ma chambrette, car en rassemblant mes nippes pour partir, je ne trouvais plus trace de la liasse de billets cachés dans mon linge et destinée à mes vacances en Grèce.

J'étais jeune, l'aventure me laissait des souvenirs grandioses et, mon Dieu, tout doit se payer. Il n'empêche, je nourrissais une fameuse rancune à l'égard des époux Bertet.

Théobald répondit à ma lettre. La sienne comportait plus de feuillets couverts d'une écriture illisible que ma patience ne pouvait en supporter. La seule chose qui m'importait, c'est qu'elle ne s'accompagnait d'aucun chèque. Je la parcourus d'un œil courroucé, et je la jetai avec d'autres papiers au fond d'un tiroir.

A quelques mois de là, je rencontrai un ancien collègue du collège d'Alençon.

— Les Bertet? me dit-il. Tu n'es pas au courant? Tu te souviens de notre élégant proviseur, M. Julienne? Eh bien, à la fin du troisième trimestre — cette unité de temps chère aux enseignants —, M. Bertet a surpris sa femme dans ses bras. Par malchance, il était accompagné du préfet de discipline. L'affaire a fait un certain bruit. Bertet est allé se plaindre à l'académie. Ce qui aggravait tout, c'est que le scandale avait pour cadre le collège lui-même. Tu vois ça dans une ville...

— Comme Alençon, enchaînai-je, avec le conseil des professeurs et l'association des parents d'élèves, etc. Oui, je sais tout cela.

— Bref, ce minable de Bertet a été muté en grande pompe dans un lycée de la banlieue parisienne. Et veux-tu que je te dise mon idée?

— Je vais te dire la mienne. Je serais surpris
que ce ne soit pas la même. Cette Thérèse est une
sacrée pouliche de course, et au train où elle mène
de front ses amours et la carrière de son mari, je le
vois à brefs délais professeur à la Sorbonne ou au
Collège de France. Sans parler de la fortune
qu'elle aura glanée en chemin, car à l'opposé de
pierre, femme qui roule amasse mousse...

*

C'était donc il y a quinze ans. Je n'avais plus
entendu parler du couple Bertet jusqu'à ce que je
tombe sur le fait divers sanglant que rapportait
mon journal. Apparemment Bertet n'avait pas
fait la carrière brillante que les performances de
Thérèse promettaient. La mort l'avait surpris à la
veille de sa retraite, comme proviseur d'un lycée
parisien. Quant au complice, le dénommé Harry
Pink, c'était un jeune stagiaire anglais de passage
dans ce même lycée. Tout cela avait pour moi un
furieux air de déjà-vu, si ce n'est qu'il y avait mort
d'homme et deux inculpés sous les verrous. Je
notai cependant une autre différence. Le journal
publiait la photo des trois protagonistes. Bertet
avait à peine changé depuis notre dernière entrevue. Il est vrai qu'il n'avait sans doute jamais
paru jeune. Il appartenait à ce type d'hommes qui
d'année en année rejoignent le vieillard qu'ils ont

toujours été au fond d'eux-mêmes dès l'âge de vingt ans. Le stagiaire anglais m'était sympathique, parce que je l'identifiais inévitablement au jeune homme naïf que j'étais quand j'avais eu affaire à ce drôle de couple. Mais il avait eu moins de chance que moi. Dans quelle affreuse tribulation l'avaient jeté ses amours avec Thérèse! Quant à cette dernière, son portrait me bouleversait. La Walkyrie musclée que j'avais connue avait tourné à la lionne puissante et généreuse. Majestueuse, calme et sûre d'elle, oh oui, mais ses joues et son cou, et aussi une ombre sous le menton, annonçaient un épanouissement déjà dépassé vers le blettissement. Et c'était surtout son regard qui avait changé. Il n'avait plus cette flamme de défi et d'appétit de vivre qui faisait son charme. On y lisait au mieux une attente inquiète, au pire une fatigue résignée. Pourtant elle en jetait encore ma Walkyrie, et on comprenait qu'un très jeune homme ait pu se laisser prendre entre ces bras pulpeux et ces cuisses massives.

Les circonstances de la mort de Bertet, qui semblaient d'abord aller dans le sens d'un accident — comme l'affirmait Thérèse —, tournèrent après examen à sa confusion et à son inculpation. En effet Bertet était mort dans son bain, électrocuté par son rasoir électrique. Or l'enquête montra qu'il ne se rasait qu'avec un rasoir mécanique

— que l'on retrouva — et que l'appareil qui avait provoqué sa mort était du type « pour dames » et appartenait à Thérèse. Mais le plus grave pour Thérèse et son amant, c'était une lettre que Bertet avait adressée à sa sœur quelques jours avant sa mort et que celle-ci s'empressa de verser au dossier. Dans cette lettre, Bertet accusait sa femme et le jeune Anglais de chercher à l'éliminer. Thérèse l'avait obligé à signer une assurance qui ferait d'elle une veuve millionnaire s'il venait à disparaître. Il prétendait avoir déjà par deux fois échappé par hasard à des accidents organisés par eux et qui auraient dû être mortels. Bref il avertissait sa sœur que s'il mourait accidentellement, il s'agirait d'un assassinat dont Thérèse et son amant seraient les auteurs.

Encore une fois, je ne prenais connaissance de toute cette affaire qu'en fonction de mes souvenirs et en m'identifiant au jeune amant de Thérèse. Pareille mésaventure aurait-elle pu m'arriver il y a quinze ans ? Sans nul doute. En revanche, je ne parvenais pas à retrouver la Thérèse que j'avais connue dans la meurtrière que toute la presse décrivait avec une sombre complaisance. Passionnément sensuelle, oui, furieusement intéressée, certes, totalement amorale, voilà qui était moins sûr. C'est que l'amour de la vie, selon moi, ne va pas sans un recul instinctif devant certains actes, les actes de mort, justement. Thérèse était une gourmande, son avidité ne s'encombrait d'aucune délicatesse, mais la maladie et le sang la faisaient cabrer comme un cheval qui sent au passage l'odeur d'un abattoir. Je me souvenais maintenant de sa révulsion alors que j'avais évoqué le cas d'une collègue qui, se trouvant enceinte, s'était livrée à un avorteur. « Moi, jamais ! » avait-elle grondé en plaquant ses deux mains sur son ventre, comme pour le protéger des assassins en blouse blanche. Et un mot d'elle me revenait maintenant. C'était le jour où son mari nous avait surpris ensemble et s'était enfui, nous laissant tout emmêlés l'un à l'autre. « C'est un suicidaire », avait-elle dit en rassemblant ses nippes. Un suicide ? Mais en cas de mort violente, le suicide n'est-il pas avec l'accident et l'assassinat la troisième éventualité à envisager ?

Je voyais de jour en jour l'affaire Bertet fouillée par la presse, et le personnage de Thérèse noirci à l'envi s'acheminer vers une condamnation majeure. Cependant un souvenir remuait en moi et cherchait, semblait-il, à sortir de l'oubli où il était enfoui. Une lettre. La lettre que Bertet m'avait écrite peu après mon départ d'Alençon. Exaspéré de n'y pas trouver le chèque que j'attendais en remboursement de l'argent prêté au couple, j'avais rapidement parcouru ces feuillets zébrés d'une écriture à peine lisible. Au diable cet escroc bavard ! Ce n'était pas une dissertation que j'attendais ! En m'interrogeant maintenant sur le contenu de cette lettre, deux mots seulement surnageaient dans ma mémoire : suicide et vengeance. Oui, il n'était question que de cela dans ces pages. Quant au reste... c'était la nuit. Mais suicide et vengeance, voilà qui promettait de jeter sur la mort de Bertet une étrange lumière.

Qu'avais-je fait de cette lettre ? La question n'était pas dépourvue de sens, car j'ai la manie de tout conserver, et au premier chef les lettres même les plus insignifiantes. Hélas, ce goût de tout garder ne va pas de pair chez moi avec le sens de l'ordre, et mes archives s'accumulent en paquets informes que je sème au hasard de mes nombreux déménagements.

Je me mis en quête. Plus le temps passait, plus diminuaient mes chances de retrouver cette lettre, plus je me persuadais qu'elle constituait une pièce capitale du dossier de l'affaire. J'ai vécu là des jours de fièvre, d'angoisse et de rage contre moi-même. Rien de plus déprimant au demeurant que de plonger dans des vieux papiers, des lettres anciennes, des messages tellement périmés qu'ils en sont devenus incompréhensibles. Que de cendres, que d'oublis, que de projets vains, que d'amours mortes ! C'était comme le cadavre du jeune homme que j'avais été que je sortais de son tombeau pour le fouiller, et s'il était parfois attendrissant de naïveté, je me dois de reconnaître

qu'il ne sentait pas toujours bon. Enfin je retrouvai avec un rugissement de triomphe la lettre de
Bertet dans le manuscrit d'un roman commencé,
abandonné, repris, puis définitivement oublié. En
lisant les feuillets couverts par l'écriture microscopique de Bertet, je me dis que ce document
authentique constituait à lui seul un roman mille
fois plus émouvant et profond que tout ce que
j'aurais pu inventer, et c'est là sans doute la
réflexion typique d'un non-romancier. Mais
qu'importe aujourd'hui ?

Cher jeune collègue,

La différence d'âge qui nous sépare excuse seule cette
lettre. Je ne saurais écrire à un homme qui aurait mon âge
et qui serait l'amant de Thérèse. Vous du moins, vous
pourriez être mon fils à défaut de pouvoir être celui de
Thérèse. Cette circonstance désarme mes griefs, tout au
moins ceux que j'ai à votre égard, car pour ce qui est de
Thérèse, de ma mère, de mon père, de la vie en général,
etc., là le dossier d'accusation est sans doute inépuisable.

Je suis un homme faible et malchanceux, vous l'aurez
compris assez facilement. J'ai dû naître à reculons,
protestant et luttant contre cette violence qu'on me faisait
en me mettant au monde. Je n'ai jamais pris mon parti
d'exister, et j'attends avec impatience le retour au néant
que je n'aurais jamais dû quitter. « Seigneur, j'étais
dans le néant infiniment nul et tranquille. J'ai été
dérangé de cet état pour être jeté dans un

carnaval étrange. » *Monsieur Teste parlait avec un détachement amusé de grand esthète. Pour moi, il ne s'est jamais agi d'un carnaval étrange, d'une sinistre bouffonnerie bien plutôt. Je ne vous parlerai pas de mon enfance souffreteuse et humiliée. Les cours de récréation ont été pour moi, dès le jardin d'enfants, des lieux de tourments. Le grotesque, c'est que je n'ai jamais pu m'en évader, puisque je suis devenu enseignant. Non certes par vocation, grands dieux non ! Par antivocation plutôt, je veux dire par incapacité de faire autre chose, de me risquer dans un autre domaine que le scolaire. J'ai échoué plusieurs fois à l'agrégation pour finir par être reçu — à l'ancienneté en quelque sorte — à cette agrégation de lettres du pauvre qu'est l'agrégation de grammaire. En me confinant dans les petites classes, elle me mettait au moins à l'abri des adolescents dont je n'ai eu à subir qu'une seule fois, à l'occasion d'un remplacement, la diabolique agressivité. J'ai gardé un souvenir horrifié de cette classe de 3ᵉ que je n'ai eue qu'un trimestre, mais dont les chahuts me laissaient chaque soir épuisé, hagard, ivre de dégoût à l'idée de devoir me replonger le lendemain dans ce cloaque. J'écris cela pour votre gouverne, au cas où vous devriez poursuivre dans cette carrière : je crois qu'un maître n'a qu'une chance de se faire accepter et de tenir debout face à vingt ou trente garçons et filles de quatorze à dix-sept ans, c'est en participant d'une certaine façon à l'espèce d'ébriété érotique qui caractérise cet âge. On peut sans doute y parvenir à force de connivence démagogique. Mais il y a dans ce domaine si particulier des réussites plus relevées*

qui supposent un jeu provocateur avec les filles et une
sérieuse dose d'homosexualité avec les garçons. L'important, c'est de devenir pour eux une sorte d'interlocuteur
sexuel adulte, irremplaçable, car ils n'en trouveront
l'équivalent nulle part, et sûrement pas chez leurs parents.
J'en suis totalement incapable. En face de ma 3ᵉ, il n'y
avait qu'un rejet réciproque et sans équivoque. Heureusement, dès la rentrée, j'ai retrouvé mes petits sixième et leur
innocence.

Mes relations avec Thérèse étaient ce qu'elles devaient
être. Elle avait épousé un instrument. Elle en usait pour se
faire une place au soleil. Ses parents avaient été éblouis de
la voir devenir femme d'un fonctionnaire doublé d'un
savant. Elle partageait cette naïve admiration pour l'un
des rejetons d'une classe sociale qu'elle jugeait supérieure.
Ainsi s'explique une bizarrerie qui m'a toujours gêné,
mais dont je n'ai jamais pu venir à bout. Comme vous
avez pu le constater, tout naturellement je la tutoyais.
Malgré mes supplications, elle n'a jamais cessé de me dire
vous. Elle soulignait par là — intentionnellement ou
non — à la fois cette distance sociale et notre différence
d'âge. Onze ans, ce n'est pas si considérable. Mais je n'ai
jamais été vraiment jeune, et elle, la jeunesse rayonnait de
tout son corps, de tous ses gestes, de sa bouche, de ses yeux
surtout. Thérèse ! Comme je l'ai aimée ! Passionnément,
douloureusement. Et comme j'ai été gauche, risible et
vulnérable en face de sa terrible assurance devant les
autres ! Sans le vouloir, par un mot, par un geste qui
coulaient de source de sa personne, elle m'égratignait, me

meurtrissait, me faisait saigner. Un jour, elle m'a blessé mortellement, oui, bien qu'il s'agisse d'une mort différée dont je ne saurais prévoir la date. Nous étions jeunes mariés, si du moins l'expression peut s'appliquer au drôle de couple que nous formions. Je ne sais plus par quel enchaînement, j'en suis venu à parler d'un enfant que nous pourrions avoir. Elle s'est immobilisée soudain et m'a considéré comme si elle me voyait pour la première fois. « Un enfant ? De vous ? » Elle m'évaluait, me soupesait, et il y avait un tel mépris dans son regard que je me suis levé et j'ai fui, incapable d'en supporter davantage.

L'enfant et la vie, la poursuite de la vie, la survie même, ce sont des idées voisines. Dans mon esprit, la survenue d'un enfant, c'était — comme mon amour pour Thérèse — un ancrage qui m'aurait sauvé de mes vieilles obsessions de suicide. Cette porte vers le salut venait de se refermer brutalement. La première « aventure » de Thérèse me repoussa encore un peu plus loin dans ma nuit. J'aurais probablement sombré, si je n'avais soudain senti une étrange et noire énergie m'habiter et donner à ma vie un goût nouveau. Oh un goût amer et âpre, mais fort cependant et de nature à me projeter vers l'avenir : je venais de découvrir la jalousie et la soif de vengeance, lesquelles sont inséparables comme l'action et la passion d'un même cœur. Oui, j'étais trompé, bafoué, blessé, mais je me vengerais, et pour cela il fallait vivre.

Mais de quoi et de qui me venger ? Ma blessure inguérissable venait du refus de Thérèse d'avoir un enfant de moi. C'est sur cette idée d'enfant que se centre ma

*passion vindicative. Ce n'est pas très original, j'en
conviens. Si les sociétés traditionnelles punissent aussi
férocement l'adultère de la femme, c'est en considération de
l'enfant dont il compromet l'identité. J'ai sans doute une
sensibilité traditionaliste. Je n'accepterai jamais, vous
m'entendez jamais, que Thérèse ait un enfant d'un autre
que moi. Je vous ai pardonné parce que votre liaison
épisodique ne laissera aucune trace. Mais voyez-vous, s'il
en avait été autrement, vous auriez eu tout à craindre — et
Thérèse avec vous — de mon désespoir. Elle le sait. Elle
prend toutes les précautions qu'il faut. Mais elle possède
— plus encore que la moyenne des femmes — une vocation
maternelle irrépressible. Le jour où elle obéira à cet appel,
je me tuerai. Mais, croyez-moi, je ne coulerai pas seul.
Mon cadavre entraînera, comme une pierre attachée à leur
cou, Thérèse, son amant et le fruit détestable de leurs
fornications.*

Ces lignes étaient-elles assez claires ? Prou-
vaient-elles suffisamment que Bertet s'était sui-
cidé en faisant tout ce qu'il fallait pour que sa
mort ressemble à son assassinat ? Il restait pour
s'en convaincre un dernier indice à fournir.

Je pris contact avec l'avocat de ceux que la
presse appelait « les amants diaboliques ». Je lui
communiquai la lettre de Bertet. Il fit faire
immédiatement un examen de Thérèse, d'où il
ressortit qu'elle était effectivement enceinte. Elle
avait avoué son état à Bertet sans se douter

qu'elle appuyait ainsi sur le bouton rouge d'une
catastrophe en chaîne. Bertet s'était à la fois tué et
vengé. Il avait cru faire d'une pierre quatre coups.
Il avait seulement oublié cette lettre trop expli-
cite, écrite à un jeune collègue quinze ans auparavant. Les intellectuels sont ainsi. Leur goût
immodéré de la parole et de l'écriture compromet
souvent leurs entreprises les mieux agencées.

Thérèse bénéficia d'un non-lieu. Remise en
liberté avec Harry Pink, son premier soin fut de
me téléphoner pour me remercier. C'est vrai
qu'ils me devaient une fière chandelle ! Toutefois,
lorsque, avec l'inconscience qui la caractérisait,
elle m'invita à venir sabler le champagne pour
fêter cette heureuse issue, je refusai. Peut-être, si
elle se souvenait encore de moi dans une année,
pourrais-je devenir le parrain de l'enfant ? Je fis
cette proposition dilatoire qui fut acceptée avec
enthousiasme. Je n'en ai plus jamais entendu
parler.

Pyrotechnie
ou La commémoration

Mon éditeur m'avait dit : « Quittez Paris, sinon vous ne viendrez jamais à bout de votre manuscrit. A Monteux, près de Carpentras, j'ai une petite maison de rêve avec piscine et patio. Vous n'y connaissez personne. Vous y aurez une paix royale. Un moine de luxe, si vous voyez ce que je veux dire. Et ne revenez que quand *Elle se mange froide* sera prêt à imprimer. » Car je lui avais exposé le sujet de mon prochain polar, une sombre histoire de vengeance étirée sur toute une vie, unissant deux êtres, tous deux prisonniers du même acte inaugural, l'un animé par le devoir impérieux de venger, l'autre résigné, sachant qu'il n'y échappera pas, attendant le coup vindicatif, comme tout un chacun attend la mort, mais en sachant simplement de qui elle viendra et pourquoi. Il me semblait que l'action devait se dérouler en province, en milieu rural même, parmi des sédentaires absolus qui se connaissent tous depuis toujours, et que l'acte initial et le devoir de vengeance qu'il avait engendré devaient être de notoriété publique. Tout le monde savait. Tout le monde attendait. Et cette notoriété rendait la vengeance encore plus nécessaire, encore plus fatale.

Tel était le mince canevas — j'avais, autant que faire se peut, dissimulé sa minceur à mon éditeur pour ne pas désespérer Saint-Germain-des-Prés et compromettre l'avance qu'il m'avait laissé espérer — avec lequel je pris le train un beau matin de juillet pour Avignon. De là un car devait me mener en moins d'une heure à Monteux, non loin de Carpentras. La maison tenait toutes les promesses. Comme beaucoup de vieilles demeures provençales, elle possédait fort peu d'ouvertures sur le dehors, les indigènes considérant traditionnellement le soleil et le vent comme de redoutables fléaux. En revanche une cour intérieure plantée d'un unique jasmin — le fameux patio — avait des airs de cloître miniature et invitait à des déambulations solitaires et méditatives. Deux fois par jour survenait Sidonie, une ample femme du pays qui pourvoyait aux soins de la maison et à mon ravitaillement, mais qui constituait surtout l'indispensable « médium » entre ce bourg inconnu et moi-même, car il apparut dès le premier soir que le splendide isolement que

m'avait annoncé mon éditeur se révélait totalement illusoire.

J'étais fatigué par le voyage et je prétendais me
coucher tôt. Or à peine m'étais-je disposé dans
mes draps de la sorte la plus appropriée au
sommeil qu'une formidable pétarade ébranlait la
maison cependant que les fenêtres s'illuminaient
a giorno. Naturellement je ne fis qu'un bond
jusqu'à la terrasse. Ce fut pour assister au plus
beau feu d'artifice que j'aie jamais vu. Les fusées
volantes et les feux de Bengale, les fontaines de
flammes et les girandes embrasèrent la nuit
pendant un grand quart d'heure. Rentré dans ma
chambre, j'interrogeai vainement mon calepin
pour savoir ce que cette débauche pouvait bien
célébrer. On était le 25 juillet. En quoi sainte
Anne, dont c'était la fête, intéressait-elle les
habitants de Monteux au point de s'attirer un
aussi brillant hommage ?

Sidonie éclaira ma lanterne dès le lendemain
matin. Elle commença toutefois par me déconcer-
ter en paraissant ignorer le feu d'artifice qui
m'avait tellement intrigué. Bien qu'elle habitât le
quartier, elle n'avait apparemment rien remarqué. J'étais suffoqué. Puis je finis par comprendre
que ces embrasements étaient choses si ordinaires
à Monteux que les habitants n'y prenaient plus
garde. C'est que la principale entreprise de la ville
est la fabrique pyrotechnique Ruggieri, laquelle

possède à deux cents mètres un terrain dégagé où elle fait la démonstration de ses produits à la demande des clients de passage. Ces feux sont donc la chose des étrangers. Aucun Monteulais ne s'abaisserait à leur prêter la moindre attention.

Aucun Monteulais peut-être, mais moi, Parisien et romancier, je trouvais cette manufacture intéressante et pittoresque au possible, et je n'eus de cesse que je n'eusse obtenu un rendez-vous de son directeur. Je me présentai donc comme un écrivain de Paris désireux de se documenter sur la pyrotechnie en général et les établissements Ruggieri en particulier pour un prochain livre auquel je travaillais. Certes rien n'était plus loin de ma pensée en arrivant en ces lieux que les feux d'artifice, mais un manuscrit est semblable à une plante poussant en pleine terre et qui par toutes ses racines se nourrit de tout ce que le sol lui offre. Je sentais confusément que la pyrotechnie commençait à hanter mon futur polar.

M. Capolini m'accueillit avec l'empressement d'un professionnel flatté qu'un ignorant de marque vienne de Paris s'instruire auprès de lui. Au demeurant il parlait si bien et si brillamment des feux d'artifice qu'il paraissait par moments devenir lui-même un feu d'artifice. J'ai rencontré plus d'une fois cette sorte de contamination totale d'un homme par sa profession, charcutière sculptée dans du saindoux, paysan pétri de terre et de

fumier, banquier semblable à un coffre-fort, cavalier au rire hennissant. Les mains de Capolini
devenaient à tout moment fusées, bouquets, fontaines de feu ou soleils tournoyants. Ses yeux
paraissaient sans cesse éblouis par quelque
déploiement féerique.

— Etrange et admirable artisanat ! s'excla-
mait-il, dont la matière première est l'explosion.
Oui, monsieur, nous faisons ici des mélanges qui
sont tous détonants. J'ai toujours adoré ce mot :
détonant. Il y a en lui du tonnerre et de l'étonnement. Et cette explosion, nous nous en rendons
maîtres pour la déplacer dans l'espace et la
différer dans le temps. Nous composons un
mélange détonant qui, au lieu d'exploser ici et
maintenant, explosera là-bas et plus tard. Par
exemple à Paris, la veille du 14 Juillet. Mais ce
n'est pas tout. Ce déplacement externe dans le
temps et l'espace doit aussi revêtir une dimension
interne : la fusée doit inscrire sa trajectoire dans le
ciel, et pour cela son explosion doit s'étirer sur
plusieurs secondes. Voyez-vous, monsieur, toute
la pyrotechnie se ramène à une lutte contre le hic
et nunc. Différer et déployer, tels sont les deux
impératifs de l'art pyrotechnique.

Il me fit sortir de son bureau pour parcourir
avec moi un curieux village de maisonnettes
construites en matériaux légers.

— L'explosion hic et nunc, ici et maintenant,

poursuivait-il, ce serait tout simplement l'accident, la catastrophe. Et si par malheur elle se
produisait, tout est fait pour limiter ses effets
autant que faire se peut. Voyez ces ateliers. La
moindre déflagration les ferait voler en éclats. Et
comme vous pouvez le constater, les équipes sont
réduites à leur plus simple expression : deux
hommes, jamais plus. Vous n'avez sur vous ni
allumettes ni briquet ?

— Non, je ne fume pas.

— Excusez-moi, c'est notre règle d'or. L'équivalent de la règle du silence à l'abbaye de la
Trappe.

Il pousse une porte et nous entrons dans l'un
des ateliers. Il y a de grosses boîtes métalliques
remplies de poudres diverses, des fagots de tubes
en carton, des pots de colle, des rouleaux de
papier. Et deux hommes en blouse grise assis l'un
en face de l'autre à une table qui se livrent au
travail le moins sérieux du monde : à l'aide de
doses qui ressemblent à des petites cuillers, ils
versent dans un ordre évidemment déterminé des
faibles quantités de poudres dans des tubes dont
l'une des extrémités est étranglée. Une dose de
poudre grise, une rondelle de carton, une dose de
poudre verte, une rondelle, une dose de poudre
noire, etc.

Capolini évoluait dans la pièce avec l'élégante
désinvolture d'un dompteur parmi ses fauves. Il

débouchait un conteneur cylindrique, faisait couler dans ses doigts une poudre blanche, et prononçait : « Sels de strontiane : flamme pourpre. » Puis passait à un autre récipient : « Limaille de fonte : fleurs incandescentes. » Il dit encore en touchant du doigt des bidons scellés : « Zinc : flamme bleue. Salpêtre : larmes d'or. Mica lamelliforme : rayons de feu dorés. Sels de baryte : vert brillant. Carbonate de cuivre : flamme glauque. Collophane : flamme orangée. Sulfure d'arsenic : blanc brillant. » Puis il vint s'asseoir près de moi en jouant avec une fusée vide.

— Comme vous le voyez, sa base se termine par un orifice étranglé. A ce niveau inférieur, la poudre est une composition fusante qui chasse par le trou des gaz sous pression, provoquant le mouvement ascensionnel de la fusée. Au-dessus de la composition fusante, on place la chasse. C'est une charge de poudre fine destinée à expulser la garniture du pot de la fusée au moment où celle-ci aura atteint le zénith de sa trajectoire. Cette garniture, c'est la raison d'être de la fusée. Il y a là-dedans des étoiles et des larmes de lumière, des fleurs et des cheveux de feu. Mais il faut que je vous révèle encore un secret. Si la fusée était telle exactement que je viens de vous la décrire, elle ne s'épanouirait pas, elle ne monterait pas en plein ciel, elle ne quitterait même pas le sol. Oui, monsieur, tel est le merveilleux mystère de cet objet. Sachez-le bien : comme les femmes et comme les violons, la fusée possède une âme. Une âme sans laquelle elle reste éteinte et clouée au sol. Qu'est-ce que l'âme de la fusée ? Je ne saurais vous la montrer. On ne montre pas une âme. L'âme de la fusée, c'est tout simplement un vide ménagé en son centre et ayant la forme d'un tronc de cône. Comment ce vide fonctionne-t-il lors de l'allumage, de la combustion et de l'explosion de la fusée ? Personne ne le sait. Il existe autant d'explications que de physiciens artificiers qui se sont penchés sur le problème. Mais le fait est là : sans ce vide tronconique au plus intime d'elle-même, la fusée reste un objet inerte.

Capolini reposa la cartouche sur la table en me souriant d'un air d'ironique supériorité.

— Je vous ai dit, poursuivit-il, que l'explosion que préparent nos mélanges doit être différée dans le temps et déplacée dans l'espace. Ici un mot s'impose qui commande toute notre profession. Le mot : commémoration. Le feu d'artifice est essentiellement commémoratif. Chaque pays a sa fête nationale, laquelle commémore un événement considéré comme symbolique et fondateur. Nous avons la prise de la Bastille rappelée chaque 14 juillet, fête nationale de la France. Mais le 21 juillet, c'est le tour de la Belgique, qui commémore l'avènement de Léopold Ier en 1831. Le lendemain, les Polonais fêtent l'anniversaire de la proclamation de leur indépendance en 1944 par le gouvernement de Lublin. Le 1ᵉʳ août, la Suisse se souvient de la création de la Confédération en 1291. Le 6 septembre, l'Allemagne fédérale a un an de plus, puisque c'est le jour où le Bundestag s'est réuni pour la première fois en 1949. Je pourrais vous citer toutes les fêtes nationales du calendrier. C'est notre pain quotidien, que voulez-vous ! Les fêtes ponctuelles à feu d'artifice sont de plus en plus rares. Les mariages princiers se célèbrent maintenant sans tambour ni trompette, et avec une discrétion qui ressemble à une sorte de honte. Ah, les fastes ne sont plus ce qu'ils étaient, cher monsieur ! On a peur de briller, d'être beau, riche, heureux. Le monde s'encapuchonne...

Ce qui m'amusait en le regardant faire son numéro, c'était l'indifférence absolue des deux ouvriers qui, apparemment sourds et aveugles à notre présence, continuaient leurs petites manipulations. Car ils paraissaient jouer avec leurs tubes de carton, leurs baguettes, leurs pots remplis de poudres de diverses couleurs, un travail badin, un amusement en somme. Et d'ailleurs un feu d'artifice, n'était-ce pas le symbole même du luxe inutile, de la fortune dissipée en fumée pour le plaisir de quelques minutes ?

— Et la sécurité ? demandai-je en sortant. Vous ne craignez pas les accidents ?

— Des accidents ? Jamais ! De mémoire de Ruggieri, on n'a pas eu à déplorer ici une seule explosion. Toutes les précautions sont prises. Il n'y a pas la moindre faille dans notre dispositif de sécurité. Il faudrait... je ne sais pas, moi... un acte de malveillance, une intention suicidaire, que sais-je ?

J'ai marché dans les rues du bourg, pensif et amusé. Est-il vrai que la poudre a été inventée par les Chinois, mais qu'ils n'avaient jamais pensé à en faire un usage meurtrier ? Il aura fallu les Occidentaux pour avoir l'idée diabolique des armes à feu. Et je revoyais à Fribourg-en-Brisgau le monument du bénédictin allemand Berthold Schwarz qui aurait mis au point la poudre à canon au XIV⁰ siècle. Un moine... allemand... appelé Noir... tout cela n'était-il pas un peu caricatural ?

Je mentirais en prétendant que j'ai beaucoup travaillé les jours qui suivirent. Le boulodrome, qui réunissait matin et soir sous les platanes une petite assemblée chamailleuse mais au fond très respectueuse d'un rituel verbal, absorbait toute mon attention. J'observais que ces rencontres — pas plus que les palabres africains — n'admettaient des femmes et des enfants. N'est-ce pas que la partie de boules est tout ce qui reste d'une sorte d'assemblée d'anciens destinée à manifester l'âme de la communauté ? La chaleur ne m'encourageait pas plus d'ailleurs à poursuivre ces réflexions socioculturelles qu'à me mettre sérieusement à mon manuscrit. Quelle idée saugrenue avait eue mon éditeur de m'envoyer ici en plein été pour travailler ! Mes siestes se prolongeaient de plus en plus tard dans l'après-midi, et je voyais venir le jour où je devrais faire effort pour me lever avant la première partie et le premier apéritif. Un événement brutal interrompit cette évolution déplorable.

Un vieillard vénérable à tête d'empereur romain pointait en direction d'un groupe de boules massées autour du cochonnet.

— Ça va être une boucherie, grommela mon voisin en hochant gravement la tête.

La boule s'envola, décrivit une gracieuse trajectoire en direction du cochonnet, mais au moment précis où elle percutait les autres boules groupées, un bruit de tonnerre ébranla l'atmosphère, provoquant l'envol de centaines de moineaux qui sommeillaient dans les branches des platanes. Puis, du côté de la fabrique Ruggieri, tout le ciel s'embrasa. C'était de nouveau un feu d'artifice, mais chaotique, fou, une ardente mêlée où l'on entrevoyait des cascades, des chandelles romanes, des ailes de moulin, des soleils, des girandoles noyés dans un gâchis d'enfer. Hic et nunc. L'expression de Capolini me revenait à l'esprit : l'explosion ici et maintenant, non différée dans le temps ni déployée dans l'espace, la catastrophe qui ne devait jamais se produire.

Des gens couraient déjà en direction de la fabrique. Des voitures stoppaient. On sortait des maisons. Certains commerçants fermaient leur magasin. Cette population, habituée aux feux d'artifice de Ruggieri au point de ne pas percevoir même les plus pétaradants, avait immédiatement compris qu'il ne s'agissait pas cette fois d'une inoffensive démonstration, et comme tous les ouvriers étaient du pays une panique secouait la ville.

Je suivis le mouvement. Les gendarmes s'efforçaient de contenir la foule hors des limites de la fabrique. Il n'y avait plus ni feu ni flammes, mais seulement un torrent de fumées âcres hantées de reflets livides. Des pompiers allaient et venaient, et la foule s'agglutinait autour des civières qu'ils évacuaient à grand-peine. Je cherchais des yeux Capolini. Aurait-il accepté de me parler ? N'aurait-il pas pensé que j'avais été l'oiseau étranger de mauvais augure pour sa fabrique ? Finalement je rentrai à la maison, chassé par le sentiment que je me mêlais de ce qui ne me regardait pas.

Le lendemain, Sidonie m'apporta les premières nouvelles. Il y avait deux morts, les deux ouvriers de l'atelier où s'était produite l'explosion. Plus une dizaine de blessés dont un gravement brûlé. On ignorait tout de la cause de la catastrophe.

Comme me l'avait dit Capolini, une pareille chose ne pouvait pas se produire. Elle s'était produite cependant. La fabrique avait provisoirement fermé, bien que les dégâts fussent assez vite réparables. J'appris l'identité des victimes : Gilles Gerbois et Ange Crevet. Le premier cinquante-deux ans, père de trois enfants. Le second quarante ans, célibataire. Tous deux du pays. Leur photo figurait à la une des journaux à côté de celle de Capolini, lequel répétait qu'aucun accident n'était possible dans sa fabrique et que donc... donc... Il ne restait au lecteur de ses déclarations embrouillées qu'à scruter ces deux visages, l'un massif, buté, assoupi, déjà empâté, l'autre aigu, inquiet, fuyant. Savaient-ils, eux, ce qui s'était passé, ou bien étaient-ils morts surpris, stupéfaits, sans rien y comprendre ? Je me souvenais vaguement des propos de Capolini lors de ma visite. Accident impossible... Seul un acte de malveillance ou une intention suicidaire... Absurde ! Comment concevoir un crime ou un suicide dans de pareilles circonstances ? Je continuai à interroger les deux photos, mal reproduites en clichés typographiques. Je revoyais les deux ouvriers absorbés dans leurs manipulations dérisoires pendant les discours de Capolini. Quel drôle de couple tout de même que ce Gerbois et ce Crevet ! L'envie me vint d'aller au journal demander à voir les originaux des photos.

Le soir, je fus prendre l'apéritif au café de la place. Les buveurs du zinc parlaient tous en même temps, et leurs provençalismes ne facilitaient pas la compréhension de ce qu'ils disaient à mes oreilles d'homme du Nord. Mais beaucoup paraissaient connaître personnellement les deux morts à la façon dont ils mentionnaient « le Gerbois » et « le Crevet ». Certains disaient même « le petit Crevet », ce qui faisait fortement image et s'accordait avec le visage mince et tourmenté dont je gardais le souvenir. « Pas de chance, ça on peut dire qu'il avait pas de chance celui-là. Depuis le temps qu'il lui arrivait des bricoles, ça devait finir comme ça un jour ou l'autre. » L'homme qui assenait ces affirmations paraissait recueillir l'approbation du petit groupe qui l'écoutait. Mais de qui parlait-il ? De Gerbois ou de Crevet ? Je brûlais de le demander, mais je n'osais me mêler à la conversation avec ma tête de Parisien et mon « accent poinntu ». Comme la veille sur les lieux de l'accident, j'avais le sentiment de commettre une indiscrétion. Je m'éloignai, mécontent de moi et des autres.

Le lendemain j'interrogeai Sidonie sur les deux hommes. Je n'en tirai pas beaucoup de précisions, sinon que Crevet était « un pas grand-chose » qui avait fait trente-six métiers et logeait tout seul dans une caravane hors d'usage à la sortie du bourg. Toute sa considération allait en revanche à

Gerbois, un père de famille rangé dont la femme était « une bonne petite ». Je n'en obtins pas davantage.

Plus tard, en marchant dans la rue, je suis tombé sur une modeste vitrine où étaient étalées les pages du *Dauphiné Libéré*. C'était le bureau local de ce quotidien. Je suis entré et je me suis présenté comme un écrivain parisien venu écrire sur place une chronique provençale. Presque la vérité en somme. La catastrophe de Ruggieri m'intéressait, et particulièrement la personnalité des victimes. Le secrétaire de la rédaction sortit pour moi l'épais dossier de cette toute fraîche actualité. Il y avait la photo de la caravane où habitait Crevet, mais déjà, me dit-il, on avait procédé à son enlèvement. Le curriculum vitae dudit Crevet mentionnait que, enfant naturel d'une demoiselle Crevet, décédée alors qu'il n'avait qu'une douzaine d'années, il avait été élevé, si l'on peut dire, à l'Assistance publique d'Avignon, non sans agrémenter son internat d'un certain nombre de fugues suivies de réintégrations manu militari, jusqu'au jour où un engagement sous les drapeaux l'avait envoyé en Algérie. Ensuite les petits métiers — cueillette d'olives, tonte des moutons, récolte de lavandin, mécanique automobile, maçonnerie, terrassement, etc. — alternaient avec des périodes de chômage et de brefs séjours en prison pour des peccadilles. Je pris note des grands traits du destin de cet humble marginal. Quant à Gerbois, j'obtins, outre son adresse, un début d'éclaircissement sur la malchance qui le poursuivait — car c'était visiblement à lui qu'avait fait allusion le consommateur du bistrot. En effet cet homme tranquille paraissait voué aux accidents du travail. En 1955, sur un chantier de H.L.M., un chargement de tuiles que montait une grue se détache et lui brise l'épaule. En 1958, il est traumatisé par l'explosion d'une mine lors du percement du tunnel routier de Pernes-les-Fontaines. En 1963, il est bousculé par un camion emballé dans la descente de Gordes. L'année suivante, pendant l'élagage des platanes, une chaîne de tronçonneuse se rompt, saute et lui lacère le visage. En 1967, sur le chantier de réfection de la nationale 542, une cuve de bitume en fusion bascule et lui brûle les pieds. En 1970, il reçoit dans les yeux une décharge de sulfate de cuivre qu'on pulvérisait sur les vignes. Certes Capolini devait ignorer cette cascade de malheurs le jour où il engagea Gerbois dans sa fabrique. Je songeais à la célèbre question que le très superstitieux Mazarin ne manquait jamais de poser quand il envisageait un poste de responsabilité pour un candidat recommandé : « Est-il heureux ? », ce qui voulait dire : a-t-il de la chance ?

Je laissai passer une semaine, puis je me rendis

à l'adresse que l'on m'avait communiquée au journal comme la sienne. Adrienne me reçut sans trop de surprise dans une maison où régnait un chaleureux désordre. Elle vivait depuis la mort de Gilles dans une atmosphère de deuil et de condoléances qui paraissait l'avoir à la fois grisée et accablée. Elle se lança dès mon arrivée dans un éloge prolixe du disparu qui se situait principalement pendant les années d'Occupation et lors de la Libération. Gilles aurait été le grand héros du « maquis » de la Sorgue et l'animateur de la libération et de l'épuration en août 1944. Pendant plusieurs semaines, il aurait régné sur Monteux et ses environs comme un seigneur de la guerre. Ah, comme il les avait fait trembler les traîtres et les collabos ! Adrienne n'en parlait que par ouï-dire, puisqu'elle était née en 1940, mais l'héroïsme de Gilles était inscrit dans l'histoire de Monteux. Et ensuite, ensuite ? A quoi tout cela avait-il servi ? Quel avantage avait-il retiré de sa conduite ? Rien, pas même une médaille ! se lamentait-elle.

Je prononçai le nom d'Ange Crevet. Elle s'exclama : « Ange et Gilles ? Les meilleurs copains du monde, monsieur. Des inséparables pour ainsi dire. Pour le petit Crevet, Gilles, c'était son grand frère, un peu le père qu'il n'avait pas eu, si vous voyez ce que je veux dire. Dès que Gilles était à travailler quelque part, on voyait arriver Ange. Il fallait bien qu'on l'embauche aussi. Et s'ils sont morts ensemble dans le même accident, c'était bien normal puisqu'ils avaient toujours travaillé en équipe. »

Ces derniers mots ne manquèrent pas de me surprendre. Ils avaient donc travaillé ensemble ailleurs que chez Ruggieri ?

— Mais bien sûr, monsieur. Comme maçons dans un chantier de H.L.M., comme terrassiers sur des routes en construction ou en réfection, comme élagueurs et ouvriers agricoles, lorsqu'ils ne trouvaient rien d'autre. Ah dame, quand on n'est pas qualifié, faut savoir tout faire !

Adrienne semblait ignorer de propos délibéré les accidents répétés dont Gilles avait été victime. Je n'y fis pas allusion.

Le soir, je repassai au bureau du *Dauphiné* pour un supplément d'information. Le secrétaire était malheureusement absorbé par l'annonce d'un retour de fin août qui promettait d'être difficile. Pour lui la catastrophe Ruggieri était réglée, classée, reléguée aux archives. J'avoue que je ne savais pas très bien ce que j'attendais de lui. Ce qui continuait à m'intriguer, c'était cet étrange couple, ces accidents à répétition et le mystère de cette explosion meurtrière à la fabrique.

En m'attardant quelque peu dans la pièce, je tombai sur la première page du premier numéro du *Dauphiné libéré* exposée sous une plaque de verre : l'entrée des chars de la Ire Armée dans la

ville, la foule en liesse, les derniers soldats allemands faits prisonniers par les F.F.I. La date : 11
août 1944. « Tiens, pensai-je, le 11 août, c'est
aussi le jour de l'accident de Ruggieri. » Me
voyant déchiffrer l'article de fond, le secrétaire
intervint : « Ce Vincent Bure qui a signé ces
lignes est à la retraite depuis longtemps, mais il
reste bon pied bon œil, et personne ne connaît
mieux que lui Monteux et ses années de guerre et
d'après-guerre. Si vous voulez aller le consulter, je
vous annoncerai. » J'acquiesçai avec empressement, et, après un bref coup de téléphone, il fut
convenu avec Bure que j'irais le voir le lendemain
en fin de matinée.

Il habitait près de la gare un vaste bâtiment qui
avait dû être un atelier ou un entrepôt. C'était
triste et laid, mais spacieux à souhait. Bure
ressemblait à son nom : un vieil ours brun, jovial
et bourru. Il parlait d'abondance avec un accent
si coloré qu'il m'arrivait de devoir lui faire répéter
sa phrase. Apparemment c'était un maniaque de
la documentation. « Heureusement, commentait-
il en se promenant dans des pièces encombrées
par des dossiers et des piles de journaux, ce n'est
pas la place qui manque ici. Mais, voyez-vous,
l'essentiel de mes archives, c'est là-dedans
qu'elles se trouvent ! » Et il se frappait le front du
plat de la main. « Quand je mourrai, quelle perte
pour la chronique locale ! Ah, ah, ah ! » Et il riait

de la bonne blague qu'il ferait en mourant à ses concitoyens de Monteux. « Parce que, voyez-vous, je suis né en 1918. J'en suis fort aise. Evidemment j'ai raté la guerre de 14-18. Encore que... Mon père qui l'avait faite en avait plein la bouche. J'ai tant entendu parler de Verdun et du chemin des Dames que je finis par croire que j'y étais ! Ah par exemple le Front popu, la guerre d'Espagne, Hitler et Mussolini, la drôle de guerre, l'Occupation et la Libération, là j'y étais, oui, et aux premières loges même. Comme journaliste, vous pensez ! Ensuite quand je voyais arriver au journal des petits jeunes, je riais de pitié. Pauvres chiens ! Ils arrivaient quand tout était fini. Car vous l'avez remarqué, hein ? Il ne se passe plus rien ! Depuis la Libération, c'est le calme plat. A part l'Indochine et l'Algérie, des friselis, monsieur, des friselis lointains ! Et après, rien, plus rien. Par gentillesse, on me fait le service du journal. Mais combien de fois le matin, après l'avoir parcouru en trente secondes, je me dis : " Pauvres chiens ! Mais si vous étiez hon-nêtes, vous ne l'auriez pas imprimé, ce journal ! Vous auriez placardé sur votre vitrine : il ne s'est rien passé depuis hier, donc aujourd'hui pas de journal ! " Ah, tenez, je suis content d'en être sorti. Je me replonge dans les événements que j'ai vécus. Des vrais, ceux-là ! Quelquefois un voisin passe me voir. Il me dit : " Alors ? Quoi de neuf ? " Je lui dis : " La VIe Armée commandée par von Paulus a capitulé à Stalingrad. " Il me dit : " Oh, peuchère, tu deviendrais pas un peu fada par hasard ? " C'est que la fois d'avant je lui ai dit : " Les Japonais viennent de couler la flotte américaine du Pacifique à Pearl Harbor. " Ou bien : " Les Italiens ont suspendu le cadavre de Mussolini aux crochets d'une boucherie de Côme. " Ah, c'est qu'on ne s'ennuyait pas de mon temps ! »

J'avais du mal à endiguer son discours. Je finis par placer : « Oui, mais même actuellement et à Monteux, il y a du bruit et de la fureur. Regardez la catastrophe de Ruggieri. » Il sursauta.

— Ruggieri ? Alors là, c'est tout le contraire. Depuis mon enfance, j'attendais qu'il arrive une histoire dans cette boîte. Je savais bien que ça couvait. Je me disais : " Ça couve, ça couve. Mais quand est-ce que ça va péter ? " Eh bien, ça a fini par péter ! Mais ça a pris du temps.

— Hier j'ai été voir la femme et les gosses de Gilles Gerbois. Vous le connaissiez !

— Si je le connaissais ! Le chef des F.F.I. de la Sorgue. Un fier gars, tenez !

Il se leva et se dirigea vers une pile de journaux qu'il commença à éparpiller.

— Nous y voilà, nous y voilà. Le Gilles, c'est lui ici avec ses maquisards acclamé par la population.

Il déployait sous mes yeux des journaux jaunis couverts de photos et de titres en caractères énormes.

— Là, il pousse devant lui des prisonniers allemands. Il a été le premier à accueillir les chars de la Ire Armée de De Lattre de Tassigny.

— Et ça ? Qu'est-ce que c'est ?

Je posais mon doigt sur une photo où l'on voyait une femme maigre et chauve chanceler pieds nus au milieu d'un groupe d'hommes hilares.

— Ça ? Eh ben, c'est la crevette, pardi !

— La crevette ?

— Oui, une pauvre fille qui restait avec son gosse dans une cabane à la sortie du pays. Elle vivait de petits travaux, mais en réalité elle couchait. C'était la Marie-couche-toi-là de Monteux. On peut dire que tous les hommes du village lui étaient passés sur le ventre. Alors, bien sûr, quand les soldats allemands sont arrivés, ils y sont allés aussi. En attendant que ça soye le tour des Américains. Seulement vous savez ce que c'est. Il y aurait pas eu de vraie Libération sans femme tondue. Alors comme la crevette, elle avait couché avec des Allemands, Gilles et ses gars, ils sont allés la chercher, ils l'ont attachée sur une chaise place du marché, et ils l'ont tondue comme un œuf. Et tout le monde rigolait, rigolait...

— Et ensuite ?

— Ah, eh bien, voyez-vous, ça aurait été que de moi, on en serait resté là. La Libération, c'était une fête, une fête superbe. Il fallait pas salir un jour comme ça. Seulement il y avait eu un résistant tué dans les bois. Alors la crevette, ils l'ont à moitié déshabillée, ils lui ont fait ôter ses souliers, et ils l'ont obligée à aller avec eux déposer une gerbe à l'endroit où il était tombé. Ah c'était un triste cortège, je vous jure ! Cette pitoyable crevette chauve qu'avait juste sur la peau une combinaison rose en indémaillable, et les hommes rigolaient parce qu'on voyait sa motte noire à travers. Elle trébuchait pieds nus sur les cailloux, quelquefois elle tombait, le Gilles la relevait à coups de bottes, fallait repartir. Moi ça m'a écœuré. Et j'ai pas été le seul à penser que c'était plus facile de tourmenter cette pauvre fille que de combattre les Allemands. Seulement vous pensez bien, personne n'a osé ouvrir la bouche pour protester !

— Qu'est-ce qu'elle est devenue après ?

— Elle est retournée se terrer dans sa masure. On ne la voyait plus. Des bonnes âmes devaient lui porter du ravitaillement. Ici, c'est après la Libération qu'on a le plus souffert de la faim, vous savez. Elle envoyait son gosse mendier et faire les courses. Et puis un jour, ça devait être deux ans plus tard, on a appris qu'elle était morte. Elle n'avait jamais eu de santé, la crevette. Son pauvre chien de gamin a été placé à l'orphelinat d'Avignon.

— Vous le connaissiez ?

— Non, à peine. Il s'appelait Ange, je crois.

— Ange Crevet ?

— Bien sûr, puisque c'était le fils de la crevette.

— Mais alors, c'est lui qui a sauté avec Gilles Gerbois ?

— Ah, c'est bien possible. Tiens, je n'avais pas fait le rapprochement. Mais quel intérêt ça a ?

Quel intérêt ça avait ? Gerbois avait été le 11 août 1944 le bourreau de la crevette. Ange avait alors dix ans. Il vivait seul avec elle dans une masure, et on imagine l'attachement sauvage qui devait unir ces deux misérables. L'enfant était sans doute au premier rang des spectateurs quand Gerbois et ses hommes avaient tondu la crevette, puis l'avaient déshabillée pour la traîner sur la tombe du maquisard. Et trente ans plus tard, un 11 août, ils mouraient, Gerbois et Crevet, dans le même accident. Un mot de Capolini me revenait maintenant : *commémoration*. Le mot qui commande la profession d'artificier. Et je ne sache pas que les habitants de Monteux commémorent leur libération de 1944. Sauf l'un d'eux peut-être. Mais alors, ce petit Crevet, quel drôle d'oiseau tout de même !

Il me fallut quatre jours de recherches pour

trouver quelqu'un qui me parle de lui. Ce fut
Adèle Gerbois, la sœur de Gilles, vieille fille et
couturière. Je finis par découvrir sa demeure dans
une ruelle tortueuse grimpant entre des maisonnettes bossues agrémentées de minuscules jar-
dins. Le son de cloche qu'elle émit sur les
relations de Gilles et d'Ange ne ressemblait en
rien à ce que m'en avait dit sa veuve Adrienne. La
couturière paraissait au demeurant faire peu de
cas de sa belle-sœur.

— Une brave fille sans malice, monsieur, mais
bornée et quasiment illettrée.

Je remarquai aussitôt que les murs du petit
salon où elle me recevait étaient couverts de
rayonnages garnis de livres.

— Mon frère a eu bien du mérite de l'épouser.
C'est à cause des enfants qu'il l'a fait. Elle l'a
empêché de réussir comme il aurait dû.

Elle était pleine de réticences. Mais elle sortit
de sa réserve quand je hasardai le nom d'Ange.

— J'ai scrupule à déparler d'un mort, monsieur, mais ce petit Crevet m'a toujours inquiétée.
Impossible de savoir ce qu'il pensait, toujours
tourmenté, taiseux, avec cela instable, imprévisible. Je ne l'ai jamais vu rire. Un vrai sauvage,
monsieur.

— Avait-il des amis ?

— Des amis ? Non, on ne lui en connaissait
pas. Sauf mon frère, hélas ! On aurait dit qu'il le

poursuivait, vous savez. Combien de fois il a réussi à se faire embaucher dans l'entreprise où il travaillait ! Gilles le traînait comme un boulet. Un jour, je lui ai demandé s'il n'avait pas peur de ce drôle. Il m'a dit bizarrement : " Je préfère encore l'avoir près de moi. Au moins je sais ce qu'il manigance. " Vous avez vu comment ça s'est terminé.

— Une femme ?

— Une femme ? Il aurait fallu qu'elle soit bien folle pour se mettre avec lui ! Non, on ne lui en connaissait pas. A part sa mère, évidemment. Ah, il faut lui reconnaître ça ! Un vrai culte qu'il avait pour elle. Moi qui m'occupe avec le bedeau des tombes abandonnées du cimetière, je peux vous dire qu'il fleurissait celle de sa mère très régulièrement. Il avait son calendrier à lui. Un maniaque des dates. On ne savait pas trop à quoi ça correspondait d'ailleurs. L'anniversaire de sa mère, sa fête, la date de sa mort peut-être. Pour le reste, mystère. Mais à dates fixes, on était sûr de voir arriver Crevet au cimetière.

Commémoration. A nouveau le mot clef de Capolini me revint à l'esprit. J'eus une soudaine illumination.

— A propos de dates... Gilles a eu des accidents de travail, je crois. Savez-vous exactement quand ?

— Vous voulez savoir quels jours ont eu lieu

ces accidents? Là alors, je ne peux rien vous préciser. Il faudrait demander à Adrienne. Elle doit avoir ça dans ses papiers.

Deux heures plus tard, j'étais chez la veuve de Gilles et j'avais ce que je cherchais. Un peu surprise évidemment, elle plongea néanmoins dans des cartons remplis de papiers en désordre. Elle y repêchait des feuilles d'embauche, des procès-verbaux d'accidents, des dossiers de maladie. Il n'était guère question de reconstituer toute la vie malchanceuse de Gilles. Mais j'appris que la chaîne de tronçonneuse qui l'avait balafré avait sauté le 11 août 1964. Que le camion qui l'avait bousculé s'était emballé dans la descente de Gordes le 11 août 1963. Que le chargement de tuiles avait basculé sur sa tête le 11 août 1955. Nos recherches ne m'apprirent rien de plus. La simplesse de la femme, incapable de déchiffrer ces grimoires et totalement insensible au retour obsédant de cette date, finit par me décourager. Après tout, de quoi étais-je en train de me mêler? Je n'étais ni policier, ni parent de Gilles Gerbois. Seule la curiosité me poussait, une curiosité que mon métier d'écrivain excusait à la rigueur.

Un dernier carton contenait des lettres, pour Adrienne, une moisson de renseignements encore plus incompréhensibles que les autres. Je manipulais, vaguement écœuré et avec une mauvaise conscience indéniable, ces vestiges d'un passé inconnu. Je remettais tout en place quand une enveloppe me frappa en raison de l'écriture enfantine de l'adresse. Elle contenait une feuille arrachée à un cahier d'écolier sur laquelle était écrit en lettres pataudes dans une orthographe purement phonétique :

KAN JEU CERÉ GRAN JEU TEU TURÉ

ANGE

11 ou 1944

— Qu'est-ce que c'est ? me demanda Adrienne.

Je remis tout en place.

— Rien. Un enfantillage.

J'avais pour mon compte fait le tour de cette affaire. Elle demeurait certes semée de blancs, de mystères, de points de suspension. Je ne souhaitais pas cependant en savoir davantage sur cette histoire d'amour-haine qui avait fini en feu d'artifice. Il n'était que temps de me mettre enfin à mon brave polar, cette histoire de vengeance étirée sur toute une vie dans le cadre d'une petite ville de province où tout se sait...

Blandine
ou La visite du père

« Nous autres célibataires, nous sommes à la fois fragiles et menacés ! »

Anselme avait lancé cette affirmation d'un ton péremptoire après un long silence pendant lequel il avait écouté les doléances et les revendications des autres convives non mariés. Puis il s'était saisi d'une bouteille de cidre et il avait entrepris de remplir les verres, comme pour s'assurer ainsi un auditoire calme et attentif.

« Nous nous plaignons des exigences du percepteur qui écrase le célibataire avec une prédilection sadique. Mais il y a aussi notre manque de mobilité. Dans les grandes entreprises, on s'imagine volontiers qu'un célibataire, parce qu'il n'a ni femme ni enfants à traîner derrière lui, peut être déplacé, affecté ici ou là, en province ou au bout du monde. Voyageur sans bagages, il serait transportable à moindres frais qu'un homme marié. C'est sans doute vrai pour l'entreprise qui

l'emploie, mais pour lui, c'est un désastre. Car un
père de famille possède un milieu humain minimum attaché à lui et qu'il peut emmener avec lui.
Sa femme et ses enfants, c'est une petite société
qui le suit tant bien que mal dans ses migrations.
Le célibataire possède lui aussi un milieu
humain : ses parents, ses amis, ses amies, ses
terrains de chasse familiers, un club, des salons.
Rien de tout cela ne s'emporte. Transplanté, il
souffre d'une solitude totale, profonde. Il lui
faudra des années pour reconstituer le terreau
humain sans lequel il est déraciné et en état de
manque social.

« Oui, vraiment, nous sommes fragiles et
menacés, répéta-t-il, et je viens d'en faire une bien
curieuse expérience. »

Puis il se tut un instant pour mieux rassembler
notre attention.

*

Ma maison est proche à la fois de l'église et de
l'école communale du village. L'un de ses
charmes est la sonnerie des cloches, l'autre les
piaillements lointains et rafraîchissants de la cour
de récréation. C'est une maison ouverte à tout
venant. Encore un trait de la vie du célibataire.
C'est la femme qui ferme les portes d'une maison.
Elle est la gardienne du foyer, une gardienne

souvent jalouse, qui a un peu trop tendance parfois à faire le vide autour de son mari. Nous savons tous cela : une fois sur deux, un ami qui se marie est un ami perdu. Madame le veut pour elle seule, et elle répugne à la complicité créée par des relations antérieures au mariage de son époux.

Au contraire, ma porte est toujours ouverte. Quatre fois par jour, des petits groupes d'écoliers et d'écolières passent en pépiant devant les grilles béantes du jardin. Souvent, quand il fait beau, ils s'aventurent chez moi. J'ai des noisetiers, des pommiers, des cerisiers, un néflier. En cherchant bien au pied des murs, on trouve au printemps des fraises sauvages. Et puis il y a la curiosité suscitée par ce drôle de métier de photographe qui est le mien. Comment peut-on gagner sa vie comme ça ? Si encore j'avais une boutique avec des appareils et des pellicules à vendre, si on me voyait opérer dans les baptêmes, les mariages, les réunions de chasseurs ! Mais non, je suis « reporter ». Au fond, on ne sait pas très bien ce que je fais. Alors, n'est-ce pas, ce métier qui n'en est pas un, ces portes ouvertes, cette absence de maîtresse de maison, cela provoque le mépris des gens sérieux et la curiosité des enfants. On risque une expédition. On me rencontre, on fait connaissance. La maison est vite explorée, et on note avec satisfaction que le congélateur contient une provision de crèmes glacées. Je le regarnis en même temps et dans le même esprit que la mangeoire des petits oiseaux et l'écuelle du chat.

Notez que ces incursions sont presque toujours le fait des petits garçons, bien que l'école soit mixte. Les fillettes plus craintives — ou dûment chapitrées — s'aventurent moins volontiers chez l'inconnu. Il est remarquable au demeurant qu'en dépit de tous les discours « permissifs » comme on dit, les mœurs soient restées, sur ce point au moins, très traditionalistes. J'aimerais que des sociologues enquêtent dans les grandes villes, les jours de congé, et comptent le nombre de garçons et celui de filles en libre vadrouille dans les rues. Je suis sûr qu'ils trouveraient dix garçons pour une fille.

Un ami à qui je rapportais le fait de ces visites d'enfants chez moi et la rareté des fillettes parmi eux s'est exclamé : « Heureusement pour toi ! Prends garde aux fillettes ! Pas touche, bas les pattes ! Quoi qu'on en dise dans les milieux qui se croient évolués, tu peux tout te permettre avec les garçons. Les fillettes sont des pièges à... sots, des faiseuses d'embrouille, des petites poisons. »

Je ne l'avais cru qu'à moitié, connaissant son pessimisme invétéré et sa misogynie. Puis j'ai repensé à lui le jour de l'été dernier où j'ai fait la connaissance de Blandine.

J'avais sorti ma chambre 4 × 5 inch avec tout son attirail — trépied à crémaillère, châssis, cellule, télémètre, et même flash électronique pour éclaircir les ombres d'une prise de vue faite en plein soleil. Il s'agissait de photographier un couple de gros bourdons qui lutinaient à grand bruit les épis d'une touffe de lavande. Ce document pouvait intéresser une revue à demi scientifique et fort luxueuse qui paie assez bien, mais il exigeait une patience infinie, car il va de soi qu'il n'y avait pas le moindre esprit de coopération à attendre de mes deux bestioles. A peine l'un des bourdons se trouvait-il dans mon collimateur, et la mise au point achevée, qu'il jugeait à propos de changer de fleur avant que j'aie pu prendre la photo. J'étais concentré, tendu, au bord de l'exaspération, quand un énorme intrus surgit presque entre mes jambes, bouscula mon trépied, renversa ma boîte de châssis. C'était un gros chien du genre briard, velu, noir et jovial, qui leva la patte sans cérémonie sur mes lavandes avant de s'empêtrer dans le fil de mon flash.

Aussitôt après j'entends des appels, des voix claires, des rires, et je vois surgir à leur tour deux fillettes. J'ai tout oublié de l'une, qui devait être grise, ou transparente, ou même invisible, car je ne pouvais avoir d'yeux que pour l'autre tant elle était fine et jolie. Les tabliers de lustrine noire soutachée de rouge des écoliers de jadis ont disparu, et je les regrette. Rien ne met mieux en valeur la fraîcheur et la gentillesse d'un enfant qu'un vêtement sombre et austère. Blandine avait un sarrau bleu clair, fort court, serré par une ceinture fleurie sur ses cuisses dorées. Elle a éclaté de rire en voyant son chien s'ébattre au milieu de mon matériel, et aussitôt j'ai pensé à l'un des anges musiciens de Botticelli. Elle se jeta à sa poursuite, réussit à se cramponner à son collier, mais il était plus lourd qu'elle, et il la fit rouler dans l'herbe. Moi, je buvais des yeux ce spectacle ravissant, et je me demandais quelle diable d'idée j'avais pu avoir de photographier des bourdons.

On fit connaissance. Elle habitait avec ses parents, ses deux frères aînés et sa petite sœur une fermette isolée à un kilomètre du village. « Mais, me dit-elle, on va bientôt déménager. » Son père était employé dans une usine de matériel électrique assez éloignée. Il partait tôt, rentrait tard. Pendant les vacances, on ne bougeait pas, puisqu'on habitait la campagne.

Je les fis entrer pour leur montrer mon laboratoire et certains de mes travaux.

— Il faudra revenir et je ferai votre portrait à toutes les deux, promis-je hypocritement. Mais la prochaine fois n'amenez pas le chien.

Car nous l'avions laissé dehors, et, affolé de solitude, il menait un train d'enfer pour rentrer.

On se quitta. Elles s'enfuirent en riant, entourées par les bonds joyeux du briard, et je restai seul, ébloui et un peu triste, avec ma chambre

4 × 5 inch et mes lavandes que les bourdons avaient définitivement abandonnées. Quoi de plus mélancolique qu'un photographe qui n'a plus rien à photographier, ayant laissé échapper la seule image qui compte désormais à ses yeux ?

Blandine revint. Seule, sans sa compagne, et dans mon aveuglement je ne songeai même pas à m'en étonner. Je fis d'elle une série de portraits qui sont sans discussion possible ce que j'ai réussi de mieux en vingt-cinq ans de photographie. J'eus un moment d'inquiétude, lorsque je lui en proposai un jeu pour ses parents et qu'elle refusa : « Oh non, ça ne les intéresserait pas ! » Je n'eus même pas le courage de lui demander s'ils étaient au courant de ses visites chez moi.

Un jour qu'il pleuvait, elle entra en secouant ses cheveux d'or emperlés de gouttes. Puis elle accrocha au mur un imperméable craquelant, translucide et léger comme une aile de libellule, et elle se dirigea d'autorité vers la cuisine. J'allumai une flambée dans la cheminée. Elle prépara un thé avec des toasts. *Tea for two.* C'était ravissant, radieux, idyllique. Je ne cessai de penser à Lewis Carroll, ce clergyman photographe d'il y a cent ans, qui organisait chez lui des réceptions exclusivement réservées à des fillettes de moins de douze ans. Il les maquillait, les déguisait, les disposait en groupes ou en tableaux vivants, et fixait sur la pellicule pour l'éternité leur éphémère, fragile et

délicieuse immaturité. Je me persuade d'avoir
moi-même entendu de sa bouche cette réponse
murmurée sur un ton de pudeur offusquée à un
ami qui lui demandait si toutes ces gamines ne
finissaient pas quelquefois par l'excéder : « Tai-
sez-vous, elles sont les trois quarts de ma vie ! » Et
il mentait par timidité sur ce quatrième quart,
lequel appartenait indubitablement aussi à ses
petites amies.

Quel âge pouvait avoir Blandine ? Onze ans
peut-être, douze au maximum. Mais je savais
d'instinct que la puberté n'avait pas fait encore
couler son sang. Je le voyais à cent détails qui ne
trompent pas, une certaine franchise proche de la
désinvolture dans ses mouvements, les cicatrices
de ses genoux ronds et naïfs, et certains gestes,
comme celui, dans l'attente ou l'ennui, de poser la
semelle de son pied droit en travers, sur le dessus
de son pied gauche, posture commune aux garçons et aux filles, mais typiquement impubère.

Oh, ne riez pas ! Je ne suis pas niais au point de
confondre immaturité et innocence ! Blandine
était rouée comme pas une, et je devais en faire
l'expérience de façon assez cuisante. Je crois au
contraire que l'enfant, parce qu'il n'est pas gêné
et aveuglé par les fermentations du sexe et du
cœur, est capable de plus de ruse parfois qu'un
adolescent aux prises avec ses états d'âme. Il n'est
pas rare que la puberté fasse d'une enfant vive et

délurée une oie blanche assez ridiculement empruntée. Surtout, Blandine se montrait incroyablement femme. J'ai eu souvent l'occasion d'observer cette exquise précocité sur des fillettes si jeunes qu'il s'agissait presque de bébés. A moins de deux ans, certaines savent qu'un homme est un homme et a droit de leur part à un comportement que résume le seul mot de coquetterie. En comparaison, les petits garçons restent des benêts inconscients — sauf à coup sûr à l'égard de leur mère — jusqu'à l'âge des premiers épanchements. Blandine avait pris possession de la maison, du jardin, de moi-même avec un naturel souverain, et je me laissai glisser dans une situation qui tenait pour moi du conte de fées.

Un jour, elle ne vint pas. Le lendemain non plus. Je l'attendis en me rongeant toute la semaine. Du moins entendais-je le pépiement des récréations de l'école, et je me persuadais que sa voix y avait sa part. Le week-end fut d'autant plus lugubre qu'il faisait un temps glorieux. Le lundi, j'accomplis le geste d'une stupide maladresse que je m'efforçais de m'interdire depuis huit jours : j'allai l'attendre à la sortie de l'école, m'exposant ainsi aux commentaires de toute la commune.

Elle vint droit vers moi et me dit simplement : « Papa veut vous voir. »

C'était la menace qui planait sur nous depuis notre première rencontre et que j'aurais dû conju-

rer en prenant les devants, et que j'aurais sans
doute conjurée si Blandine, inexplicablement,
n'avait pas éludé toutes mes velléités de visite à sa
famille.

— Quand il voudra. A quelle heure veut-il
venir me voir ?

— Il rentre du travail à sept heures.

— Demain, sept heures et demie.

— Je lui dirai.

Et elle s'éloigna, très droite, très sérieuse, sans
rien de la grâce enjouée qu'elle déployait habituellement chez moi, autour de moi. On sentait
bien que désormais le fantôme du père veillait sur
elle et l'entourait d'une atmosphère d'autorité
sourcilleuse.

A partir de cette minute, j'attendis. Quoi que je
fasse — une commande de cinq cents tirages
couleurs exigeait tout mon temps, sinon toute
mon attention — ce n'est plus que passe-temps et
impatience rongeuse. Je suis ainsi fait que certaines attentes remplissent ma vie à l'exclusion de
toute activité, de toute pensée qui leur serait
étrangère, des attentes en vérité tyranniques. Ce
père noble et vengeur, quelles accusations pourrait-il me jeter au visage ? Je repassais fiévreusement dans mon esprit le souvenir de toutes les
visites de Blandine, des heures que nous avions
passées ensemble, et en toute honnêteté je n'y
trouvais rien de bien coupable. Mais Blandine

était à l'âge délicieusement trouble où la tendresse se confond avec le désir et la bourrade
amicale avec l'étreinte amoureuse. Nous autres
célibataires, comme on a vite fait de nous traiter
de séducteurs, alors que le plus souvent nous ne
sommes que séduits, gibiers et non chasseurs,
victimes et non bourreaux !

On sonna. C'était lui. Si j'avais attendu un
patriarche courroucé, cambré, majestueux, je
m'étais bien trompé. C'était un petit homme au
visage triste et blême sous un béret basque
enfoncé jusqu'aux oreilles. Une musette d'ouvrier
— le casse-croûte de midi sans doute — complé-
tait sa silhouette laborieuse.

Il se posa au bord d'une chaise.

— Blandine m'a dit que vous souhaitiez me
parler, commença-t-il.

Ce mensonge sur lequel s'ouvrait l'entretien
augmenta mon malaise, d'autant plus que je ne
pouvais savoir s'il était le fait de Blandine ou de
son père. Il pouvait néanmoins passer pour une
perche que je saisis aussitôt.

— Bien sûr, n'est-ce pas. Elle vient me voir
assez souvent. Il est tout de même normal que je
me présente à ses parents.

Je lui demandai ce que je pouvais lui offrir. Il
finit par accepter un verre de bière. Non merci, il
ne fumait pas. Un silence énorme tomba. C'était
incroyable ce que nous avions peu de choses à

nous dire ! Je l'observais avec une attention
incrédule, me répétant sans pouvoir y croire :
« C'est le père de Blandine. Elle lui doit la vie. Il
la voit et l'embrasse chaque jour. » Comme
l'ordre naturel est bizarre parfois ! De son côté, il
regardait autour de lui avec curiosité.

— Blandine m'a beaucoup parlé de votre maison, dit-il.

L'idée un peu douloureuse me traversa qu'en
effet si Blandine m'était quelque peu attachée,
c'était sûrement moins pour moi-même que pour
cette maison où elle régnait et qui devait évidemment la changer du domicile familial. Je me levai
en lui proposant de faire le tour du propriétaire.
Cela contribuerait peut-être à nous mettre en
confiance réciproque. Rez-de-chaussée. Pièce
commune où nous étions. Bureau. Cuisine. Toilettes. Porte ouvrant sur l'escalier de la cave. Au
premier étage, la salle de bains et quatre chambres. Mais l'espace principal, c'était au-dessus, le
grenier aménagé, lambrissé de frisettes de pin.
C'était mon atelier de prises de vues. Et c'est là
aussi que j'ai mis mon lit, car il me plaît de
dormir au milieu de mes spots, de mes gamelles,
de mes trépieds, de mes appareils. Quand j'étais
écolier, je mettais la nuit sous mon oreiller le livre
où était imprimée la leçon du lendemain que je
savais le moins. Je croyais qu'à la faveur du
sommeil, le texte, si proche de ma tête, viendrait

s'y inscrire par une sorte de télépathie. Sans doute est-ce en vertu d'une croyance analogue que j'aime placer mon repos à l'ombre des instruments auxquels je dois ma subsistance et ma liberté.

— C'est grand, commenta le père de Blandine.

Grand ? Evidemment, une maison à la campagne est toujours plus spacieuse qu'un appartement à la ville. Mais, lui fis-je observer, j'étais assez « grand » moi-même avec mes activités professionnelles pour remplir tout cet espace.

— Ça ne fait rien, c'est grand, s'obstinait-il en hochant la tête.

Puis, tout naturellement, il enchaîna sur ses propres difficultés de logement. Sans doute Blandine m'avait-elle mis au courant. Ils allaient devoir bientôt déménager. La petite ferme qu'ils occupaient depuis onze ans — tiens, eh bien justement depuis la naissance de Blandine ! — leur était réclamée par le propriétaire, lequel, pour se débarrasser d'eux plus sûrement, leur avait trouvé une possibilité de relogement à une trentaine de kilomètres. Un de ces hameaux construits en série où les maisons toutes semblables se regardent par-dessus un rectangle de gazon grand comme une carpette.

— Alors voilà, conclut-il, je suis venu vous demander si vous ne connaîtriez pas quelque chose dans le coin. On ne sait jamais, une occasion qui se présenterait, une maison même un peu en ruine, que je me chargerais de réparer. Je ne suis pas difficile.

Je promis, touché par cet appel au secours, faisant mentalement le tour des gens que je connaissais, mais il était clair que dans cette campagne envahie par les résidences secondaires, la place est de plus en plus chichement mesurée aux gens modestes. Je promis de demander, oui, mais le ton de ma voix disait assez que je n'y croyais guère.

Lui non plus d'ailleurs, et ce n'était pas cela qu'il attendait de moi. Car soudain son visage gris s'éclaira d'un sourire, et, comme saisi d'une inspiration subite, il leva la main vers l'escalier.

— Mais vous ici ! C'est pas la place qui vous manque ! Puisque vous êtes toujours au second dans votre grenier, pourquoi vous nous loueriez pas le premier étage ?

Cette soudaine proposition me prenait de court. J'en avais le souffle coupé. Et lui se hâtait d'insister, comme si mon silence suffoqué eût été un début d'acceptation.

— On n'est pas encombrants, vous savez, moi, ma femme, les quatre gosses et Pipo.

— Pipo ?

— Oui, c'est le chien.

Celui-là, je l'avais oublié, et je revis cette

grosse brute affectueuse bousculant mes châssis et levant la patte sur mes lavandes.

Je finis par reprendre pied. Non vraiment, c'était impossible. Il ne fallait pas y songer. J'étais moins seul que je n'en avais l'air. Des amis venaient me voir. De la famille aussi. Le reste du temps, mon travail exigeait le calme. Et cette maison — tout en hauteur — rendait l'isolement impossible. Dès qu'il y avait quelqu'un dans l'une des chambres, je le sentais, même s'il était d'une parfaite discrétion.

Je parlai ainsi longtemps, doucement, tout en laissant percer sous mes mots un refus définitif à sa folle proposition.

Son sourire ne s'effaçait que lentement, tandis qu'il baissait les yeux sur le fond de son verre où il faisait tourner machinalement un reste de bière.

— C'est dommage, murmurait-il, c'est dommage, c'est bien dommage.

Puis, tout à coup, il me regarda. Le bas de son visage souriait encore vaguement, mais ses petits yeux gris me fixaient avec une malice dure.

— Oui, c'est bien dommage. Parce que si on ne trouve rien, eh bien, il va falloir partir, n'est-ce pas ? Et Blandine, eh bien, elle partira aussi !

Aventures africaines

Connaissez-vous Ceuta ? C'est un étrange petit port situé sur la côte marocaine, face au rocher de Gibraltar, la colonne d'Hercule européenne. L'autre colonne d'Hercule, l'africaine, c'est le mont Acho qui se dresse à proximité de la ville sur une sorte de presqu'île. Donc à l'ouest l'Océan, à l'est la Méditerranée, au nord l'Espagne, au sud le Maroc. Quant à la ville elle-même, elle constitue une enclave espagnole en territoire marocain, rattachée administrativement à Cadix... Il y a de quoi vous donner le vertige. La population, en majorité espagnole et catholique, est bien entendu très mêlée d'éléments berbères et musulmans.

J'habitais une villa adorable qu'un ami m'avait laissée pour la durée d'un voyage qu'il devait faire en Europe avec sa femme. C'est ainsi que j'apprécie les invitations. Pourquoi les gens veulent-ils toujours nous rendre prisonniers de leur propre présence ? Qu'ils m'invitent, oui, mais alors qu'ils

aient le tact de s'effacer et de me laisser seul
maître du terrain !

La chambre que j'occupais se prolongeait par
une terrasse couverte orientée vers l'est méditerranéen. Le premier rayon du soleil levant qui
frisait la crête des vagues s'écrasait en tache dorée
au-dessus de ma tête. Le premier souffle marin se
chargeait de l'odeur des citronniers et des magno-
lias, car un jardin de dimension moyenne séparait
la maison de la ligne des rochers où déferlait la
mer. Bref, inutile d'insister davantage, vous avez
compris, je pense, que j'étais au paradis.

Ma solitude n'était pas telle que mon ami ne
m'eût laissé son serviteur, Mustapha, un musul-
man aux cheveux gris et au sourire grave et doux.
Il arrivait avant le jour, prenait soin de la maison
et des fleurs, et s'en allait à midi après avoir
préparé le déjeuner.

Un jour, je fus éveillé par des bruits de voix
montant du jardin qui se mêlaient aux murmures
d'un jet d'eau et au grattement paisible d'un
râteau sur le sable des allées. Je fis quelques pas
dans le jardin avant de m'asseoir devant mon thé.
Un enfant d'une douzaine d'années rassemblait
les rares feuilles mortes tombées sur le sable, puis
s'interrompait pour déplacer le jet d'eau. J'échan-
geai quelques mots avec lui. Plus tard j'interrogeai Mustapha.

— C'est mon plus jeune fils, Hatem, me répondit-il avec vivacité. Depuis qu'il ne va plus à l'école, je ne sais plus quoi faire de lui. Il me rend des petits services. Le chômage des jeunes est notre plaie nationale.

— Il est très beau, dis-je un peu légèrement.

Beau, il l'était certes, blond et bleu, comme souvent les Berbères de cette région, mais ses traits parfaitement réguliers n'exprimaient qu'une gravité un peu butée qui assombrissait son visage enfantin, alors qu'elle s'enrichissait sur celui de son père d'intelligence et d'esprit.

J'avais l'habitude après le thé de remonter dans ma chambre, de me recoucher et de lire ou d'écrire une heure ou deux dans mon lit. Quelques minutes divines s'écoulèrent. Le jet d'eau continuait à glousser, mais je n'entendais plus le râteau. On gratta à ma porte. Puis on la poussa. C'était Hatem. Il hésitait. Je lui dis de fermer la porte. Il aurait pu comprendre que je le chassais. Au contraire, il entra, referma la porte derrière lui et vint se planter devant mon lit. Un faible sourire illuminait son visage mélancolique comme un rayon de soleil parfois traverse la pluie. J'écartai un peu la couverture du lit, et je lui dis : « Entre ! » Ses rares vêtements tombèrent sur le sol et il se glissa près de moi. Je serrai dans ma main les petites fesses, dures et contractées comme deux pommes, d'un de ces garçons à principes qui ont la sodomie en abomination.

— Tu ne crains pas que ton père monte ? lui demandai-je au bout d'un moment.

Il fit non de la tête.

— Il sait que tu es là ?

Mouvement affirmatif.

— C'est lui qui t'envoie ?

Il acquiesça encore. Je l'embrassai en remerciant Dieu qu'un aussi beau pays soit en outre habité par des hommes aussi bons et aussi intelligents.

Le lendemain matin, les propos de Mustapha me confirmèrent au demeurant l'assurance que m'avait donnée Hatem touchant les sentiments de son père.

— Tu sais Hatem, me dit-il en m'apportant mes toasts, il t'aime beaucoup. Tu devrais l'emmener avec toi en France. Il t'aiderait. Il sait tout faire, la cuisine, le ménage, le jardin. Et avec toi il apprendrait à lire et à écrire.

L'évidente sagesse de ce père me réconfortait. Il savait que rien ne pouvait mieux aider son fils à entrer dans la vie qu'un protecteur européen auquel l'attacherait un contact physique. Merveilleux Islam, si éloigné du stupide fanatisme antisexuel de notre société occidentale !

Seulement la proposition de Mustapha ne pouvait pas plus mal tomber, je veux dire en des circonstances plus cruellement ironiques. Huit jours plus tôt, remontant de Marrakech, je m'étais trouvé dans une situation exactement symétrique, et j'avais essuyé une gifle telle que j'en avais encore la gueule à moitié défoncée. Cela se passait à Chechaouen avec un garçon un peu plus jeune qu'Hatem et qui s'appelait Abdallah.

Ah celui-là, il peut se vanter de m'avoir charmé dans tous les sens du mot ! A peine m'étais-je arrêté sur la place principale de ce petit bourg montagnard accroché aux flancs du djebel ech Chaou, qu'il s'était glissé sans façon dans ma voiture en m'assurant avec un grand rire que je ne pouvais me passer d'un guide pour visiter la médina, acheter des peaux de bélier et découvrir le jardin andalou. Avais-je besoin d'une chambre ? Oui, répondis-je, mais dans un hôtel où le passeport n'est pas exigé, car je voulais la partager avec un ami marocain. Très intrigué et sérieux tout à coup, il me demanda où était cet ami. « A côté de moi dans la voiture », fut ma réponse. Son rire n'eut plus de fin, et c'était à coup sûr pour ce rire que je l'aimais, simplement comme on aime le soleil pour la chaleur et la lumière qu'il répand sur toutes choses. Abdallah était aussi brun et aussi gai qu'Hatem était blond et mélancolique.

Nous fûmes nous baigner aux sources vauclusiennes Râs el Ma, atrocement froides. Le corps d'Abdallah lisse, rond et dur ressemblait à l'un des galets sur lesquels l'eau s'abat en crépitant.

Puis il me conduisit dans une maison de la
médina que rien ne signalait comme auberge, et
où nous eûmes une chambre à deux lits d'une
saleté mémorable. Mais la beauté et la gentillesse
d'Abdallah faisaient or, albâtre et ivoire ciselé
tout ce qu'elles approchaient. Au milieu de la
nuit, réveillé par la violence de mon bonheur, je
l'éveillai pour lui dire que je l'emmenais en
France, qu'il serait pour toujours mon compagnon, que je lui offrais ma vie. Puis je me
rendormis avec le sentiment d'avoir réglé une
affaire immense et définitive.

Le lendemain, quand j'ouvris les yeux dans
l'affreux galetas, il avait disparu en emportant
l'argent liquide que contenaient mes poches. Je
lui avais offert ma vie, il avait préféré six cent
quarante-cinq dirhams. Un pareil *désintéressement*
me donna un vertige proche de la nausée.

Hatem et Abdallah, Abdallah et Hatem...
comme l'amour et le hasard se sont bien joué de
moi en cet automne marocain !

Lucie
ou La femme sans ombre

« Les femmes sont aussi intelligentes que les
hommes, mais elles sont plus connes, dit
Fabienne. Car il y a l'intelligence et il y a... disons
la non-intelligence. Mais là justement il faut
distinguer. On dit tout de suite : la bêtise. C'est
vrai que la bêtise est une non-intelligence. Mais
elle n'est pas la seule sorte de non-intelligence.
La bêtise, comme le mot l'indique, est le propre
de la bête, c'est-à-dire de l'animal opposé à
l'homme. Comparés à l'homme, le rat, le renard,
le chat, le chien et même le chimpanzé sont bêtes.
Mais leur intelligence peut se mesurer par des
tests. C'est une question de quantité. Il est ainsi
possible de trouver des quotients intellectuels
identiques chez tel singe et chez tel homme débile
mental. Avec cette nuance importante : le singe
placé dans des conditions naturelles aux singes se
montrera parfaitement viable et adapté, alors
qu'aucun milieu social normal ne permettrait à

un débile mental de survivre sans assistance.

« Donc si l'animal est bête, c'est simplement par manque d'intelligence. La proposition n'est pas un truisme. Car on peut aussi être bête avec une intelligence moyenne, supérieure ou même géniale : s'il s'agit d'une forme non plus négative, mais positive de bêtise. Cela suppose simplement qu'à côté de l'intelligence — et comme en concurrence avec elle — existent des forces, des pulsions, des fantasmes qui échappent à son contrôle, et même s'assurent son contrôle. Cette forme positive de bêtise, le populaire l'appelle communément la *connerie,* et l'origine de ce mot est bien instructive. Il vient en effet du latin *cunnus* et désigne le sexe de la femme. Michelet s'indignait au demeurant qu'on ait fait d'un objet aussi ravissant un synonyme de bêtise. Il avait tort. Ayant vécu dans l'intimité d'une femme, il aurait dû admirer au contraire l'intuition populaire. C'est que le propre de la femme, c'est d'avoir, outre un cerveau en tous points égal à celui de l'homme, un *cunnus* qui parfois se met à penser à la place de son cerveau. Quiconque vit avec une femme apprend très vite à son oreille à reconnaître la voix de son vagin lorsqu'il lui arrive de couvrir celle de son cerveau. Il serait souhaitable à ce propos de créer l'épithète *vagin, vagine,* le substantif *vaginerie* et le verbe *dévaginer* pour remplacer les malsonnants *con, conne, connerie, déconner*. On dira que l'homme a lui aussi son sexe, lequel peut tout autant que celui de la femme obnubiler son intelligence. Mais le sexe viril est moins "consubstantiel" que celui de la femme. Il n'est pas enfoncé dans son corps, mais au contraire accroché à lui comme accidentellement. C'est presque un attribut social, comme la barbe, et d'ailleurs c'est en grande partie sous l'empire d'une pression sociale que l'homme agit en fonction de son sexe. C'est la société qui l'oblige à se conduire "comme un homme", à "laver son honneur dans le sang", et autres stupidités. Et c'est sans doute lorsqu'il se trouve au volant de sa voiture qu'il abdique toute intelligence pour n'obéir qu'à sa "virilité". Mais là aussi le facteur social joue puissamment.

« La mainmise du vagin de la femme sur son intelligence trouva au Moyen Age une explication admirable de drôlerie et de perspicacité. On posait d'abord que le vagin est un petit animal, tapi dans le bas-ventre de la femme, et dont la nourriture normale est le sperme de l'homme. L'amour venant à faire défaut, le vagin affamé quitte son trou, comme le loup sort du bois, et il se met à errer dans le corps de la femme en quête de pitance. Or qu'est-ce qui ressemble le plus à du sperme dans le corps de la femme? La substance grise de son cerveau. Le vagin lui étant monté à la tête se met à lui manger le cerveau. Elle devient hystérique, elle " déconne ", " dévagine ".

— Sans doute, sans doute, intervint Ambroise, mais si la " vaginerie " constitue la forme positive de la bêtise, encore faudrait-il montrer tout ce qu'il y a en elle de véritablement positif, je veux dire la source de richesses qu'elle constitue. Au point que l'homme ou la femme transparents d'intelligence, sans ombre de vaginerie, ne seraient que d'assez pauvres ectoplasmes. Rappelez-vous Schlemihl, le héros de Chamisso, l'homme qui a vendu son ombre au diable. Il croit avoir dupé le Malin en lui ayant cédé son ombre — rien du tout en somme — contre une fortune. En vérité il n'a plus d'âme, et il fait horreur à tous ceux qui le rencontrent. Quant à la femme dépouillée de son ombre, elle est plus malheureuse encore, car elle a tout perdu. La femme est l'ombre de l'homme, et l'homme veut vivre dans cette ombre, car c'est de là que viennent chaleur et couleur. La lumière fait pousser les feuilles des arbres, mais elle arrête la progression des racines, lesquelles ne s'avancent que dans la nuit des profondeurs. Il faut garder présent à l'esprit Goethe et sa théorie des couleurs qu'il tenait pour l'essentiel de son œuvre.

« La lumière est, selon Newton, composée des sept couleurs du spectre. Proposition scandaleuse, inacceptable pour Goethe. La lumière est le comble de la pureté, de la simplicité, de l'homogénéité. Comment pourrait-elle résulter d'un mélange de couleurs qui toutes sont plus sombres qu'elle ? Non, la lumière est première, originelle, éternelle. Pour que naissent les couleurs, il faut qu'elle soit filtrée par un milieu trouble, comme un cristal ou comme l'atmosphère du ciel. Les couleurs sont les souffrances de la lumière, ses passions et aussi ses actions, car l'un ne va pas sans l'autre. De même le torrent de montagne limpide et clair qui se rue en avant peut être capté dans une turbine qui le voue à l'obscurité et à des travaux complexes. Quant à l'homme, c'est à son noyau de ténèbres qu'il doit ses couleurs.

« La physique moderne a choisi Newton et sa lumière composite et seconde par rapport à la couleur. Mais il serait facile de montrer que toute l'histoire de la peinture a pris le parti de Goethe et de son ombre polychrome. Ses sommets s'appellent Léonard de Vinci inventeur du clair-obscur avec sa *Vierge au rocher*, Rembrandt avec ses scènes nocturnes, le Caravage qui refait le monde avec un soupirail trouant le fond d'une cave, les impressionnistes avec leurs ombres mauves.

« J'ai vécu un drame dans mon enfance dont je porte innocemment la responsabilité et qui illustre très cruellement ces relations entre lumière,

ombre et couleurs. L'héroïne de cette histoire ne
s'appelait pas Lucie, mais je lui donnerai ce nom
par discrétion, et aussi parce qu'il y a *Lucie* dans
élucider, et que c'est aussi l'histoire d'une élucida-
tion qui fut en un sens meurtrière. »

Lucie ou La femme sans ombre

Donc je l'appellerai Lucie. C'était ma maîtresse
et je l'aimais. Je précise que j'avais dix ans. Je
n'oublierai jamais ses robes de laine multicolores
ou ses jupes longues, noires et amples de bohé-
mienne, ses foulards, ses colliers de coquillages,
ses ballerines (jamais je ne lui ai vu cette abomination : des chaussures à hauts talons !). Ses
jambes nues et bronzées se nouaient sous la table
surélevée à hauteur de nos visages, comme une
épaisse torsade de chair, impeccable et douce. Je
n'oublierai jamais surtout la couronne de fleurs
des champs dont elle s'était coiffée une nuit de la
Saint-Jean pour danser avec nous autour du feu
de joie. Elle avait une natte qu'elle nouait autour
de sa tête ou qu'elle laissait pendre dans son dos.
Parce que j'avais un album illustré de contes
populaires slaves, je lui trouvais l'air russe ou
ukrainien, exotique en tout cas.

Vous m'avez peut-être insuffisamment compris

quand j'ai parlé de maîtresse. Il est en effet bien
remarquable que le français emploie le même mot
pour désigner l'amante d'un homme marié, sa
seconde femme en somme, et l'enseignante qui se
charge des écoliers les plus jeunes. Car, notez-le,
on parle de « professeur » pour les plus grands.
La première femme d'un enfant, c'est évidemment sa mère. L'enseignante qu'il trouve à
l'école, c'est la seconde femme de sa vie, sa
maîtresse, et il n'est pas rare que par inadver-
tance il l'appelle maman. Est-ce une erreur
pendable ? On peut se le demander. Il y avait
jadis une tradition qui faisait de l'institutrice une
vieille fille disgraciée toute en lorgnons et en
chignons, d'une sècheresse caricaturale. Je suis
tout prêt à m'insurger contre cette image, mais
l'histoire de ma Lucie prouve peut-être qu'il était
sage de prévenir ainsi toute confusion.

Donc j'avais dix ans et j'aimais ma maîtresse.
J'étais prêt à toutes les manœuvres pour entrer
dans ses grâces. Comme j'étais un élève médiocre,
ni brillant ni cancre, aucunement remarquable en
quoi que ce fût, la tâche n'était pas aisée.
D'autant plus que ma passion était partagée par
tous les élèves de la classe. Tout nous persuadait
que nous étions des êtres à part, privilégiés,
prestigieux pour appartenir à Lucie. J'essayai
Sophie. C'était une camarade de classe. C'était
aussi la fille aînée de Lucie qui avait en outre

deux fils plus jeunes, Tibo et Tijoli. Seulement il semblait qu'un mur avait été dressé entre Lucie-maîtresse et Lucie-mère, car Sophie s'appliquait visiblement à ne rien laisser paraître du lien de parenté qui l'unissait à sa « maîtresse », et elle ne lui parlait qu'en l'appelant, comme nous autres, « Madame ».

Mon idée fixe fut longtemps d'accompagner Sophie suffisamment longtemps après la classe pour assister à la métamorphose de Lucie qui lui vaudrait d'être appelée à nouveau « maman » par sa fille. Il me semblait que ladite métamorphose serait valable aussi pour moi-même et que je franchirais ainsi le seuil d'une intimité bien défendue que j'imaginais paradisiaque. Or si j'avais eu par deux fois l'occasion de me rendre dans l'ancienne maison de garde-barrière qu'habitaient Lucie et les siens, si j'avais pu entrevoir les grandes toiles glauques et végétales que peignait Nicolas, son mari, c'était en vain que j'avais attendu que Sophie prononçât le mot magique, véritable « Sésame ouvre-toi » de cette famille. C'est une catastrophe qui devait m'en ouvrir les portes.

Mais il faut que j'évoque ma propre famille qui formait l'autre pôle de ma vie enfantine, pôle hélas négatif. L'argent. Je pense que les relations d'un homme avec l'argent sont aussi profondes et complexes que celles qu'il peut avoir avec Dieu,

son propre corps, sa femme, sa mère, etc. Mon
père gagnait beaucoup d'argent. Sans doute ce
flot perpétuellement alimenté était-il aussi indispensable à sa santé morale que l'oxygène qu'il
respirait l'était à sa survie physique. Comment
faire fortune ? La réponse est simple. Il suffit de ne
penser qu'à l'argent dès l'enfance. Penser, le mot
est d'ailleurs inexact. Il faut davantage et moins
que cela. Sans jamais s'être jamais formulé une
quelconque ligne de vie, le futur milliardaire
oriente automatiquement toutes ses pensées et
tous ses actes vers un seul but : le gain. C'est un
réflexe intégré, invétéré au point qu'il reste cons-
tamment subconscient. Bien entendu cette orien-
tation fondamentale a une origine qu'on peut
parfois déterminer. Chez mon père — et sans
doute son cas est-il assez commun — c'était, je
pense, la blessure morale que lui avait laissée le
manque d'argent, pis que cela : le spectacle
humiliant de ses parents se chamaillant autour
d'un porte-monnaie vide. Comme bien d'autres, il
en a été marqué pour la vie. La haine de la
pauvreté dégradante qu'il avait connue à la
maison a fait de lui le redoutable chef d'entreprise
qu'il est devenu.

Il faut aussi préciser la nature de cette entreprise, car elle a joué un rôle dans mon histoire.
Mon père avait débuté comme employé dans les
services commerciaux d'une station radiophoni-

que périphérique, comme on disait alors. Périphérique, c'est-à-dire commerciale, car à cette époque la radio nationale n'était alimentée que par la taxe acquittée par les auditeurs. Après avoir pris du grade, il était devenu directeur commercial d'une station concurrente, puis il avait fondé sa propre agence de publicité. La profession publicitaire est sans doute l'une des façons les plus élégantes et les plus rapides de faire fortune. Séduire les foules en intégrant le produit à vendre à l'image d'une vie paradisiaque où entrent en doses étudiées le bonheur, la beauté, la jeunesse, l'érotisme, les vacances... Séduire ! Mon père avait parfaitement conformé sa conduite et ses états d'âme à cette fin. Sa devise aurait pu être : séduire ou mourir. Mais je ne crois pas qu'il eût pu s'accomplir aussi pleinement dans sa profession si le fond de son caractère ne s'y était pas prêté. C'était le type même décrit par la caractérologie sous le nom de « vénusien ». L'apparence flatteuse lui tenait lieu de morale, et lorsque la réalité venait déranger, voire détruire ce beau décor, il ne lui restait que la haine. J'imagine non sans déchirement la surprise d'une jeune fille enivrée par les charmes de ce prince de l'apparence et découvrant au lendemain d'un mariage de rêve les envers du décor. On aurait dit que, sous le poids du remords que lui donnaient les mensonges fabriqués par son entreprise, mon père se justifiait à ses propres yeux par un surcroît de sérieux professionnel, mais aussi par une austérité dans sa vie privée que sa femme et son fils devaient naturellement partager. Nous étions, ma mère et moi, à la fois entourés d'un train de vie et soumis à un régime dont le contraste était à la limite de l'absurde. Nous disposions en permanence d'une voiture et d'un chauffeur, mais il n'y avait de pâtisserie au dessert que le dimanche à midi. Tout gaspillage — mais surtout celui de la nourriture — provoquait un drame. Deux fois par hiver, nous allions faire du ski à Gstaad, mais nous devions faire nos emplettes obligatoirement dans le supermarché voisin. Notre propriété comportait des « communs » où logeaient un cuisinier et une femme de chambre, mais je n'ai jamais vu un parfum de marque sur la table de toilette de ma mère. J'ai longtemps cru qu'elle partageait pleinement le goût de son mari pour ce curieux mélange de faste et d'austérité, et si j'avais été plus mûr j'aurais songé aux origines calvinistes de sa famille, cette branche du protestantisme qui a produit le puritanisme et les ascètes milliardaires du capitalisme américain. Elle se soumettait apparemment sans souffrir au style si particulier et si contraignant de son mari. Jamais une scène, jamais une larme. Avec le recul je pense qu'elle vivait en état d'extinction. La chambre parentale formait dans la maison un sanctuaire où je savais

que je ne devais pas pénétrer. Comment le savais-
je ? On avait dû m'inculquer ce tabou si jeune que
je le respectais comme une loi naturelle.

Oui, elle vivait en état d'extinction dans cette
drôle de famille qui n'était pas une famille drôle,
où toutes les effusions, tous les sentiments un peu
vivement manifestés auraient juré comme des
inconvenances. Et un jour, elle a dû sortir de cette
torpeur, et elle est partie... Je n'ai jamais pu faire
la part du chagrin, de l'humiliation et de la peur
du scandale dans la réaction de mon père. Si
j'insinue que le chagrin authentique y était pour
très peu, on m'accusera de parti pris antipaternel.
J'appris ce départ grâce aux domestiques. Quand
je me présentai au dîner, il n'y avait que deux
couverts sur la table. Mon père m'attira à lui,
posa sa main sur ma tête et me dit d'une voix
solennelle : « Mon fils, ta mère t'a abandonné. »
La formule me surprit, car j'avais cru comprendre
que c'était plutôt lui qu'elle avait abandonné.
Mais sans doute « Ma femme m'a abandonné »,
ces simples mots n'auraient pas pu se former dans
sa bouche. J'en fus profondément blessé. Le
silence dans lequel se déroula ce repas fut abomi-
nable. Non seulement mon père n'avait pas su
rendre ma mère heureuse, mais il se montrait tout
aussi incapable d'établir un quelconque dialogue
avec moi. Je mesurai ce soir-là le désert affectif
dans lequel je vivais. Je gagnai ma chambre en

emportant la pomme de mon dessert. C'était la fin d'un splendide été. La nuit tombait doucement sur le parc immobile. Maman était partie. Et moi ? Que faisais-je là ? Ma chambre était au rez-de-chaussée. Je sautai et, ma pomme à la main, je pris le chemin de la maison de Lucie.

Je m'attendais à trouver par contraste une maison pleine de lumières, de musiques et d'odeurs. Je fus surpris de la découvrir obscure et silencieuse. Je m'approchai de la porte, mais, avant même que j'élève la main vers la sonnette, elle s'ouvrit d'elle-même. Lucie était là, debout dans la pénombre où sa chemise de nuit formait une grande tache claire. Un détail me frappa aussitôt et me parut d'une importance merveilleuse : sa natte était dénouée, et un flot de cheveux sombres couvrait ses épaules. Ne sachant que faire, ni que dire, je lui tendis ma pomme qu'elle accepta. Je prononçai : « Maman est partie. » Elle dit : « Viens ! » et elle m'entraîna à l'intérieur de la maison. « Nicolas est chez sa mère avec les enfants. Ils rentrent demain matin. As-tu mangé ? » Je n'avais pas faim. J'étais transporté par ce miracle : Lucie pour moi tout seul ! Non seulement la classe mais sa propre famille avait disparu pour nous laisser en tête à tête. La fugue de ma mère n'était-elle pas elle-même le prélude nécessaire à ce grand bonheur ?

Et ce fut la nuit. Des heures qui suivirent, j'ai

un souvenir fort mais vague. Il y a si longtemps !
Et puis bien évidemment j'ai dormi. A dix ans on
n'est pas doué pour veiller. La nuit. Pourquoi n'a-
t-on jamais encore exprimé tout ce que la nuit
permet ? Permission, démission, rémission,
admission. La nuit, c'est la levée en masse des
interdits et des sanctions. C'est le silence complice, le contact, mais aussi la transgression. Si les
vols, les crimes, le jeu, les évasions, la prostitution
choisissent la nuit, ce n'est pas seulement parce
que l'obscurité rend plus difficile la surveillance,
c'est parce que la nuit est par essence le temps de
l'anarchie. Cette anarchie, je l'ai vécue dans les
bras de Lucie avec un bonheur que je n'ai jamais
retrouvé. Je n'ai pas cessé depuis de réfléchir au
mystère de cette grande illumination. Je crois que
je buvais directement à sa source le lait de
tendresse qu'elle trouvait le moyen de distribuer à
toute sa classe par ses leçons et sa présence. Mais
c'était avant tout un lait nocturne, et Lucie ne
devait son rayonnement qu'à l'ombre qu'elle
savait préserver en elle-même.

Pas plus qu'à veiller tard, mon éducation ne
m'avait habitué à la grasse matinée. L'aube
pointait tout juste quand j'ouvris les yeux. Le
grand corps brun de Lucie jeté en travers du lit
m'entourait d'un archipel de cheveux épars, de
mains abandonnées, de cuisses massives et de
seins à grosses lunules bistre. J'étais incommodé

par le contraste de son sommeil et de mon éveil. La compagne qui dort ignore et fuit cruellement le compagnon aux yeux ouverts. Elle se réfugie dans un monde inaccessible et le rejette dans les dures clartés extérieures. Je me laissai glisser hors du lit. J'allais quitter la chambre nuptiale après un dernier regard à ma maîtresse endormie quand je remarquai sur le sol, au pied du lit, une poupée que j'avais dû faire tomber en me levant. Je la ramassai pour la replacer près de Lucie. C'était, si je me souviens bien, une de ces poupées de jadis curieusement composites, car la tête de porcelaine se montrait dure, ronde et vivement colorée, tandis que le corps en étoffe garnie de bourre se gonflait mol, informe et de teinte grisâtre. J'eus le temps de voir ses paupières s'abaisser sur ses yeux de verre bleus quand elle eut repris sa place horizontale auprès de Lucie dont une main vint se poser rêveusement sur elle.

J'errai un moment dans la maison déserte. Le désordre était tel que je n'aurais pu dire ce qui était cuisine, salle à manger, salon, bibliothèque. Des livres, de la nourriture, des jeux, des outils de jardinage, il y en avait partout. Quel contraste avec l'agencement maniaque de ma maison familiale ! Comme j'aurais aimé vivre dans ce chaleureux bric-à-brac ! Mais la révélation majeure, ce fut l'atelier de Nicolas, une sorte de cage de verre, une véranda exactement, accolée à la maison.

Parce que les murs étaient entièrement masqués par de vastes toiles, la lumière venait d'en haut. Mais peut-on ainsi parler ? En vérité chaque toile irradiait sa propre lumière, mais bien entendu ce n'était pas la clarté plate et réaliste tombant de la verrière, c'était une lumière riche, complexe, inquiétante et attirante à la fois. La couleur qui dominait les œuvres de Nicolas était un vert particulier, non pas chlorophyllien, mais aquatique, salé, exactement ce qu'on appelle *bleu des mers du Sud*. Pourtant l'alerte était donnée en même temps par des touches roses évoquant la muqueuse, le viscère, la blessure. Non, il ne s'agissait pas d'un vert innocemment végétal, mais de la teinte fondamentale de la vie qui vient des eaux marines et qui est aussi bien putréfaction que germination. La mythologie nous apprend que Kronos, ayant tranché les génitoires de son père Uranus à l'aide d'une faucille, jeta le tout par-dessus le balcon du ciel. La faucille devint l'île de Malte. Les génitoires flottèrent longtemps au gré des lames, entourés d'une mousse rose et saumâtre. Rejetés sur une grève comme une méduse ensanglantée, il en sortit une femme d'une beauté incomparable qu'on appela Aphrodite (*aphros* = écume) et qu'on a plus tard identifiée à la Vénus des Latins. C'était cette chair pantelante, féconde et lourde de vénusté ravissante, bercée par les courants et les remous, que

Nicolas représentait inlassablement sur ses toiles, la féminité même à l'état naissant, et donc chargée de toute sa force originelle. Je compris obscurément qu'il s'agissait aussi d'un portrait en profondeur dix fois réitéré de Lucie, car je sortais de ses bras et j'étais encore tout imprégné de ses émanations.

L'irruption de Nicolas et des trois enfants m'arracha à mes investigations. Je les entendis tempêter dans la chambre de Lucie dont le rire se mêlait aux cris de Tibo et de Tijoli, et pour la première fois un nom inconnu parvint à mes oreilles : Olga. Avait-elle bien dormi ? Avait-elle eu son petit déjeuner ? Venait-elle se promener avec eux ? J'étais intrigué par cette Olga dont je n'avais pas remarqué la présence. Quant à ma présence à moi, on semblait l'ignorer. Ce fut Nicolas qui me surprit dans l'atelier. « Ah, tu es là, toi ? » Voulait-il dire : là dans l'atelier ou là dans la maison ? « Comment trouves-tu mes œuvres ? » J'aurais été bien incapable d'en rien dire. « Elles sont toutes ici. Je n'en ai jamais vendu une seule. Elles appartiennent toutes à Lucie. C'est pour elle que je peins. » Il marchait en rond et lançait de grands gestes de bras à droite et à gauche. Il avait une courte barbe en collier, et portait un pantalon et une veste de velours côtelé marron. A part la cravate lavallière qu'il n'avait pas, c'était le rapin d'autrefois. Je compris que, malgré mon âge, il me traitait en visiteur privilégié, parce que, comme il me l'avait dit, personne en dehors de sa famille ne voyait ses œuvres. J'étais l'unique témoin venu de l'extérieur. Il s'arrêta devant une grande composition. Des tourbillons glauques entouraient la petite silhouette d'un enfant, d'une poupée plus précisément. « C'est Olga. C'est la vie de Lucie tournant autour d'Olga. » Je reconnus la poupée avec laquelle j'avais couché dans le lit de Lucie, et je sus désormais qui était Olga. « C'est un étang qui se vide », dis-je en manière de commentaire. Je croyais voir en effet le tournoiement d'une eau chargée de lentilles, d'algues et d'œufs de grenouille autour d'un trou de vidange sur lequel serait venue se poser la poupée Olga. Nicolas parut surpris. « Ah ! tu penses que ça se vide ? Mais si ça tourne dans l'autre sens, ça se remplit, non ? Moi, je voyais Olga comme une source de vie et de plénitude. Toi, tu lis le contraire. Tiens, tiens... » Il me regardait d'un air perplexe et chagrin. « Je peux me tromper », dis-je conciliant. « Non, justement, tu ne peux pas te tromper. Quelqu'un qui regarde une peinture ne peut pas se tromper. Ce qu'il voit est une vérité infaillible. C'est comme Olga. Est-ce pour Lucie un boulet qu'elle traîne ? Certains le prétendent. Moi je crois que c'est au contraire le foyer chaleureux et coloré de sa vie.

Comment savoir la vérité? Lucie se refuse à dire un mot à ce sujet. »

Je ne comprenais pas grand-chose à ce discours et je fus soulagé par l'irruption des frères qui poussèrent des exclamations en me voyant. Ils m'entraînèrent dans la pièce principale de la maison où Lucie était attablée avec Sophie devant des bols de chocolat et des tartines de confiture. Nicolas nous rejoignit. Je pris place parmi eux. Ce qui frappait le plus de prime abord, c'était la négligence, pour ne pas dire la saleté, de la table et des lieux. La toile cirée était jonchée de croûtes de pain et de gâteaux, constellée de flaques de lait et de compote, et le hamster de Tijoli s'y promenait sans façon, mettant le museau dans les bols et les pots. Tout le monde parlait et s'exclamait en même temps, sauf Lucie à laquelle n'échappaient que de rares monosyllabes et qui se consacrait à la poupée Olga assise près d'elle au bord de la table. Et pourtant elle n'était pas isolée, au contraire! On sentait qu'elle était le centre de cette maison, que toute la maison et les quatre autres membres de la famille plus les chats, le hamster, etc., que tout ici n'était que son émanation. Nous étions tous ses enfants, y compris bien sûr Nicolas, ce peintre raté qui n'avait jamais vendu une toile parce qu'il ne peignait que pour elle (et d'ailleurs qui d'autre qu'elle se serait intéressé à ces

immenses surfaces moites, moirées, moisies, fré-
missantes de vie palustre ?).

Je pris ma part de chocolat et de brioche, puis
les deux garçons me firent sortir. Leur connaissance des lieux et mon infériorité d'étranger en
visite compensaient les années que j'avais de plus
qu'eux. J'ai déjà précisé que la famille habitait
une ancienne maison de garde-barrière. La voie
ferrée Beaune-Arnay-le-Duc qui croisait la route
presque à angle droit avait été désaffectée bien
avant ma naissance. On avait arraché les rails et
les traverses. Ces dernières s'entassaient à proximité de la maison. Lorsque Nicolas avait le
courage d'en scier quelques-unes — le bois séculaire était d'une dureté décourageante —, on les
brûlait dans la cheminée de la maison ou le poêle
de l'école. Nous protestions dans ce dernier cas à
cause de l'odeur de créosote qui envahissait la
classe et qui était la même que celle des latrines
de la cour de récréation. Le remblai de l'ancienne
voie ferrée formait un étrange chemin de terre
cailouteux où prospéraient la ciguë et l'oseille
sauvage. On ne pouvait s'y aventurer à bicyclette
et même la marche y était malaisée. Pourtant
nous rêvions tous d'une certaine expédition en un
lieu effrayant et mystérieux dont les « grands »
contaient merveille : à moins de deux kilomètres,
un tunnel ouvrait sa gueule noire prête à avaler le
candidat à l'initiation. C'était là que les deux

frères, profitant du renfort inattendu d'un aîné, avaient décidé d'aller dès ce matin. Ils me montrèrent triomphalement les bougies et les allumettes dont ils s'étaient munis. Il fallut partir sans plus attendre.

Leur excitation leur donnait des ailes, et j'avais peine à les suivre sur le ballast formé de pierraille concassée où ils s'élancèrent. Etrange voie, parfaitement plane et pourtant raboteuse, où pendant un siècle des locomotives s'étaient ruées pour se jeter dans la gueule du tunnel en poussant des cris de folles. Dépouillée de ses rails et de ses traverses, elle prenait des allures de chemin de croix douloureux et nostalgique, jalonné par des mâts de signalisation qui dressaient encore leurs disques et leurs bras de sémaphore mutilés. Lorsque enfin l'entrée du tunnel apparut après une courbe, j'eus le sentiment d'approcher la porte de l'au-delà. Mais il n'était plus temps d'hésiter. « Qu'est-ce qu'on va chercher là-dedans ? » Ma question se perdit dans l'enthousiasme des deux frères. L'issue était médiocrement défendue par quelques fils de fer barbelés portant une planche où s'inscrivaient ces mots grossièrement formés : ENTRÉE INTERDITE DANGER. Mais déjà Tibo et Tijoli avaient disparu à l'intérieur.

Le sol paraissait étrangement doux et élastique après les cailloux pointus du ballast. On marchait sur des brindilles de bois, des fascines exactement, disposées en tapis continu. L'air était immobile, frais, humide, et d'ailleurs, en s'arrêtant et en prêtant l'oreille, on entendait un bruit lointain de ruissellement. Les deux frères avaient allumé chacun une bougie et avançaient en la tenant à bout de bras au-dessus de leur tête. Mais la lueur qui en rayonnait était dérisoire, et l'obscurité grandissante nous immobilisa bientôt. En nous retournant nous apercevions l'entrée du tunnel, orifice lumineux en forme de voûte. « On devrait bientôt voir la sortie, dit Tibo, le tunnel est droit, je le sais. » Nous fîmes quelques pas encore, mais la nuit devenue complète nous arrêta encore. Tibo confia sa bougie à son frère. « Je vais ramasser du bois et fabriquer une torche. » Le murmure du ruisseau et l'humidité de l'air augmentaient, et nous baignaient de fraîcheur apaisante. Je me sentais merveilleusement loin de ma famille, de l'école, de toutes les vicissitudes qui faisaient mon malheur. « Ça doit être comme ça quand on est mort », pensais-je. Il y eut un crépitement et une brusque lueur. Tibo brandissait une brassée de brindilles allumées. « Allons-y ! » Nous reprîmes notre progression. Le sol descendait maintenant en pente très douce. La voûte qui nous couvrait brillait d'humidité. Quelque chose de blanc frôla nos têtes et disparut. « Un ange », suggéra Tijoli. Mais il fallut à nouveau s'arrêter, définitivement cette fois. La

voûte s'était effondrée, formant devant nous une
masse confuse de rochers et de terre sur laquelle
crépitait un torrent. « C'est la source qui a dû
miner le tunnel », observa judicieusement Tibo.
Tijoli s'agenouilla et plongea les mains dans l'eau
bouillonnante. Puis, tourné à demi, il en projeta
une giclée sur nous. La torche s'éteignit. Mon
visage ruisselait. Nous nous retournâmes instinc-
tivement vers notre point de départ, un minuscule
trou de lumière qui perçait un océan d'obscurité.
« Cette fois on rentre », dis-je. Et soudain
l'angoisse m'étreignit. L'orifice lumineux rou-
geoyait en même temps qu'une âcre odeur nous
parvenait. « Les fascines ! On a mis le feu aux
fascines ! Vite, sauvons-nous ! » Je pris les deux
frères par la main et je m'élançai. Le sol glissait
passablement, mais surtout la fumée épaississait à
mesure que nous progressions. Je savais qu'il y
aurait un tapis de feu à franchir. Tout dépendait
de sa largeur. Tibo et moi, nous étions solidement
chaussés, mais Tijoli avait les pieds nus dans des
sandalettes. Nous avions cessé de nous voir quand
il me cria qu'il avait mal. Je le pris dans mes bras
et je poursuivis, craignant maintenant de faire
une chute. Le tapis de feu apparut. A en juger par
la proximité de l'entrée du tunnel, il ne dépassait
pas une trentaine de mètres. Je me précipitai,
suivi par Tibo. Nous fîmes irruption au soleil
dans un torrent de fumée, tels les jeunes Hébreux

Sidrac, Misac et Abdénago sortant indemnes de la fournaise à l'appel de Nabuchodonosor.

Ce ne fut pas Nabuchodonosor qui nous accueillit, mais les trois gendarmes du village, attirés par la fumée qu'ils avaient vue monter du tunnel interdit. A cela s'ajoutait que mon père les avait alertés en constatant ma disparition. Nous étions machurés de suie et barbouillés de larmes. Nous nous tournâmes vers la gueule d'ombre qui vomissait des nuages hantés de flammes violettes. Il était à peine croyable que nous fussions sortis intacts de cet enfer ! C'est alors qu'eut lieu une apparition fantastique dont ma vie reste marquée à tout jamais. Au sein de l'embrasement noir et doré, un grand oiseau blanc se débattait. C'était la chouette qui nous avait frôlés tout à l'heure. Elle battit des ailes un instant sur place, tel un oiseau du Saint-Esprit diabolique, puis, s'étant dégagée, elle s'éleva et passa au-dessus de nos têtes pour disparaître dans les frondaisons. Nous eûmes le temps de voir sa face plate et ses yeux arrondis tournés vers nous. Ainsi, par notre faute, l'oiseau de Minerve, au lieu de prendre son vol au crépuscule, selon le mot du philosophe, arraché à ses douces ténèbres familières, fuyait éperdument dans le soleil de midi.

La suite est triste et se raconte en peu de mots. Accompagnés par la maréchaussée, nous retournâmes à la maison de Lucie où les deux frères disparurent. Quant à moi, je fus reconduit à mon père. Je mesure aujourd'hui l'écroulement que pouvait signifier pour lui ma fugue après celle de ma mère. Il réagit avec une brutalité sans nuance. J'appris que je serais conduit de nuit sous bonne garde à Cahors où je serais interne chez les Jésuites. Je ne sus que beaucoup plus tard de quelle manière il s'était vengé de ma mère et de Lucie. Contre Lucie, il avait tout simplement porté plainte pour détournement de mineur. Sa qualité d'enseignante aggravait considérablement son cas en vertu de l'article 333 du Code pénal. Quant à ma mère, je ne devais plus en avoir de nouvelles pendant les sept années qui suivirent. La raison de son silence, mon père me la fournit lui-même au cours d'une discussion qui nous opposa quand j'eus quinze ans. Le divorce avait été prononcé aux torts de ma mère. Mon père lui assurait néanmoins une pension confortable — grâce à laquelle elle pouvait entretenir son amant — mais à la condition qu'elle cesserait toute relation avec moi. La moindre visite, la moindre lettre, et c'était la fermeture du robinet des mensualités. Elle respecta scrupuleusement les termes du contrat, opposant un parfait silence à mes appels. Il faut savoir ce qu'est la sensibilité d'un adolescent pour mesurer le mépris et la haine qu'une telle situation m'inspira à l'égard aussi bien de mon père que de ma mère. Ah, comme ils m'avaient bien trahi, comme ils s'étaient bien entendus pour faire mon malheur ! Je n'en suis sorti qu'à vingt-trois ans, le jour où j'ai rencontré celle qui devait devenir la compagne de ma vie.

Mais deux ans auparavant, j'avais eu la curiosité de m'enquérir du sort de Lucie. De passage au château paternel, j'avais fait la promenade de la voie ferrée désaffectée. La maison de garde-barrière était habitée par une famille inconnue. Un chien jaune se précipita sur moi en aboyant. Je n'eus pas le cœur de poursuivre jusqu'à l'entrée du tunnel. Le facteur que je rencontrai m'apprit cependant que la famille de Lucie était dispersée, à en juger par les adresses auxquelles il faisait suivre le courrier de ses cinq membres. Il me communiqua celles de Lucie et de Nicolas. Lucie dirigeait le lycée de filles de Beaune. Nicolas travaillait dans un atelier de dessin industriel à Dijon. Ils étaient apparemment séparés.

Je m'étais annoncé par un coup de téléphone au lycée de Beaune. Elle me reçut dans son bureau avec l'air enjoué et sérieux qu'elle devait avoir mis au point à l'intention des parents d'élèves. Où était l'âme généreuse de ma sixième, le génial souillon de la maison de garde-barrière, l'archipel de seins, ventre et cuisses où j'avais connu le bonheur une nuit de mes dix ans ? Lucie était devenue parfaite, impeccable, stylée. Le cheveu tiré, le maquillage mat, l'œil oblong et sec, un petit col rond de batiste blanche sur une stricte robe grise de coupe élégante, elle ressemblait à une nonne de luxe. Je la scrutais passionnément pour essayer de retrouver à travers ce mannequin vernissé la femme chaleureuse que j'avais aimée.

Elle évoqua inévitablement le passé, une longue période de tâtonnements et d'erreurs, selon elle. Elle avait été possédée par des fantasmes qui avaient failli la perdre. Heureusement un admirable médecin — plus directeur de conscience que soignant, à dire vrai — l'avait obligée à voir clair en elle-même. Une catharsis, une purgation de tout ce qu'il y avait en elle de trouble et d'impur en avait fait une femme nouvelle, transparente, efficace, saine. Après deux années d'interruption de son métier d'enseignante, elle avait repris le chemin de l'école. Mais à un niveau supérieur. Il n'était plus question pour elle de « faire la classe ». Qu'est-ce qu'une classe ? Un grand animal à trente têtes et soixante pieds. Un monstre qui bouge, rigole, gigote, chuchote, gratte, s'endort, rêve. Et avec cela sournois, imprévisible, sensible à la saison, à l'orage, à la canicule, au gel. L'enseignant se sent enveloppé par le monstre, tantôt englué dans une gelée molle, tantôt attaqué de toutes parts comme dans un bain d'acide, ou encore c'est un regard insoutenable dardé du fond

de la masse amorphe et qui l'hypnotise. Longtemps les châtiments corporels constituèrent le
contact physique normal entre corps enseigné et
corps enseignant. Un contact juste, logique, mais
en même temps débordant d'affectivité sado-
masochiste. C'était l'indispensable soupape de
sûreté d'une relation humaine-trop-humaine qui
ne peut se résoudre en échanges purement ver-
baux. La mode en est passée, et si certains parents
n'hésitent pas à venir recommander à l'enseignant de rosser au besoin leur progéniture, si
certains enfants, vaguement conscients d'une
relation incomplète avec leur maître, quémandent
par leur attitude la raclée libératrice, le maître,
lui, doit savoir se refuser à ces sollicitations
tentantes mais dangereuses.

La vérité, c'est que l'enseignement évolue
inexorablement vers l'impersonnalité. Et c'est
logique. Car il y a une rupture totale pour l'enfant
qui passe de sa famille à l'école. L'école n'est pas
une grande famille. La famille, milieu biologique,
obéit à des courants affectifs, à des forces passion-
nelles. C'est le règne de l'inégalité, de la promis-
cuité, du caprice sentimental. On tente parfois de
maîtriser cette anarchie. La bonne tenue à table,
le voussoiement de règle dans certains milieux, la
prohibition de l'inceste, tabou des tabous (pourtant si souvent enfreint dans le silence général),
autant de tentatives pour introduire un peu de

dressage dans la ménagerie familiale. Le problème est particulièrement ardu quand la mère
de famille étant aussi enseignante retrouve l'un
de ses enfants dans sa classe. C'est ce qui lui
était arrivé avec sa fille Sophie, et elle avait
fait ce qu'elle avait pu pour lui imposer la
distinction entre le « maman » de la maison et
le « madame » de l'école. Car l'ordre véritable
ne se trouve qu'à l'école. Elle se réclame de la
seule justice. Tous les élèves sont égaux devant
le règlement. Seuls comptent le travail et la
discipline. Un enfant malheureux dans sa
famille dira : « On ne m'aime pas. » Un écolier
révolté crie : « C'est injuste ! » C'est souvent le
même enfant, et il a parfaitement compris la
différence.

J'écoutais l'exposé de Lucie, calme, objectif,
transparent. Et je la regardais, femme de verre,
transparente elle-même, froide et incolore. Ah,
il l'avait bien lavée, rincée, essorée, son gourou ! Comment en était-elle arrivée là ? Et où
allait-elle ? A cette seconde question elle répondit en concluant. L'aboutissement normal de
l'enseignement moderne, c'est l'ordinateur, me
dit-elle, l'enseignant-robot dépourvu de toute
trace d'affectivité et donc infiniment patient et
objectif, prenant en compte toutes les particularités de l'élève unique placé en face de lui, ses
lacunes comme ses aptitudes, et lui distillant à

un rythme approprié les informations du programme. C'est à l'approche de cet idéal qu'elle
travaillait...

La tête me tournait un peu quand je suis sorti
de cette entrevue. Je me répétais la question :
comment en est-elle arrivée là ? Et les autres
mystères qui l'environnaient : qu'était-il arrivé à
la famille après mon internement à Cahors ?
Pourquoi s'était-elle séparée de Nicolas ? C'était
évidemment de lui que j'espérais désormais la
lumière. Quelques jours plus tard, je lui télépho-
nai au bureau d'études industrielles où il était
dessinateur. Il me répondit qu'il ne pouvait me
rencontrer dans un délai prévisible, mais qu'il me
rappellerait dès qu'il serait disponible. Il nota
mon adresse. Deux semaines plus tard, je reçus de
lui une lettre qui répondait en fait à toutes mes
questions. J'avais été glacé par le vous que
m'avait infligé Lucie. Je fus d'emblée rassuré par
la chaleureuse familiarité de sa lettre.

Mon cher Ambroise,

*Te voilà donc qui émerges de cette terrible aventure où
nous avons été entraînés tous ensemble. Je retire de notre
bref entretien téléphonique que tu ne sais pas grand-chose
de ce qui s'est passé chez nous, parce que ton père s'est
appliqué à t'isoler de ton ancien environnement, et ce n'est
pas ta visite à Lucie qui t'aura renseigné, je m'en doute.
Mais tu sais que ton père a porté plainte contre elle pour*

*détournement de mineur. Ton naïf récit de la nuit que tu as
passée dans ses bras a gravement pesé dans son dossier. Eh
oui, que veux-tu ! Il fallait bien que l'on dramatise cette
affaire en y mettant du sexe. Ainsi donc voilà notre Lucie
suspendue par l'académie de Dijon, menacée de passer en
correctionnelle, d'aller en prison, que sais-je encore ? Les
enfants, nos amis et moi-même, nous aurions été tout prêts
à rire de ces sottises, si nous n'avions pas vu Lucie sombrer
dans une dépression qui nous effraya. Non, elle ne prenait
pas les choses à la légère, elle ! Elle ne parlait pas, ne
mangeait pas, ne bougeait pas. Elle restait des journées
entières le regard fixe en serrant Olga dans ses bras
(Olga, tu te souviens peut-être, sa poupée-fétiche). On
aurait dit que dans le naufrage de sa vie, cette poupée était
sa seule bouée de sauvetage. Cela a duré. Interminable-
ment pour nous. Il a bien fallu la confier à un médecin.
Un psy-je ne sais quoi. Il est venu, il a voulu nouer avec
elle un dialogue auquel elle s'est refusée. Il a été convenu
qu'elle irait le voir deux fois par semaine. Avant de partir
il a dit : « Cette poupée est la clef du problème. » Malgré
mes préventions contre lui, j'ai été impressionné. C'est ce
que j'avais toujours soupçonné. J'ai donc accepté de lui
mener Lucie régulièrement à Beaune. Il la gardait environ
une heure, puis je la ramenais. Par la force des choses, je
suivais donc pas à pas les effets de cette psychothérapie.
J'ai vu Lucie sortir peu à peu de son mutisme, et ce fut
d'abord une grande joie. La morte revenait à la vie. Entre-
temps, sur intervention de l'académie de Dijon, ton père
retirait sa plainte et le parquet rendait une ordonnance de*

*non-lieu. Tout paraissait revenir à la normale. C'est alors
que je me suis avisé d'une métamorphose de Lucie qui m'a
d'abord surpris, puis désespéré. Il est inutile que je te
décrive la nouvelle Lucie que je voyais de semaine en
semaine se composer sous mes yeux. Tu en as vu toi-même
l'aboutissement. Un jour, retour de Beaune, elle m'a dit :
« Nous passons à la maison puis nous allons à Commarin. » J'obéis sans demander d'explication. Elle entra et
ressortit aussitôt. Elle portait un panier d'osier fermé et
une bêche. Tu imagines ma perplexité. Nous montons donc
à Commarin qui est, comme tu le sais sans doute, son
village natal. Comme la voiture s'engageait dans la rue du
village, elle me dit : « A gauche au cimetière. » Nous
arrêtons la voiture devant la grille. Nous entrons, et elle se
dirige vers une tombe. Avec stupeur je lis sur la pierre
dressée :* Lucie M. *Le nom de ma femme ici présente à
mon côté ! Il y avait aussi, incrustée dans le marbre, la
photo d'une petite fille qui pouvait être Lucie à huit-neuf
ans. La voilà qui attaque à la bêche le rectangle herbu
ménagé au pied de la tombe pour des fleurs absentes. Elle
y creuse une petite fosse. Puis elle ouvre le panier et en sort
Olga. La clef du problème, a dit le psy. Il y a aussi un
châle de soie blanc. Elle en enveloppe la poupée comme
d'un linceul et la couche dans la fosse. Enfin elle rabat la
terre et égalise soigneusement sa surface. C'est fini. Lucie
vient d'enterrer au pied de la tombe de Lucie la poupée
chérie de Lucie. Je ne sais plus à quel saint me vouer. Nous
repartons en silence, mais Lucie, qui sans doute me sait gré
de ma discrète docilité, consent à me donner quelques*

explications. Cela m'autorise à l'interroger encore ulté-
rieurement avec des ménagements, et je finis par reconsti-
tuer son histoire secrète, une histoire dont j'ignorais tout,
moi son mari.

Elle était la fille unique d'un couple de petits
commerçants. Ses parents avaient hérité la boutique de
mercerie et bonneterie de Commarin. Je ne saurais dire
pourquoi, il me semble que l'atmosphère douillette et
parcimonieuse de ce commerce s'accorde assez bien avec le
comportement feutré, morbide et cafard qui fut celui de ces
gens. Lucie pouvait avoir neuf ans quand elle découvrit par
hasard dans le cimetière du village une tombe portant son
prénom, son nom et sa photo. Le choc fut affreux, mais elle
n'en souffla mot à ses parents. Il n'y avait pas de doute
pour elle : elle était morte, enterrée, et condamnée, tels les
revenants des contes, à poursuivre sur terre la pseudo-
existence des fantômes. « Ce n'était pas toujours désagréa-
ble, m'expliqua-t-elle. Je me sentais légère, irresponsable,
autorisée à ne prendre rien ni personne tout à fait au
sérieux. » Elle vivait dans une sorte d'ébriété funèbre
qu'elle entretenait en se rendant régulièrement au cimetière
pour fleurir sa propre tombe.

Cela dura deux ou trois ans, mais un jour la réalité
s'imposa brutalement. Il y avait au grenier une grosse
malle de diligence fermée à clef. Cette clef, Lucie parvint à
s'en emparer, et elle explora le contenu de la malle. C'était
le passé, tous les vestiges et souvenirs de Lucie, d'une autre
Lucie, des vêtements, des jouets, une poupée (Olga), un
gros album de photos. D'une liasse d'ordonnances et d'un

permis d'inhumer joint à un faire-part d'enterrement, il ressortait qu'elle était morte à neuf ans d'une méningite cérébro-spinale. Il était clair que ses parents avaient enfoui là tout ce qui rappelait cette première fille disparue pour ne plus jamais y retourner, pour faire place nette à l'autre Lucie, la remplaçante, la doublure, mise en route et née l'année même de la mort de sa sœur, ma Lucie, notre Lucie.

Tu sais maintenant ce qu'était Olga, pourquoi Lucie, l'ayant descendue dans sa chambre, n'a plus cessé de la soigner, de la choyer. C'était à la fois sa sœur disparue et enfermée par la mort dans une éternelle enfance, et un double d'elle-même. Les attentions qu'elle lui prodiguait avaient pour but de conjurer et d'apprivoiser cette ombre qui s'ouvrait sous chacun de ses pas. La formule était admirable, et elle a pendant dix ans rempli la maison du garde-barrière d'un bonheur coloré et volubile. Admirable, féconde mais fragile. C'était comme un échafaudage audacieux, gracieux, magique, mais instable, menacé d'autant plus qu'il se situait aux confins d'une conscience claire et d'un cœur obscur.

Je fus le premier à en profiter. J'étais médiocre dessinateur. Lucie a fait de moi le peintre dont tu as vu les œuvres. Peut-être la postérité les découvrira-t-elle un jour, longtemps après ma disparition. En vérité je ne faisais que reproduire les couleurs qui émanaient de Lucie. Irisation. J'ai repéré ce mot entre tous en l'entendant prononcé par hasard. D'un mot grec signifiant arc-en-ciel. Propriété dont jouissent certains corps de produire les couleurs de *l'arc-en-ciel. D'où Lucie tenait-elle ce don d'irisation ? Je n'hésite pas à répondre : de l'ombre qui était en elle, cette autre Lucie, défunte et devenue Olga, la poupée aux yeux dormeurs. Mais encore une fois la construction était fragile. C'est miracle qu'elle ait tenu si longtemps. Son irisation, Lucie la déployait sur ses écoliers comme un éventail caressant. Elle ne jouait pas le jeu scolaire. Trop complice avec les filles, trop mère avec les petits, trop femme avec les grands. Cela ne pouvait durer. Et il y avait ses propres enfants, le regard critique de Sophie, petite rivale que suscitait la puberté face à sa mère, les incartades de plus en plus pendables de Tibo, imité en tout par Tijoli (l'incendie du tunnel ne fut que l'un de leurs quatre cents coups). Et moi, le peintre raté qui vivait aux crochets de sa femme... Ne t'accuse pas injustement. Ta fugue et la brutalité de ton père ont ruiné un édifice qui vacillait déjà. Le psy lui a donné le coup de grâce. Dès sa première intervention, j'ai cessé de peindre. Qu'aurais-je donc peint désormais ? L'irisation s'était éteinte. Je suis revenu au dessin de ma jeunesse, c'est-à-dire au noir et blanc. Je dessine aujourd'hui des pièces de moteur. Peut-on imaginer sujets plus éloignés de mes salines fiévreuses et autres muqueuses paludéennes ? Mais peut-être est-ce ma manière à moi de demeurer fidèle à Lucie, de me conformer à la nouvelle Lucie ? Moi aussi j'ai pris le parti de la lumière sans ombre ni couleur. Nous en sommes tous là, et toi, tu resteras à mes yeux un être privilégié pour avoir partagé un moment avec nous ce long cheminement dans l'ombre sainte d'une forêt de Brocéliande. Elle s'est*

refermée derrière nous, nous laissant seuls dans la dureté
du grand jour. Il faut savoir tourner la page. Il faut être
fort pour continuer à vivre.

Nicolas

Tourner la page. Laisser derrière nous l'ombre
sainte où nous avons cheminé. Je m'y refuse de
toutes mes forces. Cette ombre, je l'ai enfermée
pour toujours dans mon cœur, et le baptême que
m'a administré Tijoli au fond du tunnel avec son
eau nocturne m'a marqué à tout jamais. Mon
symbole restera l'oiseau blanc de Minerve surgis-
sant au grand soleil d'une nuée ardente et mugis-
sante.

Écrire debout

Le visiteur pénitentiaire du centre de Cléricourt m'avait prévenu : « Ils ont tous fait de
grosses bêtises : terrorisme, prises d'otages, hold-
up. Mais en dehors de leurs heures d'atelier de
menuiserie, ils ont lu certains de vos livres, et ils
voudraient en parler avec vous. » J'avais donc
rassemblé mon courage et pris la route pour cette
descente en enfer. Ce n'était pas la première fois
que j'allais en prison. Comme écrivain, s'entend,
et pour m'entretenir avec ces lecteurs particulièrement attentifs, des jeunes détenus. J'avais gardé
de ces visites un arrière-goût d'une âpreté insup-
portable. Je me souvenais notamment d'une
splendide journée de juin. Après deux heures
d'entretien avec des êtres humains semblables à
moi, j'avais repris ma voiture en me disant : « Et
maintenant on les reconduit dans leur cellule, et
toi tu vas dîner dans ton jardin avec une amie.
Pourquoi ? »

On me confisqua mes papiers, et j'eus droit en
échange à un gros jeton numéroté. On promena
un détecteur de métaux sur mes vêtements. Puis
des portes commandées électriquement s'ouvrirent et se refermèrent derrière moi. Je franchis des
sas. J'enfilai des couloirs qui sentaient l'encausti-
que. Je montai des escaliers aux cages tendues de
filets, « pour prévenir les tentatives de suicide »,
m'expliqua le gardien.

Ils étaient réunis dans la chapelle, certains très
jeunes en effet. Oui, ils avaient lu certains de mes
livres. Ils m'avaient entendu à la radio. « Nous
travaillons le bois, me dit l'un d'eux, et nous
voudrions savoir comment se fait un livre. »
J'évoquai mes recherches préalables, mes
voyages, puis les longs mois d'artisanat solitaire à
ma table (manuscrit = écrit à la main). Un livre,
cela se fait comme un meuble, par ajustement
patient de pièces et de morceaux. Il y faut du
temps et du soin.

— Oui, mais une table, une chaise, on sait à
quoi ça sert. Un écrivain, c'est utile ?

Il fallait bien que la question fût posée. Je leur
dis que la société est menacée de mort par les
forces d'ordre et d'organisation qui pèsent sur
elle. Tout pouvoir — politique, policier ou admi-
nistratif — est conservateur. Si rien ne l'équilibre,
il engendrera une société bloquée, semblable à
une ruche, à une fourmilière, à une termitière. Il

n'y aura plus rien d'humain, c'est-à-dire d'imprévu, de créatif parmi les hommes. L'écrivain a pour fonction naturelle d'allumer par ses livres des foyers de réflexion, de contestation, de remise en cause de l'ordre établi. Inlassablement il lance des appels à la révolte, des rappels au désordre, parce qu'il n'y a rien d'humain sans création, mais toute création dérange. C'est pourquoi il est si souvent poursuivi et persécuté. Et je citai François Villon, plus souvent en prison qu'en relaxe, Germaine de Staël, défiant le pouvoir napoléonien et se refusant à écrire l'unique phrase de soumission qui lui aurait valu la faveur du tyran, Victor Hugo, exilé vingt ans sur son îlot. Et Jules Vallès, et Soljenitsyne et bien d'autres.

— Il faut écrire debout, jamais à genoux. La vie est un travail qu'il faut toujours faire debout, dis-je enfin.

L'un d'eux désigna d'un coup de menton le mince ruban rouge de ma boutonnière.

— Et ça ? C'est pas de la soumission ?

La Légion d'honneur ? Elle récompense, selon moi, un citoyen tranquille, qui paie ses impôts et n'incommode pas ses voisins. Mais mes livres, eux, échappent à toute récompense, comme à toute loi. Et je leur citai le mot d'Erik Satie. Ce musicien obscur et pauvre détestait le glorieux Maurice Ravel qu'il accusait de lui avoir volé sa

place au soleil. Un jour Satie apprend avec
stupeur qu'on a offert la croix de la Légion
d'honneur à Ravel, lequel l'a refusée. « Il refuse la
Légion d'honneur, dit-il, mais toute son œuvre
l'accepte. » Ce qui était très injuste. Je crois
cependant qu'un artiste peut accepter pour sa
part tous les honneurs, à condition que son
œuvre, elle, les refuse.

On se sépara. Ils me promirent de m'écrire. Je
n'en croyais rien. Je me trompais. Ils firent
mieux. Trois mois plus tard, une camionnette du
pénitencier de Cléricourt s'arrêtait devant ma
maison. On ouvrit les portes arrière et on en sortit
un lourd pupitre de chêne massif, l'un de ces
hauts meubles sur lesquels écrivaient jadis les
clercs de notaires, mais aussi Balzac, Victor
Hugo, Alexandre Dumas. Il sortait tout frais de
l'atelier et sentait bon encore les copeaux et la
cire. Un bref message l'accompagnait : « Pour
écrire debout. De la part des détenus de Cléricourt. »

L'auto fantôme

Retour de Gascogne, je m'étais engagé sur l'autoroute A 10 dès Orléans. J'avise bientôt une aire de stationnement avec restaurant et station-service. Le restaurant se trouvait à l'intérieur d'un pont couvert qui enjambait l'autoroute. J'arrive donc au pied de ce pont et je trouve une place pour ma voiture aux abords d'une pimpante baraque jaune dans laquelle une jeune femme également vêtue et coiffée de jaune faisait griller et servait dans des assiettes de carton des merguez à l'odeur agressive. Je sors de ma voiture et j'ai un instant d'hésitation. Merguez or not merguez ? Finalement l'odeur me rebute et je m'engage dans l'escalier du pont. J'y trouve restaurant libre-service, journaux, toilettes, tout pour être heu-reux. Je mange, bois, furète un bon moment. Puis je reprends l'escalier pour repartir. La baraque jaune est toujours là, ainsi que la serveuse tout de même jaune et ses merguez... mais de voiture

point. Disparue, envolée, ma belle automobile !
J'ai un choc, puis un doute. L'avais-je bien placée
là ? Et me voilà parti au gré des files de voitures
parquées à la recherche de la mienne. Rien. C'est
une catastrophe. J'y avais laissé mes bagages, mes
papiers, tout, tout, tout... Que faire ? Je reviens à
la baraque jaune en secouant le hochet inutile de
mes clefs avec sur la figure toute la contrariété de
la condition humaine. La jeune femme aux merguez m'apostrophe :

— Vous cherchez votre voiture ?

— Oui. Vous l'avez vue quand on l'a volée ?

— Non, mais je sais où elle est.

— Vous savez où elle est ?

— Oui. De l'autre côté de l'autoroute. Vous
venez de province et vous allez sur Paris ?

— Oui.

— Vous êtes du côté Paris-Province. Reprenez
l'escalier.

Je la remercie comme si elle me rendait la vie et
je m'élance sur le pont. De l'autre côté, au pied de
l'escalier, je retrouve une baraque jaune où une
jeune femme vêtue et coiffée de jaune fait frire des
merguez. Mais ma voiture est là, fidèle et assou-
pie.

Vous vous regardez dans un miroir. Vous êtes
tranquille, tout est en ordre, votre cravate, votre
raie, votre sourire. Mais soudain, il s'efface, ce
sourire. Car vous venez de remarquer un détail

bizarre, anormal, inquiétant, monstrueux : le bracelet-montre que vous portez au poignet gauche, oui, il est bien là, la montre marche. Seulement pas dans le miroir. L'homme qui s'y reflète, c'est bien vous indiscutablement. Mais il n'a pas de bracelet-montre.

Je songe également à une légende. Les vampires sont des gens comme vous et moi. Seulement si vous vous placez avec l'un d'eux en face d'un miroir, vous vous y verrez. Le vampire, lui, ne s'y reflétera pas.

Ma voiture est une voiture-vampire. De l'autre côté du miroir, il y a bien l'escalier, la baraque à merguez et la jeune femme vêtue et coiffée de jaune, comme dans la réalité. Mais de voiture, point...

La pitié dangereuse

Comment peut-on être médecin ? Comment peut-on approcher chaque jour, par profession, des malades, des blessés, des mourants, sans être atteint moralement par le rayonnement morbide qui émane d'eux ? Par quelle défense échapper à cette contagion du malheur ?

Il y a bien des années — j'habitais l'Allemagne — cette question s'est posée à moi sous la forme d'un destin tragique. *Multiple Sklerose.* Ces deux mots à l'allure curieusement française avaient été prononcés à propos d'un médecin dont cette maladie inexorable était la spécialité. A vrai dire ce médecin n'était que le mari. Nous allions voir et entendre sa femme, l'amie de l'ami pianiste que j'accompagnais. Elle avait été sa rivale au conservatoire, manifestant des dons exceptionnels. Puis elle avait abandonné la carrière de virtuose pour se marier. C'est du moins ce que je crus d'abord comprendre.

Le médecin était beaucoup plus âgé que sa femme. Cela se voyait davantage à sa silhouette cassée qu'à son visage, un visage qui conservait une sorte de fraîcheur adolescente, un visage fragile, blessé même. Il faisait contraste avec sa jeune femme éblouissante de santé, de brio, d'amour de la vie. Elle se mit au piano et nous offrit un récital d'une inoubliable ferveur.

— Quel couple magnifique, quel bonheur ils respirent, chacun selon sa vocation! m'écriai-je quand je me retrouvai plus tard seul avec mon ami.

Il sourit tristement et me détrompa. Bonheur peut-être, mais d'un genre assez particulier, bonheur dramatique plutôt! Sa carrière de virtuose, la jeune fille avait dû y renoncer, le cœur crevé de chagrin, quand elle avait ressenti les premiers troubles de la vision et de l'équilibre qui annoncent la sclérose en plaques. Son médecin soignant n'avait pas supporté le spectacle de cette artiste superbe condamnée à sombrer lentement dans une déchéance irrémédiable. Marié et père, il avait abandonné femme et enfants pour se consacrer entièrement à elle. Ne pouvant rien comme médecin, il l'avait épousée et ne la quittait plus d'une heure. Il se disait même décidé à la suivre dans la mort.

Comment peut-on être médecin? Certains ne le peuvent pas justement. Le vernis protecteur, dont le bon et froid praticien se couvre pour résister à la démoralisation, craque sous un choc trop rude. Et le mal s'insinue. La pitié dangereuse l'envahit comme une passion dévastatrice.

Passion, patient, passif, pathologique, pathétique. Cinq mots dont l'étymologie commune se manifeste parfois cruellement dans les faits.

Le mendiant des étoiles

C'était... je ne sais plus. Il y a quelques années. Avec l'Inde, on s'y perd toujours. Un pays qui détruit tout. Les visages, les corps, les oiseaux, les souvenirs, le calendrier. Nous avions décidé, Karl et moi, d'abandonner l'Europe au plus noir de l'hiver et de partir vers l'est. Ex oriente lux !

Escale à Téhéran : ténèbres et brouillard. Arrivée à New Delhi : froid et vent. Coup d'aile vers le sud : Calcutta. Une chaleur qui nous semble d'abord douce et accueillante. Nous n'avions pas encore découvert les corps. Normalement, l'Indien n'a pas de corps. C'est un visage peint, aux yeux lumineux, dévoré de spiritualité, qui se tend vers vous au-dessus d'un mannequin habillé de voiles. Rien ne décourage le contact physique, la caresse et plus encore l'échange érotique autant que cette légère poupée qui, pour être drapée, n'en est pas moins dépourvue de mystère. Non, rien n'attire ni n'excite dans le corps émacié de l'Indien, lequel paraît lui-même sans désir.

Et puis il y a la moiteur. Comment avoir soif du corps d'un autre quand on est déjà excédé par le poids, l'humidité, la viscosité de son propre corps ? Certes l'Inde est une terre de chasteté...

Pourtant à Calcutta les corps sont là, partout, obsédants, debout, accroupis, mais le plus souvent couchés en large, en long, en travers. Le tiers de la population étant sans domicile dort la nuit là où elle vit le jour, lieu de travail ou de mendicité. Le chauffeur couche dans son taxi, le liftier dans son ascenseur, le marchand de légumes sur sa carriole, le boucher sur son étal. Le matin, on se lave et on fait ses besoins en toute innocence dans le caniveau. L'absence d'érotisme s'équilibre, comme c'est bien souvent le cas, par une présence scatologique exorbitante.

Dès le premier jour, nous avions été confrontés au problème des mendiants. Comment ne rien leur donner ? Mais comment leur donner sans provoquer une émeute ? Car le mendiant indien, sitôt qu'il a reçu quelque don, alerte ses congénères dans un esprit de solidarité louable mais catastrophique. Et alors, c'est la ruée sur le malheureux donateur. « Je viens de commettre une mauvaise action, écrivait Anatole France, j'ai fait l'aumône à un pauvre. »

Karl eut recours d'abord à un stratagème. On nous avait distribué dans l'avion des boîtes-repas contenant les éléments d'une modeste collation. L'une de ces boîtes s'étant retrouvée dans mon sac de voyage, nous avions eu l'idée d'en faire profiter l'un des enfants faméliques qui se dressaient comme des spectres devant nos pas. Mais loin de l'hôtel et emballée de façon assez solide pour nous donner le temps de disparaître. L'expérience avait été concluante. Intrigué, l'enfant s'était assis sur ses talons et avait entrepris d'ouvrir le paquet bardé de bandes adhérentes. Il était en plein travail quand nous nous sommes éclipsés.

Dès lors nous passions une partie de nos journées à acheter de menus aliments et à les empaqueter pour les distribuer ensuite au hasard de nos déambulations.

Le système fonctionna trois jours. La catastrophe se produisit le quatrième. Nous avons pu les voir dès l'aurore de nos fenêtres. Des dizaines d'enfants faisaient le guet en face de l'hôtel, à distance respectueuse des gardiens. Le téléphone indien avait fait son œuvre. Nous étions repérés. Il fallut sortir par une porte de derrière, et bien entendu les mains vides, ce qui ne nous épargna pas une escorte suppliante et inlassable. Ah, ces gestes affreux, le poing agité devant une bouche ouverte (manger ! manger !) ou la chemisette soulevée pour découvrir un torse squelettique, ou le bébé tendu à bout de bras par une fillette minuscule! Que faire, oui que faire des mendiants de Calcutta! Et le plus horrible, c'est qu'on finit par s'habituer à ce chœur lamentable jusqu'à recevoir d'un front impassible la malédiction fulminante d'un prophète loqueteux furieux de se voir ignoré, ou le jus rouge d'une chique craché avec dédain.

Un soir, la salle à manger de l'hôtel nous réserva une surprise. Des guirlandes de lanternes multicolores couraient d'un chapiteau de colonne à l'autre, et les nappes s'adornaient de branchettes de sapin tout à fait exotiques en cette latitude. Nous interrogeâmes le serveur. « Christmas, sir, Weihnachten meine Herren, Noël... », expliqua-t-il avec une mimique de ravi provençal. Eh mon dieu oui! Nous n'avions pas pris garde à l'approche du 24 décembre, et ma foi, c'était ce soir même! Ces Indiens se montraient on ne peut plus prévenants à l'égard des barbares occidentaux que nous étions.

Karl paraissait préoccupé cependant.

— A quoi penses-tu?

— Au Howrah Bridge.

Il nous avait laissé il est vrai une impression inoubliable, ce gigantesque pont métallique qui franchit le Hooghly. Son immense tablier était couvert par une fourmilière humaine, une masse compacte de piétons, bicyclettes, cyclopousses, vaches et chevaux dans laquelle quelques cen-

taines de camions et de voitures paraissaient
engluées à jamais.

— Je me suis renseigné. Ce formidable trafic
est dû en partie à l'importante gare de chemins de
fer qui se trouve à proximité sur la rive droite.

— Je pense surtout à ce que nous avons vu
sous le pont, dit Karl.

Cela, c'était le résultat d'un réflexe assez
« parisien » que j'avais eu. J'ai habité des années
dans l'île Saint-Louis. J'avais pris l'habitude de
petites expéditions nocturnes sur les berges de la
Seine pour frayer avec la population clocharde
qui gîtait à l'époque sous les ponts Marie, Louis-
Philippe et de la Tournelle. Comme nous
voguions, emportés par la foule du Howrah
Bridge, j'avais dit à Karl :

— Et dessous ? Allons voir dessous !

Ce n'avait pas été une petite affaire de trouver
la ruelle serpentant entre des taudis qui permet-
tait d'accéder à la berge du fleuve. La pente et
l'humidité du sol nous avertissaient seules que le
fleuve n'était pas loin. Des rats énormes déta-
laient devant nos pas. Nous écrasions des choses
molles que nous préférions ne pas identifier. Nous
contournions des baraques informes, des tentes
noires et basses, des planchers surélevés jonchés
de corps drapés de la tête aux pieds, comme dans
une morgue. Parfois un visage halluciné se dressait vers nous pour disparaître aussitôt. Une main

crochue se tendait au bout d'un bras squelettique. Une fumée âcre et rousse nous faisait tousser et pleurer. C'est que le soir tombait, et, la température s'abaissant de quelques degrés, les Indiens se serraient par groupes loqueteux autour de petits feux où cramaient du papier, des étoffes, des épluchures, des étrons, des choses innommables.

— Combien sont-ils ? murmura Karl.

Question vaine. Exclamation plutôt. C'était plus qu'un camp, une ville souterraine, grouillante sous le grouillement du pont, comme une fourmilière sous une fourmilière. En amont, sur la même rive, nous apercevions les bûchers funéraires du Nimtala Ghât. Par bonheur nous passions relativement inaperçus.

— C'est parce que nous n'avons rien à leur donner, avait dit Karl.

Instruits en effet par l'expérience, nous avions entrepris cette expédition les poches vides, et on aurait dit que cette foule misérable le savait. J'évoquai à ce propos un passage mémorable du livre de Lanza del Vasto *Le pèlerinage aux sources*. Un jour, il se baigne en laissant ses vêtements sur la plage. Quand il revient, il s'aperçoit que le mouchoir noué où il serrait son mince pécule de voyageur a disparu. Il est pris d'un vertige : le voilà seul, sans la moindre ressource, au cœur du continent indien ! Puis il éclate de rire. Il vient de comprendre qu'il vit un de ces rares moments où

Dieu prend soin de nous montrer avec évidence
qu'il est notre seul soutien. Dès lors et pour
toujours sa vie a changé. Mystérieusement averti
de son absolue pauvreté, les Indiens non seulement ne le sollicitent plus, ne cherchent plus à
l'exploiter, à le voler, mais ils l'accueillent au
contraire, le vêtent, le nourrissent. Jamais plus il
ne possédera quoi que ce soit. Et j'avais noté ces
mots de Lanza del Vasto qui ressemblent à un
précepte de douceur et de confiance : « L'homme
qui tombe à l'eau du dénuement n'a qu'à s'y
détendre en souriant aux anges. Alors il flotte... »

C'était donc cette population campant sous le
pont géant qu'évoquait soudain Karl en cette
salle d'hôtel 4 étoiles, enluminée par la veillée de
Noël.

— Et alors ? Que t'inspire-t-il ce grand pont ?

— Si on y retournait ?

— Ce soir, dans la nuit ?

— Oui. On fait Noël avec eux ! On achète tout
ce qu'on peut, on les invite à ripailler avec nous !

C'était bien Karl, dangereux et admirable
compagnon, qui vous plaçait sur un coup de folie
en face d'un dilemme terrifiant : ou se lancer dans
une entreprise superbe mais terrible, ou se terrer,
la honte au cœur.

— Nous irons puisque tu y tiens, soupirai-je,
mais au moins finissons de dîner.

Ce fut vite expédié. Puis nous ressortîmes. Rien

de plus funèbre sur les trottoirs que tous ces corps enveloppés d'un voile blanc semblable à un linceul. Mais à Calcutta, la vie ne s'arrête jamais, et nous pûmes sans difficulté emplir un couffin que nous avions acheté en premier lieu. Karl semblait possédé par une joyeuse fièvre de réveillon. Il acheta en vrac des dattes, des bananes, des raisins secs, des noix de cajou, des boulettes de farine de riz, des mangues, des ananas, et même quelques-uns de ces beignets dorés frits dans la graisse et ruisselants de miel liquide. Il ajouta, par défi sans doute, une quantité de chiques indiennes, mélange incendiaire de tabac, de noix d'arec et de chaux vive enveloppé dans une feuille de bétel. Cependant nous approchions du grand pont de l'Hooghly River.

L'affluence était la même qu'en plein jour, et ce fut un travail compliqué par le couffin, dont nous tenions chacun une anse, de fendre cette foule ambulante. Mais l'ombre déchirée çà et là par des flambeaux et des lanternes, le silence qui enveloppait mystérieusement ces hommes et ces femmes au pas mécanique, au visage sans vie, avaient quelque chose d'irréel.

— Des morts, murmura Karl. On dirait des morts en marche vers l'au-delà.

— Charon, débordé, a pris sa retraite, dis-je. Et on a jeté un pont de pierre et d'acier sur le Styx.

Un grand vieillard au regard farouche nous croisa sans nous voir. Il menait en laisse un formidable molosse aux yeux jaunes.

— Rhadamanthe avec Cerbère, dit Karl. C'est vraiment la descente aux Enfers!

— Te souviens-tu dans l'*Odyssée*? Ulysse veut consulter le roi Tirésias, mort depuis des lustres. Il traverse l'Océan pour atteindre la caverne qui est la gueule béante des Enfers. Au seuil de cette porte fatale, il creuse une fosse carrée d'une coudée de profondeur, et il y verse en libation du lait au miel, puis du vin doux, enfin un nuage de blanche farine. Les morts ne se manifestent pas encore. Alors Ulysse immole un agneau blanc et une brebis noire, et leur sang jaillit en fumant dans la fosse. Les morts exsangues et assoiffés de vie se ruent en foule à l'entrée de la caverne. Ulysse défend l'abord de la fosse avec son glaive. Etrange combat! L'armée grise et diaphane des défunts assiégeant ce trou ensanglanté, et Ulysse, debout, seul, repoussant leur assaut de la pointe de son glaive! C'est que seul Tirésias doit pouvoir approcher et étancher sa soif de vampire. Ce qu'Ulysse n'avait pas prévu, c'est l'apparition de sa propre mère, Anticlée. Il l'avait laissée pleine de vie à Ithaque, et il retrouve son ombre mêlée aux défunts innombrables. Il ne savait pas qu'elle était morte de chagrin en l'attendant. Il pleure, mais il a la force de la repousser elle aussi. Seul Tirésias boira le sang.

Ulysse affronté à la ruée des ombres, c'était nous, fendant cette masse obscure pour parvenir au camp des morts. Mais nous n'aurions pas à les repousser de la pointe d'une épée, nous leur jetterions la provende du réveillon à pleins bras, étranges Pères Noël occidentaux, perdus en ces confins asiatiques. Encore fallait-il parvenir jusque-là...

Après avoir contourné la dernière pile du pont, il nous restait à descendre vers la berge, et nous maudissions notre imprévoyance, car une lampe de poche nous aurait été précieuse dans le dédale boueux où nous tâtonnions. Le dernier numéro du *Telegraph*, le journal anglophone de Calcutta, dont un exemplaire recouvrait notre couffin, fit les frais de notre éclairage. Page par page, Karl le transforma en torches qui, brandies à bout de bras, devaient nous donner une singulière allure. L'angoisse nous inspirait des références familières auxquelles nous nous accrochions.

— Rembrandt : la ronde de nuit, murmurai-je.

— Don Juan et Leporello vont pique-niquer au cimetière avec la statue du Commandeur, rectifia Karl.

Mais il émit un juron, car une soudaine glissade venait de le précipiter à terre. Il se releva en gémissant.

— Le pique-nique au moins est intact. Mais quelque chose m'intrigue. Depuis que nous avons quitté le pont, il n'y a pas âme qui vive. L'autre jour ça grouillait par ici, non ?

Je ne dis rien. Moi aussi j'étais frappé par l'absence de tout être humain. Ce fut bien autre chose quand nous débouchâmes enfin sur la berge. Le ciel étoilé était coupé net par la noirceur du tablier du pont. On ne pouvait rien voir de la foule qui le parcourait dans les deux sens, mais on entendait son piétinement de fourmis. Quant à l'aire immense qui s'étendait sous le pont et au-delà, elle était déserte. Le village de clochards que nous y avions découvert, ces tentes basses, ces corps étendus sur des planchers, ces petits groupes serrés autour d'un foyer fuligineux, tout avait disparu.

— Bon dieu, mais où sont-ils ?

— Ils sont tous partis réveillonner, tiens !

— On a bonne mine avec nos victuailles !

— Qu'est-ce qu'on fait ? On ne va tout de même pas rapporter ça à l'hôtel !

— Faisons comme eux : réveillonnons !

Il s'était assis sur une souche vermoulue rejetée par le fleuve et disposait le couffin entre ses pieds. Je pris place à côté de lui. Il éplucha une banane.

— Quelle ironie admirable ! Nous arrivons les mains pleines, craignant un assaut furieux, et nos merveilleux cadeaux nous restent sur les bras !

— Cela va plus loin que tu ne penses. Te souviens-tu du film de Chaplin *La ruée vers l'or* ? Le petit émigré malchanceux est amoureux. C'est le soir de Noël. Il invite sa bien-aimée et ses belles amies à souper avec lui. Il s'est ruiné en friandises, en menus cadeaux. Dans sa baraque, il a dressé une table magnifique avec des bougies sur une nappe blanche. Et personne ne vient. Il s'endort le nez sur la table.

— Oui, je me souviens. Il rêve. Il rêve que les belles dames sont venues, et pour les amuser, il exécute la fameuse danse des petits pains.

— Les invités récalcitrants. Le riche dont personne ne veut des cadeaux. La terrible solitude du riche. Les pauvres se serrent autour de leur misérable pitance. Ils se tiennent chaud. Le riche a froid et manque d'appétit, seul devant sa table surchargée.

— C'est le thème d'une parabole des Evangiles, la plus étrange et la plus cruelle des histoires. Un homme riche veut traiter magnifiquement ses meilleurs amis. Il lance ses invitations, et prépare le banquet le plus fin et le plus succulent qui soit. Le soir dit, tout est prêt. La table resplendit de linge brodé et de vaisselle d'or. Il ne manque plus que les invités. L'hôte attend. Les heures passent. Personne. Alors il envoie ses serviteurs aux nouvelles. Plus tard ils reviennent les uns après les autres avec des excuses. L'un des invités a acheté un champ, il faut qu'il aille le voir, l'autre doit essayer cinq paires de bœufs, le troisième se marie. Alors le maître de maison irrité dit à ses serviteurs : « Allez sur les places et par les rues de la ville, et ramenez ici les mendiants, les aveugles et les boiteux. » Ce que font les serviteurs. Mais il y a encore de la place, et c'est là qu'on touche à une sublime folie. Le maître dit aux serviteurs : « Armez-vous, ressortez et ramenez ici les passants que vous rencontrerez, l'épée dans les reins s'il le faut ! » Pas un peintre n'a eu à ce jour l'audace de représenter cet incroyable banquet : la table somptueuse, le maître dévoré de chagrin et de rancune, et une brochette d'estropiés et de calamiteux, et enfin ces pauvres passants ahuris et épouvantés qu'on a traînés là de force. Pas un romancier n'a raconté la suite de cette stupéfiante soirée !

Il y eut un silence, et nous n'entendîmes plus que le piétinement innombrable qui passait sur nos têtes. J'avais dit « stupéfiante soirée » en évoquant une parabole des Evangiles. Mais notre soirée de Noël à Calcutta, qui voudrait la croire ?

Il faisait chaud. Peut-être avons-nous un peu dormi. Plus tard Karl raconta un souvenir récent.

— Je ne t'en ai pas parlé. Hier matin, quand je suis rentré seul à l'hôtel, un garçon était en train de faire la chambre. Je le dérangeais dans son travail, et lui aussi me dérangeait. Au bout d'un moment, il s'est approché et a touché ma chemise du doigt. Je lui ai aussitôt expliqué dans mon sabire anglo-hindî que je lui confierais mon linge à laver plus tard. Il a secoué la tête en souriant. C'était un malentendu. Il voulait autre chose. Il saisit ma chemise entre le pouce et l'index, et appliqua son autre main sur sa poitrine. C'était clair : il voulait ma chemise. Un cadeau, quoi ! J'ai ri. C'était énorme, non ? Et désarmé, j'ai obtempéré. Je me suis retrouvé torse nu, et il est parti débordant de remerciements avec ma chemise trempée de sueur. J'ai pensé à saint Martin. Ce soldat a été canonisé pour avoir coupé son manteau en deux avec son épée pour le partager avec un pauvre. Moi je venais de donner toute ma chemise.

— Mais tu en avais une douzaine d'autres dans ta valise.

— C'est vrai, concéda-t-il en entamant un ananas.

Nouveau silence. Bruit de piétinement.

— La mendicité. Je cherche à saisir la relation qu'elle établit entre deux êtres, dis-je. L'autre jour, j'étais harcelé par un jeune garçon beau comme un dieu. Il n'avait nullement l'air misérable. Je le repoussais en riant. Il finit par rire aussi, et ses sollicitations de plus en plus familières prirent l'allure d'un jeu. Comme je continuais à marcher, nous nous sommes perdus dans le jardin

botanique au milieu de la forêt de racines adven-
tices du fameux banian bicentenaire. Lui, enhardi
par ma bonne volonté évidente, s'apprêtait à
fouiller mes poches. Je me suis arrêté en le
regardant. Je me disais : « Un jeune Arabe se
serait déjà déculotté dix fois ! » Mais tout dans
son comportement décourageait la moindre
avance sexuelle. Oui, la jeunesse pauvre de l'Inde
est revêtue d'un manteau d'innocence. On ne
peut toucher aux intouchables non à cause de leur
impureté, mais au contraire en raison de leur
pureté. Il y a une absolue incompatibilité entre
mendicité et prostitution. Les prostituées des
quartiers chauds de Bombay sont superbement
habillées et coiffées, et elles évoluent dans des
décors de théâtre.

— Bien sûr, dit Karl. La prostitution suppose
que la prostituée est désirée par le client. Elle se
doit professionnellement d'être belle, séduisante,
provocante. Cette relation existe aussi en un
certain sens dans la mendicité. Mais alors c'est toi
sans t'en rendre compte qui es beau, séduisant,
provocant aux yeux du mendiant. L'argent ou la
chemise que tu donnes au mendiant, c'est un
morceau de toi ou de ton univers que tu livres à sa
concupiscence. Le riche est la putain du pauvre.

Le silence retomba sur cette belle formule.
Combien de temps sommes-nous restés, accablés
par l'atmosphère gluante de chaleur humide ? A

la fin, nous nous sommes secoués. La surface moirée du fleuve diffusait une lueur phosphorescente. Nous nous sommes retournés une dernière fois vers la masse noire du pont qui nous écrasait. Au pied d'un pilier, nous laissions notre couffin aux trois quarts plein encore. C'est alors que nous l'avons découvert, notre unique mendiant de ce Noël à Calcutta. Il était perché au sommet du pilier. Accroupi à vingt mètres du sol, grand oiseau déplumé et décharné, le coude posé sur le genou en un geste immémorial, il tendait sa main ouverte vers le ciel scintillant d'étoiles.

Un bébé sur la paille

Il faut d'abord imaginer un drapeau tricolore que caresse le vent nocturne et qu'incendie un projecteur. Puis le cadre s'élargissant, la façade du Palais de l'Elysée apparaît, durement sculptée par l'éclairage artificiel. Une seule fenêtre est allumée. Zoom avant sur la fenêtre. Un fondu-enchaîné donne l'illusion qu'on pénètre à l'intérieur. Le président de la République sourit, assis dans un fauteuil près d'une cheminée où dansent des flammes.

« Français, Françaises, dit-il, les écoliers sont en vacances depuis ce matin. Les fêtes de fin d'année ont enluminé les rues de nos villes et de nos villages. Dans quelques jours, ce sera Noël, puis, une semaine après, la Saint-Sylvestre. Il est d'usage qu'à cette occasion le président de la République présente ses vœux à ses compatriotes. Je n'y manquerai pas. Mais justement mes vœux vont revêtir cette année un caractère tout à fait

exceptionnel. C'est que je voudrais vous entretenir d'un grave et grand sujet, et vous faire une
proposition révolutionnaire. Révolutionnaire, oui,
aussi étrange que cela puisse paraître de la part
d'un président de la République, et de surcroît à
la veille de Noël. Voici ce dont il s'agit.

Quand on parle des grands fléaux dont souffre
notre société, on cite la drogue, la violence, le
tabac, l'alcool et les accidents de la route. Les
chiffres qu'on avance sont effrayants et nous
devons certes lutter avec acharnement pour qu'ils
diminuent. Mais enfin ces fléaux ne concernent,
Dieu merci, qu'une minorité d'entre nous. Or il
existe un autre fléau, plus insidieux, plus sournois, qui risque de conduire la population tout
entière à la plus hideuse des dégénérescences. Ce
fléau n'a même pas de nom. On pourrait l'appeler
médicomanie, clinicomanie, pharmacomanie, que
sais-je encore ? Mais peu importe le nom. Ce sont
les chiffres qui comptent, et ces chiffres dépassent
infiniment ceux des victimes des autres fléaux. On
peut mesurer les maux selon divers critères. Je
dirai simplement ceci : chaque année, nos
dépenses de maladies augmentent plus vite, beaucoup plus vite, que les ressources du pays. Où
allons-nous ? Eh bien, c'est simple et c'est épou-
vantable ! Un calcul élémentaire nous permet par
extrapolation de fixer avec précision l'année, le
mois, le jour où la totalité des ressources de la

nation sera absorbée par les soins médicaux. L'aspect qu'aura alors notre vie est à peine imaginable. Qu'il me suffise de dire que nous ne nous nourrirons plus alors que de médicaments. Nous ne nous déplacerons plus qu'en ambulance. Nous ne nous habillerons plus qu'avec des pansements. Tableau grotesque et infernal.

Que faire pour ne pas en arriver là ? Je me suis adressé aux plus hautes sommités de la médecine. J'ai supplié les académies de se pencher sur le problème et de me suggérer un remède. Rien. Il faudrait attaquer le mal à sa racine. Mais où se trouve cette racine ? Qu'est-ce qui fait donc de chacun de nous un malade, au moins virtuel, qui soigne éternellement un mal réel ou imaginaire ?

Alors j'ai eu recours à une ultime ressource. Je me suis souvenu du village de mon enfance, du médecin qui nous soignait, mes frères, mes sœurs et moi-même. Et quand je dis qu'il nous soignait... Il intervenait le moins possible, sachant bien que c'est la nature qui nous guérit, et qu'il faut se garder de gêner son action. Oui, ce médecin était un sage, voilà tout, et c'est plus au sage qu'au médecin que je me suis adressé. Je lui ai envoyé le volumineux dossier établi par les services du ministère de l'Intérieur sur la question. L'a-t-il seulement étudié, ce dossier ? On peut en douter, à en juger par la rapidité et surtout par la teneur de sa réponse.

Sa réponse, la voici. Une lettre de trois feuillets, écrite à la main avec une plume Sergent-Major, et à l'encre violette. Dans cette lettre, mon vieux médecin de campagne me dit... Oh, et puis le mieux est sans doute que je vous en donne lecture. Voici donc :

Monsieur le Président de la République,
Mon petit François,
Je suis fier et heureux que vous vous souveniez du modeste praticien qui vous a mis au monde et qui a veillé sur vos premières années. A vrai dire, j'y ai fort peu de mérite, car vous êtes venu et vous avez poussé tout seul. Et voici maintenant que vous vous tournez vers moi — qui n'exerce plus depuis si longtemps — avec une question d'ampleur nationale et qui laisse pantoises, me dites-vous, les sommités de la faculté de Médecine. Mais peut-être ces savants sont-ils, par là même qu'ils détiennent les leviers de commande de la cité médicale, particulièrement mal placés pour remédier à l'augmentation à tout va des frais médicaux ? Sérieusement, monsieur le Président, si vous cherchiez la voie d'une diminution des frais d'armement, iriez-vous la demander à notre haut état-major ? Si je me hasarde à vous répondre, c'est sans doute parce que je ne suis plus médecin depuis longtemps après l'avoir été fort peu durant toute ma carrière.
La question que vous me posez, monsieur le Président, me fait songer à un chat que j'ai eu jadis, ou plutôt il s'agissait d'une chatte. Or donc cette chatte ayant des

petits à naître avait eu la fantaisie de les faire dans un taillis qui s'étend à perte de vue de l'autre côté du mur de mon jardin. La retrouvant un jour, le ventre plat et l'œil pétillant de sous-entendus, j'avais vite compris où la menaient les escapades que je la voyais quotidiennement entreprendre dans le terrain voisin. Je me gardai toutefois d'intervenir. Les semaines et les mois passèrent. Un matin, je vois par la fenêtre ma chatte qui jouait dans une allée du jardin, entourée de quatre chatons farceurs. C'était sans doute la première fois qu'ils sautaient le mur après une enfance passée dans le taillis voisin. J'ouvre la porte sans précaution, et je m'avance vers la petite famille. La chatte me fait fête, mais un coup de panique disperse les chatons dans toutes les directions. Evidemment Comment n'y avais-je pas pensé ? Ces petits chats nés et élevés loin des hommes étaient des bêtes sauvages. A moins de les apprivoiser patiemment, ils ne supportaient pas la présence de l'homme.

Les apprivoiser ! J'ai tout fait pour cela. Je les affriandai avec des assiettes de pâtée disposées dans le jardin, de plus en plus près de la maison. Un jour j'ai réussi par ce moyen à en attirer un jusque dans ma cuisine. Et j'ai refermé la porte. Le résultat a été catastrophique. Il s'est mis à crier comme si on l'écorchait. En même temps, il bondissait sur les meubles, jetant par terre la vaisselle et les vases. Finalement il s'est précipité sur la vitre de la fenêtre, comme un oiseau, et il est tombé à demi assommé. J'en ai profité pour m'en saisir et lui rendre la liberté.

Je suis quelque peu confus, monsieur le Président, de vous entretenir d'anecdotes d'apparence aussi futile. Mais des petites histoires comme celle-ci sont proches de la vie. Elles sont la vie même. Ce qui se passe au fil des heures dans un jardin est tout aussi instructif que ce qu'on observe dans l'éprouvette ou la cornue d'un laboratoire, et si vous vous êtes adressé à moi, c'est sans doute pour connaître le point de vue d'un homme de terrain après avoir interrogé la recherche in vitro.

Les semaines qui suivirent confirmèrent l'impression que m'avait laissée cette expérience désastreuse : nés dans la nature, ces petits chats n'étaient pas récupérables. La sauvagerie les avait marqués à tout jamais. J'eus l'occasion d'en parler avec un voisin qui élève des bestiaux. Il me fit cette révélation surprenante : un veau ou un poulain né dans les champs aura toute sa vie un caractère plus difficile que celui qui a vu le jour — si l'on peut dire — dans la pénombre d'une écurie. Tous les éleveurs savent cela, et se gardent de laisser leurs femelles mettre bas en plein air.

Comme vous le voyez, peu à peu nous nous rapprochons de notre sujet. Car ce qui est vrai pour le caractère des bêtes l'est plus encore pour l'âme des humains. Oui, la première impression — bruits, lumières, odeurs — qui frappe un enfant sortant du ventre de sa mère le marque pour toujours. C'est comme une courbure impossible à redresser qui tordrait son caractère. Sans être le moins du monde historien, j'ai fait quelques sondages pour connaître l'environnement exact de la naissance de quelques hommes qui firent parler d'eux. On sait que Napoléon est né au son des orgues et dans les vapeurs d'encens de la grand-messe du 15 Août dans la cathédrale d'Ajaccio. On sait moins qu'il y eut une secousse sismique à Gori lors de la naissance de Staline. Un terrible coup de gelée détruisit toutes les fleurs des arbres fruitiers de la région de Braunau la nuit du 19 avril 1889 qui vit naître Adolf Hitler. Les Anciens croyaient que la naissance d'un futur grand homme était marquée par des prodiges. Il faudrait sans doute inverser l'ordre causal, et dire qu'un prodige survenant lors de la naissance d'un enfant peut faire de lui un homme exceptionnel.

Or quelle est la révolution considérable et quasi universelle qui caractérise l'obstétrique depuis cinquante ans? Jadis les enfants naissaient dans la maison de leurs parents. Vous-même, monsieur le Président, je me souviens de la chambre de votre maman où vous avez poussé votre premier cri. Et l'on fabriquait aussi, sans bien s'en rendre compte, des bébés paysans, ouvriers, artisans, pêcheurs ou milliardaires qui conservaient cette étiquette comme tatouée au fond d'eux-mêmes. Etait-ce un bien, était-ce un mal? Je ne trancherai pas. Je me méfie de la tendance que l'on a un peu trop à mon âge à préférer les choses du passé. Mais depuis cinquante ans, cela a bien changé. Très vite l'usage s'est imposé de procéder aux accouchements dans des cliniques spécialisées. Certes l'hygiène et la sécurité ont immensément profité de cette nouveauté. Le nombre des accidents à la naissance a diminué dans des proportions fort réjouissantes. Mais on n'a pas mesuré en revanche l'effet de ce nouvel environnement sur ce que j'appellerai l'empreinte natale. Eh oui, l'empreinte natale ! Voilà un concept nouveau que nos Diafoirus accoucheurs vont devoir faire avaler à leurs ordinateurs ! J'affirme quant à moi qu'un bébé qui en venant au monde sur un billard chirurgical respire des odeurs de désinfectants, entend vrombir des instruments électriques et ne voit autour de lui que des fantômes en blouses blanches et masques antisepti- ques sur fond de murs laqués de salle d'opération, j'affirme que ce bébé, en vertu de cette empreinte natale, sera toujours enclin à... comment dit-on déjà !... la clinicomanie, la médicomanie, la pharmacomanie.

Monsieur le Président, voici la réponse que je propose à votre question : les dépenses exponentielles de la Sécurité sociale ne s'expliquent que par cette empreinte clinique imposée aux nouveau-nés dans les secondes, les minutes et les heures qui suivent leur naissance.

Alors que faire ? La naissance, l'amour et la mort, il faut le dire, ne sont pas des maladies. Ce sont les trois grandes articulations du destin humain. Il ne convient pas que les médecins s'en emparent. Commençons donc par libérer les naissances des miasmes pharmaceutiques qui les empoisonnent. Voici ce que je propose. Lorsqu'une femme sera sur le point d'être mère, elle choisira elle-même — aussi librement que le prénom de son enfant — l'environ- nement naturel où elle souhaite accoucher, et par là même, l'empreinte natale que recevra son enfant. Tout sera prêt pour qu'un choix pratiquement illimité lui soit offert. Il faut que, dans les années qui viennent, les bébés puissent

*naître en toute sécurité au sommet du Mont-Blanc ou dans
les rochers de l'île de Sein, dans un atoll du Pacifique ou
dans les dunes blondes du Sahara, dans la galerie des
Glaces du château de Versailles ou au troisième étage de la
tour Eiffel. Alors on verra de nouvelles générations
manifester une variété inépuisable d'aspirations et de
vocations, au lieu de faire tristement la queue chez le
médecin et le pharmacien.*

Veuillez agréer, monsieur le Président, etc.

Le Président déposa les feuillets de la lettre sur
un guéridon, et regarda en souriant dans la
direction des téléspectateurs.

« Voici donc, mes chers compatriotes, l'étrange
et charmante révolution que je vous propose. Dès
le printemps prochain toutes les mesures auront
été prises pour que l'empreinte natale soit aussi
variée et même fantaisiste que le voudront les
futures mamans. Mais aujourd'hui même, ce soir,
à la minute où je vous parle, nous allons procéder
à l'inauguration de cette nouvelle façon de naître.
Je m'adresse donc à toutes les futures mamans
qui m'écoutent. Mon numéro de téléphone est le
suivant : 42 92 81 00. Si vous attendez une naissance pour les jours prochains, appelez-moi
immédiatement. La ligne est directe. La première
future maman qui m'appellera et formulera son
vœu, ce vœu, quel qu'il soit, sera exaucé. J'attends. »

Toujours souriant, le président posa son menton sur ses mains croisées, et observa un silence. Presque aussitôt le récepteur posé à sa portée se mit à grelotter. Quinze millions de téléspectateurs purent alors suivre en direct cet étrange dialogue :

— Allô ? appela une voix flûtée.

— Oui, ici le président de la République.

— Bonsoir, monsieur le Président.

— Bonsoir, madame.

— Mademoiselle, rectifia la voix flûtée.

— Mademoiselle. Mademoiselle... comment, s'il vous plaît ?

— Marie.

— Bonsoir, mademoiselle Marie. Donc vous attendez une naissance. Savez-vous pour quel jour ?

— On m'a parlé du 25 décembre, monsieur le Président.

— Parfait, parfait. Et quel est le cadre naturel dont vous rêvez pour cette naissance ?

— Une étable, monsieur le Président. Une étable avec beaucoup de paille. Et aussi un bœuf et un âne.

Le Président, malgré sa maîtrise bien connue, ne put empêcher ses yeux de s'arrondir d'étonnement.

— Une étable, de la paille, un bœuf et un âne..., répéta-t-il mécaniquement. Bon, bon, vous aurez tout cela. Me permettez-vous cependant une dernière question ?

— Mais oui, monsieur le Président.

— Avez-vous fait déterminer le sexe de votre enfant ?

— Oui, monsieur le Président, ce sera une fille.

— Ah, bravo, une fille ! s'exclama le Président avec un soulagement évident. C'est tellement plus mignon qu'un garçon ! Tellement plus calme, plus rassurant ! Eh bien, je me propose comme parrain, si vous voulez bien de moi, et nous l'appellerons Noëlle. Bonsoir à tous.

Le Roi mage Faust

— Alors, comment va-t-il?

Faust Iᵉʳ, roi de Pergame, se dressait, terrible et tremblant à la fois, devant l'archiatre du palais qui sortait de la chambre du prince héritier.

— Mais enfin, parleras-tu? éclata-t-il devant le silence consterné du médecin.

— Hélas! finit-il par gémir.

— Tu ne veux pas dire..., balbutia le roi,... tu ne veux pas dire que le dauphin...

— Hélas, si! soupira l'archiatre.

Le roi bouscula le groupe de chirurgiens, apothicaires, herboristes et thaumaturges qui encombrait l'entrée de la chambre, et s'y précipita. Au milieu d'un sordide désordre de seringues, fioles, clystères, scalpels et linges ensanglantés, le dauphin gisait, les mains jointes sur la poitrine, blanc et froid comme la neige.

— Mort, murmura le roi, il est mort. Une fois de plus toute la cour d'astrologues, alchimistes,

chiromanciens, nécromanciens et autres phréno-
logues que j'entretiens autour de moi a fait la
preuve de son ignorance. Et moi, après tant
d'années de recherches et d'études, tout ce que je
sais, c'est que je ne sais rien !

En effet, dès son plus jeune âge, le prince de
Pergame avait étonné ses parents et ses maîtres
par l'ardeur qu'il mettait à apprendre. Il n'y avait
pas pour lui de grimoire trop indéchiffrable, de
langue étrangère trop barbare, de calculs trop
embrouillés, de raisonnement trop subtil. On
aurait dit que la difficulté même excitait la
curiosité insatiable de son esprit, et ses parents
craignaient sans cesse que cette boulimie intellec-
tuelle ne finisse par lui donner des transports au
cerveau. A peine adolescent, c'était lui, et personne d'autre, qui avait mis au point pour son
usage personnel l'art de fabriquer les parchemins
qui faisait la renommée de Pergame. Cette passion n'était pas demeurée ignorée, et on voyait
quotidiennement d'étranges aventuriers se présenter au palais, porteurs de prétendus secrets,
des experts en arts magiques ou versés dans les
sciences occultes, des prophètes crasseux et véhé-
ments, couverts d'amulettes, qui promettaient
l'infini en échange d'une poignée d'or. Faust Ier
les recevait tous, il les gardait souvent auprès de
lui.

La chambre du dauphin s'ouvrait sur une vaste

terrasse qui dominait la ville. Le roi s'y avança et leva les yeux vers le ciel scintillant d'étoiles. Combien de fois, après de fumeuses discussions sur les entéléchies et les esprits animaux, ne s'était-il ainsi lavé la figure et le cœur dans le grand silence bleu de la nuit !

Son regard fut arrêté par une tache lumineuse qui palpitait entre Bételgeuse et la Grande Ourse. Cette lumière fantasque paraissait étrangement vivante au milieu du vaste cirque immobile du firmament. On aurait dit qu'en s'éloignant lentement vers le sud, elle envoyait des messages, qu'elle lui faisait des signes, à lui, le roi de Pergame, dont le cœur saignait. Il se souvint alors d'une vieille légende entendue dans son enfance.

— C'est mon fils ! prononça-t-il avec émerveillement, c'est l'âme de mon fils bien-aimé qui s'envole à tire-d'aile. Et il m'adresse son dernier adieu, il m'envoie ses derniers baisers, mon petit, il veut me dire quelque chose, il me supplie de comprendre. Mais quoi, mon Dieu ! Il veut peut-être que je le suive ? Il faudrait peut-être l'accompagner dans cette longue migration vers le sud ? Pourquoi pas ? Contre les chagrins de la vie, le voyage n'est-il pas le meilleur des remèdes ?

Deux heures plus tard, une petite caravane était formée, et le roi de Pergame, accompagné d'une poignée de fidèles, entreprenait le plus étrange de ses voyages de découvertes, il ne savait

vers quelle destination. Il se contentait de suivre
la comète qui évoluait lentement vers le sud.

Le voyage dura des jours et des semaines. La
petite troupe atteignit la côte et embarqua à bord
d'une trirème. On fit escale à Chypre, puis,
comme la comète incurvait sa trajectoire vers le
sud-est, on mit le cap sur Césarée. C'était la
première fois que Faust Ier posait le pied en
Palestine. Tout naturellement, il se dirigea vers
Jérusalem où régnait Hérode le Grand dont la
réputation de férocité faisait trembler l'Orient
méditerranéen.

Hérode reçut son royal visiteur chaleureuse-
ment et en grande pompe, comme pour combattre
la sinistre renommée dont il se savait l'objet.
Pourtant sa foncière mauvaiseté s'étala avec une
sorte de naïveté quand il répondit aux doutes et
aux angoisses que lui exposa le roi de Pergame.
La vérité ? Il n'en connaissait qu'une, lui Hérode
le Grand, et elle ne lui avait jamais fait défaut : un
juste mélange de violence et de ruse. Quant aux
savants, alchimistes, astrologues et autres médi-
castres, il en avait à suffisance en son palais, et il
en usait au mieux de sa politique. Et il conduisit
son hôte dans les salles secrètes du palais où il
tenait caché tout un arsenal diabolique. Il lui
montra des fioles dont le contenu pouvait foudroyer toute une armée, des onguents qui paraly-
saient, des drogues qui rendaient les femmes à

tout jamais stériles. Un certain liquide contenu dans un simple flacon pouvait empoisonner l'eau d'une ville entière. Un gaz enfermé dans une ampoule répandait une effroyable épidémie. Enfin il lui dévoila avec des gestes empreints d'amoureux respect un aigle de verre aux ailes ouvertes : lancé sur les maisons du haut d'une tour, il exploserait en se brisant, et sèmerait autant de destructions qu'un tremblement de terre...

Le roi Faust Ier, à nouveau seul sur la route avec sa petite troupe, sombra dans un puits de perplexité. Etait-ce donc cela, la science ? La vérité vers laquelle tendaient le raisonnement, l'expérimentation et la recherche, n'était-ce que cet enfer de souffrance et de mort ? Hérode était d'autant plus redoutable qu'il en savait davantage...

Il leva les yeux vers le ciel pour interroger à nouveau les étoiles. La comète dansante et rieuse continuait sa course vers le sud, et elle semblait l'inviter à la suivre encore. Il se remit en marche avec ses compagnons.

La route mystérieuse serpentait à travers montagnes et vallées. Où allons-nous ? demanda au roi son grand chambellan. Pour toute réponse, il désigna d'un coup de menton l'étrange comète qui scintillait devant eux. Elle paraissait au demeurant ralentir, s'arrêter, descendre même sur la masse noire d'un village. Sa queue échevelée pendait vers la terre comme une main de flamme aux cent doigts.

— Quelle est cette bourgade ? demanda le roi.

— Bethléem, lui répondit son guide. La légende veut que le roi David y soit né, il y a mille ans.

Ils poursuivirent. La comète était suspendue comme un lustre au-dessus des maisons, et son rayon le plus long s'écrasait en nappe d'argent sur le toit d'une bergerie. Une foule de pâtres et de manants se pressait à l'entrée. Quel surprenant spectacle s'offrait à l'intérieur ! Dans une mangeoire de bois arrangée en berceau de paille, un bébé nouveau-né gigotait dans ses langes. Il était veillé par un homme grisonnant et une très jeune femme, et il y avait tout naturellement autour d'eux un bœuf, un âne, des chèvres et des moutons. De cheval, point, parce que c'est une bête de riche.

Tout cela aurait pu être banal, s'il n'y avait eu encore, descendant de l'ombre des poutres noircies, une colonne de lumière mouvante, un ange radieux qui présidait, semblait-il, au déroulement de cette nuit intime et grandiose à la fois, tout l'opposé de la réception d'Hérode le Grand. C'était Gabriel, le grand ordonnateur de ces pompes joyeuses.

Faust Ier, roi de Pergame, s'agenouilla devant

la crèche. Il déposa son offrande : l'un de ces rouleaux de parchemin qui était la fierté des artisans de Pergame.

— Un livre vierge, expliqua-t-il, des pages blanches, voilà le symbole dérisoire de ma vie. Elle fut tout entière vouée à la recherche de la vérité. Et parvenu au terme de cette quête, devant le corps de mon enfant, j'ai dû reconnaître que je ne savais qu'une chose : je sais que je ne sais rien. Alors j'ai suivi l'étoile fantasque dans laquelle j'ai voulu voir l'âme de mon fils. Et je te demande, Seigneur : où est la vérité ?

Bien sûr, l'enfant ne répondit pas par des paroles à cette immense question. Un nouveau-né ne fait pas de discours. Mais il apporta au roi Faust une autre sorte de réponse, combien plus convaincante. Son tendre visage se tourna vers lui, ses yeux bleus s'ouvrirent bien grand, un faible sourire éclaira sa bouche. Et il y avait tant de naïve confiance dans cette face enfantine, ce regard reflétait une si pure innocence que Faust sentit soudain toutes les ténèbres du doute et de l'angoisse s'effacer de son cœur. Dans le clair regard de l'enfant, il lui sembla basculer comme dans un abîme de lumière.

Angus

Parce qu'il est fragile et tardif, le printemps des Hautes Terres d'Ecosse possède pour les hommes et les femmes de ce pays un charme d'une douceur exquise. Ils guettent avec une impatience enfantine le retour des vanneaux dans le ciel tourmenté, le cri amoureux des grouses des marais, et les premières taches mauves des crocus sur l'herbe rare des collines. Chaque signe annonçant le renouveau après la longue nuit hivernale est accueilli comme une joyeuse nouvelle, attendue mais cependant surprenante dans sa puissante verdeur. Et la soudaine explosion des bourgeons, la roseur étoilée de buissons d'aubépine, la brise océane attendrie par des nuées de pollen touchent jusqu'aux larmes le cœur des jeunes et des vieux.

Nulle part le contraste entre l'immense clameur des tempêtes d'équinoxe et les plaintes des hulottes dans les premières nuits de mai n'est plus

émouvant que sur les terres du comte de Strathaël. La forteresse de granit où veille le vieux roi
Angus domine de sa masse noire des combes
verdoyantes toutes gloussantes de sources vives,
un bois de trembles si fin, si clair dans son jeune
feuillage qu'il semble avoir été planté de main de
jardinier afin d'offrir un rideau translucide aux
promenades des fiancés.

C'était dans ce doux vallonnement de prairies
que chevauchaient ce matin-là Colombelle, la
jeune fille de lord Angus, et son fiancé, Ottmar,
comte des Orcades. Ainsi donc les deux palefrois
allaient, épaule contre épaule, écartant de leurs
blancs poitrails les herbes hautes émaillées de
coquelicots, de marguerites et de boutons d'or, et
les jeunes gens devisaient et confabulaient tendre-
ment. Ottmar avait étudié en pays d'Oc, où le
comte de Toulouse l'avait accueilli à sa cour
comme page de chambre. Il avait assisté aux Jeux
floraux et appris par cœur les Leys d'amors
établis par le Consistoire des sept mainteneurs du
gai savoir. Colombelle, qui n'avait jamais quitté
le Haut Pays, l'écoutait avec un ravissement un
peu craintif chanter la louange d'un nouvel art de
vivre, né dans ces provinces bénies par le soleil, la
fin'amor, ou art d'aimer courtoisement et de
servir la dame de son cœur.

Il importait premièrement, expliquait-il, de
laver les relations amoureuses de toute souillure

matérielle. Presque toujours les mariages sont arrangés par les parents, aidés par des clercs, en fonction des deux fortunes qu'il s'agit de rapprocher et d'unir. Aucun sentiment ne survit à pareille compromission. L'idéal serait certes que les fiancés fussent l'un et l'autre également pauvres, absolument pauvres, mais comment approcher cet idéal en dehors de la vie monacale, laquelle sépare toujours strictement les hommes et les femmes ?

Deux bergeronnettes tournoyant et piaillant se jetèrent dans les pieds des chevaux et s'envolèrent aussitôt pour se rejoindre un peu plus loin.

— Voyez les oiseaux des champs, dit la jeune fille. Peut-on être plus démunis ? Et pourtant ils forment des couples qui durent toute l'année et bien au-delà souvent.

— Certes, répondit Ottmar, mais c'est pour les seuls besoins de la procréation qu'ils s'unissent. Le nid, les œufs, la couvaison, le nourrissage de la couvée, tout cela requiert la présence du mâle et de la femelle. Or justement la fin'amor plane infiniment au-dessus des exigences de la procréation. Il n'est d'amour pur que désincarné, spiritualisé, stérile comme le ciel bleu ou la neige immaculée qui couvre en hiver le sommet du Ben Nevis.

— Est-ce à dire que les corps n'ont aucune part à votre fin'amor ? s'inquiéta Colombelle.

Faut-il être un pur esprit pour planer comme vous le recommandez au-dessus de la condition humaine ordinaire ?

— Certes non, mais le corps n'est aimable que grâce à l'âme qui le transverbère, comme une flamme fait une lanterne. Que la flamme vienne à s'éteindre et la lanterne n'est plus qu'une petite cage grise et morne.

— Mais cette lumière de l'âme, comment passe-t-elle à travers la chair et les vêtements qui la couvrent ?

— Il y a les mains, il y a le visage, il y a surtout les yeux qui sont les fenêtres de l'âme ouvertes sur l'amant, et qui l'illuminent et le réchauffent. Avez-vous déjà ressenti la froide ténèbre qui enlaidit le visage des aveugles ?

Colombelle sourit de tous ses yeux, clairs comme l'eau vive, aux propos d'Ottmar.

— Mais, poursuivit le jeune homme, il y a surtout les mots. L'amour possède un langage qui lui est propre : la poésie. Le poète est celui qui sait parler l'amour.

Ils avaient maintenant quitté les prairies vermeilles pour pénétrer dans la pénombre d'un sous-bois. Des chênes centenaires se mêlaient à des hêtres géants pour former une voûte fraîche et immobile. Les jeunes gens s'étaient arrêtés et se taisaient impressionnés par le grand calme sylvestre. Les chevaux encensaient puissamment de l'encolure. Un merle bleu s'enfuit en poussant son trille d'alerte. Il se passait quelque chose. Un instant plus tard on entendit en effet un galop précipité et léger sur les cailloux du sentier. Puis une biche déboula, s'arrêta net devant les cavaliers et crocheta violemment à gauche pour les éviter et disparaître dans les taillis. Le silence se reforma, mais les fiancés, familiers de la chasse et des bois, savaient qu'un merle qui siffle l'alerte et une biche lancée aveuglément annoncent un chasseur.

Il y eut des bruits de branches cassées, un rire énorme, enfin la haute silhouette d'un cavalier noir surgit. C'était Tiphaine, le puissant seigneur voisin. Son nain Lucain le suivait, recroquevillé sur un âne. Tiphaine chassait donc sur les terres du comte Strathaël. La courtoisie eût exigé qu'il s'en excusât. Mais Tiphaine ne s'embarrasse pas de courtoisie. Il possède trois châteaux, et ses terres s'étendent jusqu'au cap Wrath. Il vit seul avec son nain dans la plus sombre de ses tours, sa dernière femme étant morte d'esseulement, un hiver, pendant l'une de ses interminables expéditions. Ses sujets fuient son approche. Ses voisins l'évitent. Sa fortune immense sent par trop la violence et le sang.

— J'ai perdu une biche, dit-il, je trouve une femme. Accorte et fraîche, ma foi. Je ne perds pas au change !

Il rit encore. D'un rire qui fait peur. Ottmar intervient.

— Seigneur Tiphaine, vous avez devant vous damoiselle Colombelle, la propre fille de lord Angus, votre voisin, dit-il pour dissiper tout malentendu.

Mais il n'y a pas de malentendu. Tiphaine se soucie apparemment de lord Angus comme d'une guigne. Il ignore Ottmar et apostrophe Colombelle en termes insultants.

— Jolie biche, la douceur du printemps ne vous inspire-t-elle pas des pensers galants ? Un vieux cerf survenant à la corne du bois trouvera-t-il grâce à vos yeux de velours ? Certes il n'a plus la fraîcheur de l'adolescence, mais faites confiance à sa force et à son expérience.

Il éclate de rire en s'approchant du couple.

— Seigneur Tiphaine, dit Ottmar, vous vous oubliez. Je vous prie pour la dernière fois de respecter cette jeune fille.

Tiphaine n'a pas l'air d'entendre ce que dit Ottmar. Il descend de cheval. Il dépose sur sa selle ses gants de chasse, son baudrier avec sa dague. Il retire même son pourpoint de gros velours. Le voilà qui s'avance en ample chemise brodée, et qui tend galamment vers Colombelle une main noueuse surchargée de bracelets et de bagues. Ottmar ne peut en supporter davantage.

— Seigneur Tiphaine, crie-t-il, je vous avertis

que si vous faites un pas de plus vers ma fiancée je vous tranche les oreilles !

Il tire son épée, mais il s'écroule aussitôt sur le sol. Lucain qui était monté dans les branches de l'arbre voisin vient de se laisser tomber sur lui. Les deux hommes roulent à terre. Mais le nain se relève d'un bond. Un lacet attaché à son pied gauche enserre le cou d'Ottmar, et le nain tire des deux mains sur l'autre bout. Tiphaine contemple la scène en souriant. Colombelle, blanche comme une morte, défaille d'horreur. Il y a un long silence qui est le temps d'agonie du jeune homme. Puis Tiphaine saisit Colombelle par le poignet. Il ne sourit plus. Il l'arrache de sa selle.

— Allons, jolie biche, dit-il, viens faire ton devoir de femelle. C'est la saison du rut.

*

A mesure que le soleil monte dans le ciel, l'angoisse descend dans le cœur du vieux lord Angus. Voilà maintenant quatre heures que sa fille et son futur gendre sont sortis seuls sur leurs palefrois. Ils devraient être de retour depuis longtemps. Angus a une confiance absolue en Ottmar. On n'a jamais rencontré ni brigands, ni maraudeurs, ni soldats perdus dans la campagne et les bois alentours. Alors pourquoi trembler ?

Mais c'est ainsi. Pour lui le ciel glorieux cache d'affreuses ténèbres sous sa tente d'azur et d'or.

Soudain Angus tressaille. Le pas d'un cheval sonne sur les pavés de la cour du château. Ils sont de retour ! Mais pourquoi n'entend-on qu'un seul cheval ? Angus s'approche d'une fenêtre. Il voit un écuyer accourir au-devant d'un cheval qui s'avance sans cavalier. Il reconnaît la jument pie de Colombelle. C'est le malheur qui vient d'entrer à Strathaël.

Il y a des cris, des appels, des ordres. Angus prend la tête d'une petite troupe, et on se jette à la recherche des disparus. La direction dans laquelle on les a vus s'éloigner, c'est celle des bois qui mêlent loin vers l'est les terres de Strathaël et l'immense comté de lord Tiphaine. Personne ne prononce ce nom redoutable, mais il est présent à l'esprit d'Angus et de ses compagnons. Il ne faut pas de longues fouilles dans les taillis et la futaie pour trouver le lieu du double crime. Au bord d'un sentier constellé de campanules, sous un chêne, Ottmar est couché, un sillon rouge autour du cou. On retrouve un peu plus loin nue, ensanglantée, hagarde, la jeune fille qui se laisse emmener sans un mot. Est-elle devenue muette ou folle ? Angus comprend qu'il est inutile de vouloir l'interroger. Elle porte sur son visage un masque immobile et flétri qui impose le silence. Bertram, le grand veneur de Strathaël, examine les traces de chevaux qui s'entrecroisent sur le sol tendre. L'un d'eux venait du levant indiscutablement où se trouve le château de Tiphaine. Ce qui est plus clair encore, ce sont les petits sabots d'un âne dont les empreintes vont dans le même sens. Or personne n'ignore que Tiphaine se fait accompagner fréquemment par un nain à califourchon sur un âne.

Tout cela Angus le sait, mais personne n'ose l'interroger sur ses intentions. Il est seul, âgé et malade. Il ne peut songer à défier Tiphaine, comme il l'aurait fait trente ans plus tôt. Quant à le traduire en justice devant ses pairs pour son horrible forfait, il faudrait pour cela le témoignage de Colombelle. Elle n'est pas en état de le fournir. Le sera-t-elle jamais ? Et si elle recouvrait la force nécessaire, accepterait-elle l'affreuse humiliation d'être confrontée avec son agresseur ? Les hommes qui violent trouvent presque toujours leur salut dans la pudeur de leur victime.

Le lendemain matin un homme se présenta au château menant un cheval par la bride. C'était un valet de Tiphaine. Ce cheval errait aux alentours de son domaine. Venait-il de Strathaël ? Les gens d'Angus reconnurent le cheval d'Ottmar. Angus ressentit cette restitution comme une insulte supplémentaire. Qu'importait ! Sa blessure était si grave que la vengeance devait mûrir. Cette vengeance, il ne savait encore ce qu'elle serait, mais

Tiphaine pouvait attendre, plus le temps passe-
rait plus son châtiment serait cruel.

*

Colombelle retrouva l'usage de la parole, une
parole murmurée et parcimonieuse. Mais personne n'osait — pas même son père — faire
allusion en sa présence au double crime. S'en
souvenait-elle même? Tout dans sa conduite
semblait indiquer que sa mémoire avait effacé
l'image de ce beau matin de printemps où elle
devisait avec son fiancé de la fin'amor.

Sa mémoire peut-être, mais non sa chair, car il
apparut à la fin de l'été qu'elle attendait un
enfant. C'était un second malheur, plus terrible
encore que le premier, car il engageait l'avenir.
Ce fruit qui se gonflait en elle, c'était comme une
tumeur maligne inguérissable, comme un nouveau viol réitéré à chaque heure. Elle ne quittait
plus ses appartements. Elle se nourrissait à peine.
Et plus elle s'émaciait, plus sa grossesse devenait
monstrueuse. On accrédita la fable officielle —
qui ne trompa personne au château — selon
laquelle Ottmar aurait été marié secrètement
avec elle avant d'être tué par des maraudeurs.
Peu avant Noël, elle accoucha d'un garçon.

— Il est innocent, murmura-t-elle à son père
qui se penchait vers elle. Pardonnez-lui d'exister.

Le lendemain, elle mourut. Angus voulut que l'enfant fût baptisé le jour des funérailles de sa mère afin de marquer par là la malédiction qui pesait sur lui. Il le fit prénommer Jacques, et l'envoya en nourrice chez des paysans en se promettant de ne jamais le revoir.

Les années passant, il ne put tenir sa promesse. Cet enfant, c'était son petit-fils, son unique héritier. De plus en plus souvent, les promenades qu'il faisait seul ou avec Bertram le menaient vers la ferme où grandissait Jacques. Il se le faisait désigner au milieu de la marmaille crasseuse et vigoureuse qui s'ébattait dans la cour. Il l'observait avec horreur. C'était le fils de Tiphaine, la preuve vivante du double crime de ce printemps maudit. Et pourtant il était innocent. Pardonnez-lui d'exister! avait supplié Colombelle sur son lit de mort.

Un jour — l'enfant pouvait avoir six ans — Angus le fit approcher pour mieux le voir. Malgré ses allures de petit paysan, il y avait en lui une qualité qui le distinguait des autres bâtards de la ferme. Il le regarda au visage. A travers les cheveux blonds qui croulaient sur sa figure, l'enfant soutenait gravement son regard. Angus ne put retenir un sanglot: c'était les yeux de Colombelle, des yeux clairs comme l'eau vive, qui le fixaient! Ce jour-là il ramena l'enfant au château.

Il confia son éducation de futur chevalier à
Bertram. On fit venir un poney des Shetland pour
le mettre en selle. Ses courtes jambes étaient
écartelées par le ventre rond comme une futaille
du minuscule cheval, mais il criait de joie en le
lançant au galop. Il apprit aussi à panser, nourrir
et harnacher sa monture.

C'est en observant la fougue avec laquelle il
s'escrimait au bâton contre un garçon beaucoup
plus âgé, et le courage avec lequel il encaissait les
coups, qu'Angus conçut pour la première fois la
forme que pourrait prendre la vengeance contre
Tiphaine à laquelle il ne cessait de penser. Ce
serait Jacques lui-même qui châtierait le père
violeur, vengeant ainsi sa mère. Le vieux lord ne
se lassait pas de la satisfaction qu'il trouvait dans
la simplicité et la rigueur de cette issue. Précipiter
contre le monstre un enfant qu'il adorait et
détestait en même temps, c'était s'en remettre à
Dieu, au jugement de Dieu pour trancher le nœud
dans lequel il étouffait. Sans doute le combat
serait-il terriblement inégal, même si on attendait
que Jacques eût atteint l'âge d'être armé chevalier. Mais justement cette inégalité obligerait la
justice divine à se manifester, fût-ce par un
miracle. Et l'orgueil d'Angus s'exaltait à l'idée de
ce dilemme devant lequel il allait placer Dieu :
laisser Tiphaine commettre un troisième crime,
mais cette fois contre son propre fils, ou renverser

l'ordre naturel en faisant triompher l'enfant sur le géant.

Son âge et sa santé ne lui laissaient pas l'espoir d'assister à l'épreuve. Il pensait du moins vivre assez longtemps pour que Jacques fût en âge d'apprendre le terrible secret de sa naissance et l'exploit que l'honneur exigeait de lui. Il n'en fut rien. Jacques n'avait pas dépassé sept ans quand Angus sentit ses forces décroître mortellement. Ayant réglé toutes ses affaires, il exigea qu'on le laissât seul avec son unique héritier. Et là, sans l'accabler d'explications, il lui fit jurer sur un crucifix de défier et de tuer en combat singulier le seigneur Tiphaine, leur voisin, dès qu'il serait adoubé chevalier. Cette pensée ne devrait jamais quitter son cœur, mais jamais sa bouche ne devrait avant l'heure la trahir d'un seul mot. Elevé dans une atmosphère de mystère et d'héroïsme, l'enfant prêta serment sans manifester de surprise.

Lord Angus mourut, et, selon sa volonté, Bertram assura la tutelle de Jacques et le gouvernement du comté. Bertram continua donc d'être pour l'enfant un père et un ami. Pourtant jamais Jacques ne se laissa aller à la moindre confidence ; il portait seul son lourd secret. Parfois au milieu d'un jeu ou d'une danse qu'il partageait gaiement avec des jeunes gens et des jeunes filles de sa condition, il devenait sérieux, se taisait, semblait

absent. Si on l'interrogeait : « Qu'avez-vous, mon
seigneur ? Quelle sombre pensée vous absorbe
tout à coup ? », il secouait la tête, riait et se
replongeait dans le tumulte. Mais ceux qui le
connaissaient s'inquiétaient, car ils le savaient
d'un naturel insouciant et léger, et seul un noir
pressentiment pouvait ainsi parfois endeuiller sa
belle humeur.

Il mettait toute son ardeur cependant à se
fortifier dans le métier des armes, et c'était
surtout au combat singulier, d'homme à homme,
qu'il désirait visiblement se préparer. Il montrait
tant d'acharnement en ces rencontres que ses
compagnons — qui n'y voyaient d'abord qu'un
jeu — se récusaient bientôt, craignant de recevoir
ou de devoir donner quelque mauvais coup. Les
remontrances de Bertram n'y faisaient rien. Rele-
vant la visière de son heaume, Jacques découvrait
un visage bouleversé et semblait décidé à modérer
sa fougue, mais, sitôt que la visière retombait, on
eût dit qu'un autre homme était là, d'une brutalité homicide. Et Bertram ne pouvait se défendre
d'une sombre prémonition.

Vint le jour attendu entre tous par les jeunes
écuyers, celui où il allait être adoubé. Conformé-
ment à la coutume, Jacques ne devait pas être
seul à recevoir son épée de chevalier. Deux autres
adolescents allaient être armés avec lui, et
c'étaient David, prince de Stirling, et Argyll, duc

d'Inveraray. La cérémonie et la fête qui suivrait n'en seraient que plus belles pour associer trois maisons voisines et amies.

La veille de cette journée solennelle, les trois jeunes gens s'étaient confessés après le coucher du soleil, puis ils avaient passé la nuit en prières et en méditations dans la chapelle du château. Les trois épées et les six éperons d'or étaient disposés sur l'autel. Le matin, ils avaient communié sous les deux espèces, puis étaient allés prendre quelque repos. A midi, ils accueillaient en grand arroi le comte d'Aberdeen et l'évêque de la cathédrale Saint-Machar, venus spécialement pour présider l'adoubement. Un clair soleil faisait briller les armes, les uniformes et les toilettes de la foule des parents et amis réunis dans la cour d'honneur du château. L'évêque bénit les épées et les éperons. Puis chacun des jeunes écuyers vint se placer à tour de rôle en face d'Aberdeen, lequel, aidé de deux valets d'armes, les ceignit du baudrier, les chaussa des éperons, puis leur donna la colée sur la nuque. Il récita ensuite une courte prière où il suppliait Dieu, qui a autorisé l'emploi du glaive pour réprimer la malice des méchants, d'aider les nouveaux chevaliers à n'en jamais user injustement. Enfin il se tourna vers David pour lui recommander de ne jamais combattre dans un esprit vindicatif. A Argyll, il imposa plus particulièrement d'agir toujours sans calcul et avec

générosité. Et il rappela à Jacques qu'un chevalier doit se sentir absolument tenu par un serment, et faire toujours honneur à la parole
donnée.

Le hasard étant une invention de mécréant, on
ne pouvait attribuer cette exhortation qu'à la
Providence, car il n'était pas croyable qu'Aberdeen eût connu les origines de Jacques et son
secret. Ce secret devait être dévoilé dans les huit
jours qui suivirent, et Bertram fut le premier à en
avoir connaissance. Jacques le fit venir et lui lut à
haute voix — une voix ferme et impérieuse malgré
les notes argentines qu'y mêlait encore l'adolescence — un bref libelle qu'il venait de rédiger :

*Seigneur Tiphaine, ayant été armé chevalier, je suis
enfin autorisé à tenir un serment que j'ai fait enfant à mon
grand-père, lord Angus, comme il se mourait. J'ai juré de
vous tuer. Je vous provoque donc en combat singulier, en un
lieu et selon les modalités que vous fixerez en accord avec le
porteur de ce message. Le plus tôt sera le mieux.*

Signé : *Jacques d'Angus, comte de Strathaël.*

Bertram était atterré. C'était donc cela ! C'était
cela le terrible secret de Jacques qui avait plané
sur toute son enfance, comme un vautour, et qui à
cette heure s'abattait sur lui ! Car il n'avait
aucune chance, rigoureusement aucune de vaincre Tiphaine en combat singulier. Tiphaine était

un géant. Sa force, son adresse et sa férocité faisaient trembler l'Occident. Angus avec ses seize ans, ses boucles blondes, ses bras de fille et sa voix à peine muée allait au-devant d'une mort certaine. Sa témérité juvénile défiait la montagne, l'orage, le volcan. Bertram ne put retenir ses larmes.

— Pourquoi pleures-tu ? lui demanda Jacques.

— Il faudrait un miracle, répondit Bertram.

— Il y aura un miracle ! affirma Jacques.

Car telle est la foi d'un chevalier chrétien qu'il vit de plain-pied avec Dieu, la Vierge, Jésus et tous les saints.

*

Tiphaine tourne dans sa tour de granit comme un fauve dans sa cage. Les années passant, tout ce qui donnait un goût âcre et piquant à sa vie lui paraît fade et gris. Egorger un cerf aux abois, forcer une fille surprise aux champs, pendre un manant coupable de braconnage, dépouiller un riche voyageur, saccager la demeure d'un voisin chicanier, brûler un clerc soupçonné de sorcellerie, plus rien vraiment ne l'amuse. Même les expéditions lointaines lui paraissent fastidieuses. Ni la mer déchaînée, ni les sables brûlants du désert, ni les glaces du Grand Nord ne peuvent contenir le dégoût qui le submerge. Lui qui a enterré depuis si longtemps sa dernière épouse, et dont les jours et les nuits ont été remplis par les rires et les vociférations de compagnons de sac et de corde, voici qu'il découvre soudain la solitude. Personne. Il n'a plus personne avec lui. Il ne lui reste que Lucain, son nain bossu, son âme damnée, complice de tous ses crimes et témoin de tous ses triomphes.

Pour l'heure Lucain se tient devant lui, un manuscrit lourdement cacheté à la main.

— Qu'y a-t-il encore ? gronde Tiphaine.

— C'est votre voisin qui vous écrit, seigneur Tiphaine.

— Que me veut-il ?

— Vous tuer. En combat singulier.

— Enfin ! s'écrie Tiphaine. Quelqu'un qui me veut du bien ! Je crevais d'inaction. Je me demandais s'il faudrait aller en Chine ou en Arabie pour en découdre. Et voilà qu'on me propose un divertissement de choix à ma porte même. On n'est pas plus serviable. Et comment s'appelle-t-il, ce voisin si empressé à me divertir ?

— C'est Angus, comte de Strathaël.

— Jacques !

— Jacques, confirme Lucain en scrutant le visage labouré de rides et de balafres de ce maître qu'il connaît si bien.

— Jacques, répète Tiphaine hébété. C'est la vengeance de ce diable de vieil Angus. Voilà des années que je me demandais ce qu'il allait bien pouvoir inventer. Je l'entends d'ici ricaner dans sa tombe.

Lucain attend en retenant son souffle. Car depuis dix ans, sur les ordres de Tiphaine, il fait espionner les faits et gestes de Jacques. C'est son fils, son unique enfant, son seul héritier.

— Et il veut me tuer, gronde Tiphaine. Après tout, c'est dans l'ordre. Bon sang ne saurait mentir. Moi aussi j'aurais bien volontiers tué mon père. Seulement voilà, on ne tue pas comme cela un Tiphaine. Nous sommes tout sauf des agneaux bêlants. Et moi, je n'ai pas la moindre envie de mourir.

— Il a seize ans. Il en porte quatorze, précise Lucain. Vous n'en ferez qu'une bouchée !

— Qu'une bouchée ? Mais qui te dit que je veux sa perte ? hurle Tiphaine. Non, non, non. Il exige un combat. Il l'aura. Mais il apprendra qu'on ne se frotte pas impunément à un Tiphaine. Je vais lui donner une leçon assez cuisante. Devant tout le comté, je lui arracherai son bassinet pour lui tirer les oreilles. Une fessée, une bonne fessée, voilà ce qu'il gagnera, ce bâtard impertinent. D'ailleurs pour mieux le railler, j'irai au combat à tête découverte !

— A tête découverte ?

— Oui, à tête découverte. Il verra comme cela ma crinière de lion et ma barbe de prophète. Il se

sentira, ce blanc-bec, cloué par mon regard
d'aigle sous mes sourcils broussailleux. Ah, ah,
ah !

Et les gens du château, entendant le rire
énorme de leur seigneur, se demandaient en
tremblant quelle nouvelle farce diabolique il était
en train de préparer avec son nain.

*

Douze sonneurs de cor en dalmatiques rouges
avaient annoncé dans les hameaux, les villages et
les bourgs que les deux lords entendaient se
rencontrer le dimanche à la onzième heure, en un
champ clos dressé dans la lande côtière. Aussi
l'affluence était-elle extraordinaire, et comme la
journée promettait d'être belle, les familles
avaient prévu de déjeuner, puis de danser en plein
air.

La légèreté de Jacques consternait Bertram.
On eût dit que l'imminence du dénouement du
drame de sa vie — quel qu'il dût être — le
soulageait de tout souci. Il avait invité un essaim
de garçons et de filles de son âge, et les jours
précédant le combat n'avaient été qu'une suite de
jeux et de divertissements. Etait-ce ainsi qu'il
entendait se préparer à l'épreuve terrible qu'il
allait subir ? Bertram, ayant pu à grand-peine
l'isoler, lui avait posé la question avec véhémence.

Devenu soudain sérieux, Jacques lui avait répondu : « J'ai remis mon sort entre les mains de Dieu. Pourrait-il abandonner un chevalier qui ne fait que respecter sa parole ? » Par sa foi totale, il rejoignait ainsi, sans le savoir, la vision de son grand-père. Bertram avait baissé la tête. Pourtant il ne put contenir son indignation lorsque le dimanche après avoir entendu la messe et communié, Jacques repoussa les écuyers qui voulaient l'aider à revêtir l'armure et à coiffer le heaume.

— Non, leur dit-il, j'ai ouï dire que le seigneur Tiphaine se propose de combattre à tête découverte pour m'humilier. Je ferai mieux encore. Non seulement j'irai tête nue, mais jambes nues aussi, car je porterai le kilt aux couleurs de mon clan.

Personne ne put le faire revenir sur sa décision. Bertram finit par se résigner lui aussi. Il lui semblait assister impuissant au déroulement d'un mystère dont l'ordonnance majestueuse se situait au-dessus du bon sens et de la raison. D'ailleurs Jacques, nimbé de lumière, n'obéissait plus, n'entendait plus rien, comme porté par la force irrésistible de son destin.

C'est bien ainsi que la foule le vit quand il entra en lice, salué par l'explosion dorée des trompettes. Sur son petit cheval pommelé qui dansait dans un rayon de soleil, l'enfant blond, bleu et rose, vêtu de soie et de tartan, avait l'éclat irréel d'une apparition. Etait-ce parce qu'il était promis à la mort ou parce que des anges l'entouraient ? L'un et l'autre peut-être.

Ce fut le sourd grondement d'un escadron de tambours qui annonça l'entrée de Tiphaine à l'autre bout du champ clos. Il était d'une taille vraiment monstrueuse, vêtu de fer, sur un cheval de guerre noir comme la nuit. Mais il avait tenu parole, et, posée sur le gorgerin de son armure, sa tête apparaissait, buisson gris de cheveux et de barbe où brillaient enfoncés deux yeux fauves. Le contraste entre les deux adversaires était saisissant, au point qu'il y eut un murmure de protestation dans la foule. Avait-on jamais vu un combat aussi injustement inégal ? On entendit même des voix qui criaient : « Assez ! Arrêtez ! C'est un crime ! » Puis le silence se fit, car le duc d'Elgin, qui présidait la joute, venait de jeter sa baguette dans la lice pour laisser aller.

Tiphaine continuait d'avancer au pas de sa monture, la lance levée. Jacques avait abaissé la sienne et le chargeait au grand galop. Il y eut un premier choc, mais atténué parce que la pointe de la lance avait glissé sur l'épaulière droite de Tiphaine. Dès ce premier engagement, il apparut que Jacques ne visait pas la tête sans protection de son adversaire, acte de téméraire courtoisie qui le privait de sa seule chance de vaincre. Les deux cavaliers firent demi-tour, mais cette fois Tiphaine mit son destrier au petit galop et abaissa sa lance. Il l'abaissa même au point qu'il sembla soudain viser le cheval de Jacques. La foule murmura. Selon les règles du combat chevaleresque, c'est une félonie de blesser volontairement le cheval de l'adversaire. Le galop du cheval noir se précipita. Jacques arrivait à bride abattue. Il y eut un choc sourd. Le cheval pommelé chancela, mais on vit aussitôt sa selle projetée en l'air, et Jacques rouler dans la poussière. Chacun comprit que Tiphaine avait frappé le pommeau de la selle avec une force telle que la sangle avait cédé. La coutume aurait voulu que Tiphaine mît pied à terre et que le combat se poursuivît à l'épée. Il n'en fit rien. Il attendait immobile que des écuyers ayant maîtrisé le cheval de Jacques lui missent une nouvelle selle. Quant à Jacques, personne n'avait le droit de lui venir en aide aussi longtemps que la joute n'était pas close par le juge. Il s'était prestement relevé et s'élança vers sa monture. Cependant chacun put voir que le sang coulait de son bras gauche sur sa main ; blessure sans doute plus gênante que grave. Tiphaine se préparait à recevoir un nouvel assaut, et en effet, Jacques se ruait sur lui la lance en avant. Mais sa lance glissa sur celle de Tiphaine, et Jacques emporté par son élan se trouva bientôt arrêté par la barrière de la lice. Il fit aussitôt demi-tour. Combien de temps allait durer cette lutte inégale ? Jacques une fois de plus repartait à

l'assaut du géant, mais son petit cheval, tout en
réflexes et en saccades, n'avait déjà plus le même
allant. Tiphaine comptait-il sur l'épuisement du
cavalier et de sa monture ? La lance heurta le
plastron de Tiphaine avec tant d'impétuosité
qu'elle se brisa en plusieurs tronçons. Tiphaine
n'avait pas bougé. Jacques se dirigea vers ses
valets d'armes qui accouraient avec une autre
lance. Mais comme il revenait vers la barrière, il
vit Tiphaine s'incliner sur l'encolure de son
cheval. Il y eut un murmure de stupeur parmi les
spectateurs. En vérité le géant basculait en avant.
Il allait toucher du front la crinière de son cheval,
quand il glissa sur le côté et s'écroula dans un
grand fracas de ferraille. Ses valets se précipitè-
rent à son aide, cependant que Jacques mettait
pied à terre. Il se pencha sur le grand corps
étendu comme un gisant. Ce fut pour constater
que l'un des morceaux de sa lance — la pointe
peut-être — était profondément fiché dans
l'orbite droite de Tiphaine.

Il remonta à cheval, salué par une immense
ovation. L'enthousiasme était à la mesure de
l'angoisse qu'on avait éprouvée pour lui. Des
chapeaux s'envolaient, des enfants chargés de
fleurs sautaient dans la lice à sa rencontre. Il fut
presque emporté en triomphe, cependant que six
hommes travaillaient à placer Tiphaine sur une
civière. Il semblait à Jacques qu'un voile gris qui

lui masquait toutes choses venait de se déchirer. Il apercevait enfin les murs des maisons garnis de tapisseries, les fenêtres décorées d'armoiries, les pennons flottant sur des mâts pavoisés, et surtout cette foule, ces hommes et ces femmes en habits de fête qui clamaient leur liesse. Ses amis l'entouraient d'une cour juvénile et fervente. Comme la chance et la victoire vont bien à la jeunesse ! Comme il était beau sur son petit cheval pommelé avec ses genoux écorchés et ce bras couvert de sang ! Il rayonnait en vérité comme une figure de vitrail. Une volée de sonnaille parvint du clocher de l'église voisine. Jacques s'arrêta et, levant la main en souriant, il dit :

— C'est dimanche, il est midi, et j'ai vaincu Tiphaine !

Et chacun comprit qu'en cet instant le jour dominical, l'heure méridienne et son triomphe se rejoignaient en un sommet insurpassable. Désormais il ne pouvait plus que ravaler.

Durant la soirée et tard dans la nuit, le château de Strathaël brilla de tous les feux d'une fête sans égale. Les tables croulaient de venaisons, de fruits et de friandises. Les échansons prodiguaient des vins de France et d'Italie. On avait fait venir des ménestrels, des jongleurs et des acrobates. Il y eut même un montreur de bêtes qui s'attira un franc succès en produisant ensemble un ours et un singe. Jacques présidait ces réjouissances comme

dans un rêve. Il ne sentait pas la fatigue, ou alors
elle s'ajoutait pour achever de le griser à la
musique, aux liqueurs, au flamboiement des
cheminées et aux sourires qui fleurissaient sous
son regard.

Minuit approchait quand un valet se pencha
vers lui. Un visiteur étranger demandait à être
entendu sur-le-champ. D'où venait-il ? Du château du seigneur Tiphaine. Il paraissait porter un
message. Un message de Tiphaine ! La surprise
était sensationnelle ! Jacques se leva. Le silence se
fit. On pria les danseurs de regagner leurs places.

— Qu'il entre ! commanda Jacques.

Il y eut un moment d'angoisse. Sans se
l'avouer, on s'attendait à voir s'avancer le chevalier géant en personne, dans son armure, la face
ensanglantée par son œil crevé. Ce fut le nain
Lucain qui se présenta, et il était si laid que ce fut
pis encore. Il n'eut pas un regard pour les
convives et se dirigea droit vers Jacques.

— Comte Strathaël, seigneur d'Angus, dit-il,
j'ai à vous mander une grande et triste nouvelle :
le seigneur Tiphaine a succombé à sa blessure.
C'est cependant lui qui m'envoie à vous, car
malgré les cruels tourments de ses dernières
heures, il m'a dicté à votre intention un message
que je dois vous lire.

Il déroula le manuscrit qu'il avait apporté, et
de sa voix discordante il entreprit la lecture d'un

libelle qui était à la fois une confession, un testament et un défi.

Jacques de Strathaël, je sens la vie qui m'abandonne par la blessure que tu m'as infligée. C'est bien ainsi. J'avais peur de mourir de décrépitude et de pourriture. C'eût été le pire châtiment d'une vie remplie de coups de taille et d'estoc. Châtiment mérité sans doute, si j'en crois l'aumônier auquel je viens de me confesser. Le brave homme était tout retourné par le récit de mes faits, hauts faits et méfaits. Et pourtant, sacrebleu, je ne lui en ai dit que le quart du dixième, sinon nous y serions encore, et puis, n'est-ce pas, on a sa vergogne. Pour en finir avec les bondieuseries, sache qu'au moment de m'absoudre de tous ces crimes, avoués ou non, il m'a demandé de prononcer un acte de contrition. C'était bien le moins. Seulement voilà, de tous les actes, celui de contrition est sans doute l'acte que je suis le moins capable d'accomplir. Me repentir, moi? Morbleu, j'ai eu la vie que j'ai eue. Un point, c'est tout! Dieu me prendra comme je suis, ou il me rejettera dans les ténèbres extérieures. Je l'ai bien surpris, mon capucin, en lui avouant que de tout le sang que j'ai fait couler à flots depuis un demi-siècle, le seul qui m'ait affligé, c'est celui que j'ai vu sur ton bras quand tu t'es relevé tout à l'heure. Il fallait bien que je te désarçonne, n'est-ce pas, mais comment ne te faire aucun mal, alors que dans ta jactance d'écervelé tu n'avais ni cuirasse, ni haubert, ni cuissards, rien que de la laine et de la soie? J'ai fait de mon mieux, mais je m'en veux tout de même de

*ce sang. Car vois-tu, si j'accepte qu'un fils tue son père —
c'est dans l'ordre, et je te jure que si l'occasion s'était
présentée de tuer le mien, je n'y aurais pas manqué —, le
petit bout de morale que j'ai ne permet pas à un père de
tuer son fils. Car tu es mon fils, Jacques, autant te le
révéler sans plus tarder. C'est une histoire très simple et
très triste qui n'est à l'honneur de personne. Ton grand-
père ne m'aimait pas. Cet homme dévot en avait trop
entendu sur mon compte. Pourtant je le ménageais. Depuis
des années, il ne pouvait pas invoquer le moindre
manquement de ma part dans nos rapports de voisinage.
J'avais mon idée. Je lui ai demandé la main de sa fille
Colombelle dès qu'elle a eu quinze ans. Il a refusé avec
indignation. La différence d'âge, disait-il, mes femmes
précédentes dont la disparition nourrissait de méchants
bruits, mes équipées souvent peu catholiques, j'en conviens.
Nous nous sommes quittés pour ne plus jamais nous revoir.
Il avait d'autres vues pour Colombelle, un jeune prince des
Orcades qui revenait de la cour de Toulouse, la tête farcie
de fariboles. J'étais furieux, mais Dieu m'est témoin que
je ne méditais rien de précis à l'encontre de mes voisins.
Quand un matin de printemps, le hasard d'une chasse m'a
mis nez à nez avec les fiancés. J'ai agi comme ma bile et
mon sang me le commandaient. Ai-je mal agi? Sans
doute. Mais ce qui est fait est fait, et le résultat, ce fut un
bâtard, toi Jacques, et ma foi ce n'est pas si mal. J'ai dit
bâtard. C'était vrai il y a encore un instant. Ce ne l'est
plus, car, par la présente, je te légitime et fais de toi
l'héritier unique de tous mes titres, biens et possessions. Je*

meurs content de savoir mon héritage et mon nom entre tes jeunes mains. Nous ne nous sommes vus que le temps d'échanger quelques coups dont le dernier m'a tué. Je te souhaite un peu plus de bonheur avec ta progéniture. Je ne meurs pas seulement content, mais aussi absous, car je n'ai pas fini l'histoire de mon unique et dernière confession. Mon brave capucin était fort marri de ne pouvoir me donner l'absolution en l'absence de toute contrition de ma part. Et moi tout de même, car il me faisait peine, et puis je voulais en finir. Il m'a alors expliqué qu'il existait une sorte d'absolution sans acte de contrition, l'absolution in articulo mortis. *C'est celle qu'on donne aux agonisants dont la conscience est déjà à demi obscurcie. Il n'était donc pour moi que d'entrer en agonie, ce que j'ai fait incontinent, le temps qu'il marmonne ses patenôtres. Depuis, j'ai recouvré mes esprits, parce que j'avais à te parler, mais je me sens pour l'heure parvenu au bout de mes forces et je crois bien que mon agonie — la vraie cette fois — n'est pas loin de commencer. Le clou que tu as planté dans mon œil, sais-tu qu'il y est encore ? Aucun chirurgien n'a osé arracher cette écharde qui plonge jusqu'à mon cerveau. C'est le doigt de Dieu, m'a dit mon confesseur, encore lui. Il faut admettre que la Providence a parfois des manières assez facétieuses. Mais dis-moi, mon garçon, cette pointe que tu as jetée en l'air de telle sorte qu'elle retombe précisément dans mon orbite, avoue que tu l'avais fait rougir au feu auparavant ? C'est que, vois-tu, elle me brûle toute la tête. Elle lance des gerbes d'étincelles dans tout mon crâne. Ce n'est pas un clou, ni une écharde, ni une pointe, c'est une fusée, c'est un feu grégeois, c'est l'enfer. Jacques Tiphaine, je te... je te...*

Lucain se tut et regarda Jacques tout en roulant soigneusement le manuscrit. Le fils de Tiphaine était pâle comme un cierge. La brume dorée de son ivresse s'était dissipée pour faire place à une lucidité amère et désolée. Il avait dans la bouche le goût âpre des choses réelles. Il baissait les yeux sur la table dévastée, jonchée des reliefs du festin, et il lui semblait que ce désordre de fleurs fanées, de pâtisseries défoncées, de coupes renversées et de serviettes souillées symbolisait sordidement les décombres de sa jeunesse. Une à une les paroles transmises par le nain lui avaient arraché ses chimères. Ainsi donc son père avait violé sa mère. Il n'était lui-même que le bâtard issu de ce crime. Son combat contre Tiphaine avait été un faux combat, et donc sa belle victoire n'était qu'une fausse victoire. Et il avait tué sans gloire son propre père. Mais il avait appris également qu'il était légitimé, et que par voie d'héritage direct il devenait le seigneur le plus puissant des Hautes Terres d'Ecosse. Des milliers de paysans, d'artisans, de bourgeois, de soldats attendaient son aide, sa protection, ses ordres. Sa claire adolescence pleine de chansons et de rêveries venait soudain de prendre fin. En peu de minutes, en quelques mots, il était devenu un homme.

NOTE

Le 22 mai 1985, on célébrait à grand faste le 100ᵉ anniversaire de la mort de Victor Hugo. M'étant docilement plongé dans ses œuvres, je relus avec une admiration plus vive que jamais *L'Aigle du casque*, poème d'environ quatre cents vers qui fait partie de *La Légende des siècles*. C'est le combat de David et de Goliath, mais sans le merveilleux biblique. Cette fois en effet le géant n'est pas terrassé par son chétif adversaire. La logique des forces en présence joue impitoyablement : l'enfant est mis en fuite, rejoint et égorgé par le géant.

Dès les premiers vers, j'avais été cependant mis en alerte par un « blanc » considérable laissé volontairement par l'auteur : pourquoi le vieux roi Angus exige-t-il sur son lit de mort que son petit-fils âgé de six ans jure de tuer le lord voisin, Tiphaine ?

> *Le fond, nul ne le sait. L'obscur passé défend*
> *Contre le souvenir des hommes l'origine*
> *Des rixes de Ninive et des guerres d'Egine...*

Il n'empêche. Cet « obscur passé », le lecteur s'interroge et l'interroge. D'autant plus qu'un second mystère vient épaissir le premier. Le petit Jacques est élevé par son grand-père Angus. Il est orphelin. Que sont devenus ses parents ? Et si, se demande le lecteur, ces deux questions n'en faisaient qu'une ? Si ces mystères, au lieu de s'épaissir, s'éclaircissaient ? Il suffirait d'imaginer que Tiphaine doit être tué par Jacques parce qu'il a une responsabilité accablante dans la mort de ses parents.

Cette supposition, nous l'avons faite. Mais ce fut pour constater aussitôt que la suite de l'histoire prenait un cours fort différent de celui rapporté par Victor Hugo, la première victime du changement étant l'aigle du casque lui-même qui s'est envolé non à la fin de l'histoire, mais sans doute avant qu'elle ne commence. Nous supplions les mânes de Victor Hugo de nous pardonner notre liberté et de bien vouloir considérer ce conte comme un humble hommage au plus grand des poètes français.

Pierrot
ou Les secrets de la nuit

Deux petites maisons blanches se faisaient face
dans le village de Pouldreuzic. L'une était la
blanchisserie. Personne ne se souvenait du vrai
nom de la blanchisseuse, car tout le monde
l'appelait Colombine en raison de sa robe nei-
geuse qui la faisait ressembler à une colombe.
L'autre maison était la boulangerie de Pierrot.

Pierrot et Colombine avaient grandi ensemble
sur les bancs de l'école du village. Ils étaient si
souvent réunis que tout le monde imaginait que
plus tard ils se marieraient. Pourtant la vie les
avait séparés, lorsque Pierrot était devenu mitron
et Colombine blanchisseuse. Forcément, un
mitron travaille la nuit, afin que tout le village ait
du pain frais et des croissants chauds le matin.
Une blanchisseuse travaille le jour pour étendre
son linge au soleil. Tout de même, ils auraient pu
se rencontrer aux crépuscules, le soir quand
Colombine s'apprêtait à se coucher et quand
Pierrot se levait, ou le matin quand la journée de

Colombine commençait et quand la nuit de Pierrot s'achevait.

Mais Colombine évitait Pierrot, et le pauvre mitron se rongeait de chagrin. Pourquoi Colombine évitait-elle Pierrot ? Parce que son ancien camarade d'école évoquait pour elle toutes sortes de choses déplaisantes. Colombine n'aimait que le soleil, les oiseaux et les fleurs. Elle ne s'épanouissait qu'en été, à la lumière. Or le mitron, nous l'avons dit, vivait surtout la nuit, et pour Colombine, la nuit n'était qu'une obscurité peuplée de bêtes effrayantes, comme les loups et les chauves-souris. Elles préférait alors fermer sa porte et ses volets, et se pelotonner sous sa couette pour dormir. Et ce n'était pas tout, car la vie de Pierrot se creusait de deux autres obscurités encore plus inquiétantes, celle de sa cave et celle de son four. Qui sait s'il n'y avait pas des rats dans sa cave ? Et ne dit-on pas : « noir comme un four » ?

Il faut avouer d'ailleurs que Pierrot avait le physique de son emploi. Peut-être parce qu'il travaillait la nuit et dormait le jour, il avait un visage rond et pâle qui le faisait ressembler à la lune quand elle est pleine. Ses grands yeux attentifs et étonnés lui donnaient l'air d'une chouette, comme aussi ses vêtements amples, flottants et tout blancs de farine. Comme la lune, comme la chouette, Pierrot était timide, silencieux, fidèle et secret. Il préférait l'hiver à l'été, la solitude à la société, et plutôt que de parler — ce qui lui coûtait et dont il s'acquittait mal — il aimait mieux écrire, ce qu'il faisait à la chandelle, avec une immense plume, adressant à Colombine de longues lettres qu'il ne lui envoyait pas, persuadé qu'elle ne les lirait pas.

Qu'écrivait Pierrot dans ses lettres? Il s'efforçait de détromper Colombine. Il lui expliquait que la nuit n'était pas ce qu'elle croyait.

Pierrot connaît la nuit. Il sait que ce n'est pas un trou noir, pas plus que sa cave, ni son four. La nuit, la rivière chante plus haut et plus clair, et elle scintille de mille et mille écailles d'argent. Le feuillage que les grands arbres secouent sur le ciel sombre est tout pétillant d'étoiles. Les souffles de la nuit sentent plus profondément l'odeur de la mer, de la forêt et de la montagne que les exhalaisons du jour imprégnées par le travail des hommes.

Pierrot connaît la lune. Il sait la regarder. Il sait voir que ce n'est pas un disque blanc et plat comme une assiette. Il la regarde avec assez d'attention et d'amitié pour voir à l'œil nu qu'elle possède un relief, qu'il s'agit en vérité d'une boule — comme une pomme, comme une citrouille — et qu'en outre elle n'est pas lisse, mais bien sculptée, modelée, vallonnée — comme un paysage avec ses collines et ses vallées, comme un visage avec ses rides et ses sourires.

Oui, tout cela Pierrot le sait, parce que sa pâte, après qu'il l'a longuement pétrie et secrètement fécondée avec le levain, a besoin de deux heures pour se reposer et lever. Alors il sort de son fournil. Tout le monde dort. Il est la conscience claire du village. Il en parcourt les rues et les ruelles, ses grands yeux ronds largement ouverts sur le sommeil des autres, ces hommes, ces femmes, ces enfants qui ne s'éveilleront que pour manger les croissants chauds qu'il leur aura préparés. Il passe sous les fenêtres closes de Colombine. Il devient le veilleur du village, le gardien de Colombine. Il imagine la jeune fille soupirant et rêvant dans la moite blancheur de son grand lit, et lorsqu'il lève sa face pâle vers la lune, il se demande si cette douce rondeur qui flotte au-dessus des arbres dans un voile de brume est celle d'une joue, d'un sein, ou mieux encore d'une fesse.

Sans doute les choses auraient-elles pu durer encore longtemps de la sorte, si un beau matin d'été, tout enluminé de fleurs et d'oiseaux, un drôle de véhicule tiré par un homme n'avait fait son entrée dans le village. Cela tenait de la roulotte et de la baraque de foire, car d'une part il était évident qu'on y pouvait s'abriter et dormir, et d'autre part cela brillait de couleurs vives, et des rideaux richement peints flottaient comme des bannières tout autour de l'habitacle. Une enseigne vernie couronnait le véhicule :

ARLEQUIN
peintre en bâtiment

L'homme vif, souple, aux joues vermeilles, aux cheveux roux et frisés, était vêtu d'une sorte de collant composé d'une mosaïque de petits losanges bariolés. Il y avait là toutes les couleurs de l'arc-en-ciel, plus quelques autres encore, mais aucun losange n'était blanc ni noir. Il arrêta son chariot devant la boulangerie de Pierrot, et examina avec une moue de réprobation sa façade nue et triste qui ne portait que ces deux mots :

PIERROT BOULANGER

Il se frotta les mains d'un air décidé et entreprit de frapper à la porte. C'était le plein jour, nous l'avons dit, et Pierrot dormait à poings fermés. Arlequin dut tambouriner longtemps avant que la porte s'ouvrît sur un Pierrot plus pâle que jamais et titubant de fatigue. Pauvre Pierrot ! On aurait vraiment dit une chouette, tout blanc, ébouriffé, ahuri, les yeux clignotant à la lumière impitoyable de l'été. Aussi, avant même qu'Arlequin ait pu ouvrir la bouche, un grand rire éclata derrière lui. C'était Colombine qui observait la scène de sa fenêtre, un gros fer à repasser à la main. Arlequin se retourna, l'aperçut et éclata de rire à son tour, et Pierrot se trouva seul et triste dans sa défroque lunaire en face de ces deux enfants du soleil que rapprochait leur commune gaieté. Alors il se fâcha, et, le cœur blessé de jalousie, il referma brutalement la porte au nez d'Arlequin, puis il alla se recoucher, mais il est peu probable qu'il retrouva si vite le sommeil.

Arlequin, lui, se dirige vers la blanchisserie où Colombine a disparu. Il la cherche. Elle reparaît, mais à une autre fenêtre, disparaît encore avant qu'Arlequin ait eu le temps d'approcher. On dirait qu'elle joue à cache-cache avec lui. Finalement la porte s'ouvre, et Colombine sort en portant une vaste corbeille de linge propre. Suivie par Arlequin, elle se dirige vers son jardin et commence à étendre son linge sur des cordes pour qu'il sèche. Il s'agit de linge blanc exclusivement. Blanc comme le costume de Colombine. Blanc comme celui de Pierrot. Mais ce linge blanc, elle l'expose non pas à la lune, mais au soleil, ce soleil qui fait briller toutes les couleurs, celles notamment du costume d'Arlequin.

Arlequin, le beau parleur, fait des discours à Colombine. Colombine lui répond. Que se disent-ils ? Ils parlent chiffons. Colombine chiffons blancs. Arlequin chiffons de couleur. Pour la blanchisseuse, le blanc va de soi. Arlequin s'efforce de lui mettre couleurs en tête. Il y réussit un peu d'ailleurs. C'est depuis cette rencontre fameuse de Pouldreuzic qu'on voit le marché de blanc envahi par des serviettes mauves, des taies d'oreiller bleues, des nappes vertes et des draps roses.

Après avoir étendu son linge au soleil, Colombine revient à la blanchisserie. Arlequin qui porte la corbeille vide lui propose de repeindre la façade de sa maison. Colombine accepte. Aussitôt Arlequin se met au travail. Il démonte sa roulotte, et, avec les pièces et les morceaux, il édifie un échafaudage sur le devant de la blanchisserie. C'est comme si la roulotte démontée prenait possession de la maison de Colombine. Arlequin se juche prestement sur son échafaudage. Avec son collant multicolore et sa crête de cheveux rouges, il ressemble à un oiseau exotique sur son perchoir. Et comme pour accentuer la ressemblance, il chante et il siffle avec entrain. De temps en temps, la tête de Colombine sort d'une fenêtre, et ils échangent des plaisanteries, des sourires et des chansons.

Très vite le travail d'Arlequin prend figure. La façade blanche de la maison disparaît sous une palette multicolore. Il y a là toutes les couleurs de l'arc-en-ciel plus quelques autres, mais ni noir, ni blanc, ni gris. Mais il y a surtout deux inventions d'Arlequin qui prouveraient, s'il en était besoin, qu'il est vraiment le plus entreprenant et le plus effronté de tous les peintres en bâtiment. D'abord il a figuré sur le mur une Colombine grandeur nature portant sur sa tête sa corbeille de linge. Mais ce n'est pas tout. Cette Colombine, au lieu de la représenter dans ses vêtements blancs habituels, Arlequin lui a fait une robe de petits losanges multicolores, tout pareils à ceux de son propre collant. Et il y a encore autre chose. Certes il a repeint en lettres noires sur fond blanc le mot BLANCHISSERIE, mais il a ajouté à la suite en lettres de toutes les couleurs : TEINTURERIE ! Il a travaillé si vite que tout est terminé quand le soleil se couche, bien que la peinture soit encore loin d'être sèche.

Le soleil se couche et Pierrot se lève. On voit le soupirail de la boulangerie s'allumer et rougeoyer de chauds reflets. Une lune énorme flotte comme un ballon laiteux dans le ciel phosphorescent. Bientôt Pierrot sort de son fournil. Il ne voit d'abord que la lune. Il en est tout rempli de bonheur. Il court vers elle avec de grands gestes d'adoration. Il lui sourit, et la lune lui rend son sourire. En vérité ils sont comme frère et sœur, avec leur visage rond et leurs vêtements vaporeux. Mais à force de tourner et de danser, Pierrot se prend les pieds dans les pots de peinture qui jonchent le sol. Il se heurte à l'échafaudage dressé

sur la maison de Colombine. Le choc l'arrache à
son rêve. Que se passe-t-il ? Qu'est-il arrivé à la
blanchisserie ? Pierrot ne reconnaît plus cette
façade bariolée, ni surtout cette Colombine en
costume d'Arlequin. Et ce mot barbare accolé au
mot blanchisserie : TEINTURERIE ! Pierrot ne
danse plus, il est frappé de stupeur. La lune dans
le ciel grimace de douleur. Ainsi donc Colombine
s'est laissé séduire par les couleurs d'Arlequin !
Elle s'habille désormais comme lui et, au lieu de
savonner et de repasser du linge blanc et frais, elle
va faire mariner dans des cuves de couleurs
chimiques, nauséabondes et salissantes des frusques défraîchies.

Pierrot s'approche de l'échafaudage. Il le palpe
avec dégoût. Là-haut une fenêtre brille. C'est
terrible un échafaudage, parce que ça permet de
regarder par les fenêtres des étages ce qui se passe
dans les chambres ! Pierrot grimpe sur une
planche, puis sur une autre. Il s'avance vers la
fenêtre allumée. Il y jette un coup d'œil. Qu'a-t-il
vu ? Nous ne le saurons jamais ! Il fait un bond en
arrière. Il a oublié qu'il était perché sur un
échafaudage à trois mètres du sol. Il tombe.
Quelle chute ! Est-il mort ? Non. Il se relève
péniblement. En boitant, il rentre dans la boulangerie. Il allume une chandelle. Il trempe sa
grande plume dans l'encrier. Il écrit une lettre à
Colombine. Une lettre ? Non, tout juste un bref

message, mais il y a mis toute la vérité qu'il sait.
Il ressort son enveloppe à la main. Toujours
boitant, il hésite et cherche un moment, puis il
prend le parti d'accrocher son message à l'un des
montants de l'échafaudage. Puis il rentre. Le
soupirail s'éteint. Un gros nuage vient masquer la
face triste de la lune.

Un nouveau jour commence sous un soleil
glorieux. Arlequin et Colombine bondissent hors
de la blanchisserie-teinturerie en se tenant par la
main. Colombine n'a plus sa robe blanche habi-
tuelle. Elle a une robe faite de petits losanges de
couleur, de toutes les couleurs, mais sans noir ni
blanc. Elle est vêtue comme la Colombine peinte
par Arlequin sur la façade de la maison. Elle est
devenue une Arlequine. Comme ils sont heureux !
Ils dansent ensemble autour de la maison. Puis
Arlequin, toujours dansant, se livre à un curieux
travail. Il démonte l'échafaudage dressé contre la
maison de Colombine. Et, en même temps, il
remonte son drôle de véhicule. La roulotte
reprend forme. Colombine l'essaie. Arlequin a
l'air de considérer que leur départ va de soi. C'est
que le peintre est un vrai nomade. Il vit sur son
échafaudage comme l'oiseau sur la branche. Il
n'est pas question pour lui de s'attarder. D'ailleurs il n'a plus rien à faire à Pouldreuzic, et la
campagne brille de tous ses charmes.

Colombine paraît d'accord pour s'en aller. Elle

porte dans la roulotte un léger baluchon. Elle ferme les volets de la maison. La voilà avec Arlequin dans la roulotte. Ils vont partir. Pas encore. Arlequin redescend. Il a oublié quelque chose. Une pancarte qu'il peint à grands gestes, puis qu'il accroche à la porte de la maison :

FERMÉE POUR CAUSE DE VOYAGE DE NOCES

Cette fois, ils peuvent partir. Arlequin s'attelle à la roulotte et la tire sur la route. Bientôt la campagne les entoure et leur fait fête. Il y a tant de fleurs et de papillons qu'on dirait que le paysage a mis un costume d'Arlequin.

La nuit tombe sur le village. Pierrot se hasarde hors de la boulangerie. Toujours boitant, il s'approche de la maison de Colombine. Tout est fermé. Soudain il avise la pancarte. Elle est tellement affreuse cette pancarte, qu'il n'arrive pas à la lire. Il se frotte les yeux. Il faut pourtant bien qu'il se rende à l'évidence. Alors, toujours clopin-clopant, il regagne son fournil. Il en ressort bientôt. Lui aussi a sa pancarte. Il l'accroche à sa porte avant de la refermer brutalement. On peut y lire :

FERMÉE POUR CAUSE DE CHAGRIN D'AMOUR

Les jours passent. L'été s'achève. Arlequin et Colombine continuent à parcourir le pays. Mais leur bonheur n'est plus le même. De plus en plus souvent maintenant, c'est Colombine qui traîne la roulotte, tandis qu'Arlequin s'y repose. Puis le temps se gâte. Les premières pluies d'automne crépitent sur leur tête. Leurs beaux costumes bariolés commencent à déteindre. Les arbres deviennent roux, puis perdent leurs feuilles. Ils traversent des forêts de bois mort, des champs labourés bruns et noirs.

Et un matin, c'est le coup de théâtre! Toute la nuit le ciel s'est empli de flocons voltigeants. Quand le jour se lève, la neige recouvre toute la campagne, la route et même la roulotte. C'est le grand triomphe du blanc, le triomphe de Pierrot. Et comme pour couronner cette revanche du mitron, ce soir-là une lune énorme et argentée flotte au-dessus du paysage glacé.

Colombine pense de plus en plus souvent à Pouldreuzic, et aussi à Pierrot, surtout quand elle regarde la lune. Un jour un petit papier s'est trouvé dans sa main, elle ne sait pas comment. Elle se demande si le mitron est passé par là récemment pour déposer ce message. En réalité, c'est celui où il a mis toute la vérité qu'il sait, et qu'il a accroché à l'un des montants de l'échafaudage devenu une pièce de la roulotte. Elle lit:

Colombine !

Ne m'abandonne pas ! Ne te laisse pas séduire par les couleurs chimiques et superficielles d'Arlequin ! Ce sont des couleurs toxiques, malodorantes et qui s'écaillent. Mais moi aussi j'ai mes couleurs. Seulement ce sont des couleurs vraies et profondes.

Ecoute bien ces merveilleux secrets :

Ma nuit n'est pas noire, elle est bleue. Et c'est un bleu qu'on respire.

Mon four n'est pas noir, il est doré. Et c'est un or qui se mange.

La couleur que je fais réjouit l'œil, mais en outre elle est épaisse, substantielle, elle sent bon, elle est chaude, elle nourrit.

Je t'aime et je t'attends,
Pierrot

Une nuit bleue, un four doré, des couleurs vraies qui se respirent et qui se mangent, c'était donc cela le secret de Pierrot ? Dans ce paysage glacé qui ressemble au costume du mitron, Colombine réfléchit et hésite. Arlequin dort au fond de la roulotte sans penser à elle. Tout à l'heure, il va falloir remettre la bricole qui lui meurtrit l'épaule et la poitrine pour tirer le véhicule sur la route gelée. Pourquoi ? Si elle veut retourner chez elle, qu'est-ce qui la retient auprès d'Arlequin, puisque ses belles couleurs ensoleillées qui l'avaient séduite sont fanées ? Elle saute hors du véhicule.

Elle rassemble son baluchon, et la voilà partie d'un pied léger en direction de son village.

Elle marche, marche, marche, la petite Colombine-Arlequine dont la robe a perdu ses brillantes couleurs sans être devenue blanche pour autant. Elle fuit dans la neige qui fait un doux frou-frou froissé sous ses pieds et frôle ses oreilles : fuite-frou-fuite-frou-fuite-frou... Bientôt elle voit dans sa tête une quantité de mots en F qui se rassemblent en une sombre armée, des mots féroces : froid, fer, faim, folie, fantôme, faiblesse. Elle va tomber par terre, la pauvre Colombine, mais heureusement un essaim de mots en F également, des mots fraternels, vient à son secours, comme envoyés par Pierrot : fournil, fumée, force, fleur, feu, farine, flambée, festin, féerie...

Enfin elle arrive au village. C'est la pleine nuit. Tout dort sous la neige. Neige blanche ? Nuit noire ? Non. Parce qu'elle s'est rapprochée de Pierrot, Colombine a maintenant des yeux pour voir : bleue est la nuit, bleue est la neige, c'est évident. Mais il ne s'agit pas du bleu de Prusse criard et toxique dont Arlequin possède tout un pot. C'est le bleu lumineux et vivant des lacs, des glaciers et du ciel, un bleu qui sent bon et que Colombine respire à pleins poumons.

Voici la fontaine prisonnière du gel, la vieille église, et voici les deux petites maisons qui se font face, la blanchisserie de Colombine et la boulangerie de Pierrot. La blanchisserie est éteinte et comme morte, mais la boulangerie donne des signes de vie. La cheminée fume, et le soupirail du fournil jette sur la neige du trottoir une lueur tremblante et dorée. Certes Pierrot n'a pas menti quand il a écrit que son four n'était pas noir mais d'or !

Colombine s'arrête interdite devant le soupirail. Elle voudrait s'accroupir devant cette bouche de lumière qui souffle jusque sous sa robe de la chaleur et une enivrante odeur de pain. Pourtant elle n'ose pas. Mais tout à coup la porte s'ouvre, et Pierrot apparaît. Est-ce le hasard ? A-t-il pressenti la venue de son amie ? Ou simplement a-t-il aperçu ses pieds par le soupirail ? Il lui tend les bras, mais au moment où elle va s'y jeter, pris de peur, il s'efface et l'entraîne dans son fournil. Colombine a l'impression de descendre dans un bain de tendresse. Comme on est bien ! Les portes du four sont fermées, pourtant la flamme est si vive à l'intérieur qu'elle suinte par toutes sortes de trous et de fentes.

Pierrot, tapi dans un coin, boit de tout ses yeux ronds cette apparition fantastique : Colombine dans son fournil ! Colombine, hypnotisée par le feu, le regarde du coin de l'œil, et trouve que décidément il fait très oiseau de nuit, ce bon Pierrot enfoncé dans l'ombre avec les grands plis blancs de sa blouse et son visage lunaire. Il faudrait qu'il lui dise quelque chose, mais il ne peut pas, les mots lui restent dans la gorge.

Le temps passe. Pierrot baisse les yeux vers son pétrin où repose la grande miche de pâte blonde. Blonde et tendre comme Colombine... Depuis deux heures que la pâte dort dans le pétrin de bois, le levain a fait son œuvre vivante. Le four est chaud. Il va être temps d'enfourner la pâte. Pierrot regarde Colombine. Que fait Colombine ? Epuisée par la longue route qu'elle a parcourue, bercée par la douce chaleur du fournil, elle s'est endormie sur le coffre à farine dans une pose de délicieux abandon. Pierrot a les larmes aux yeux d'attendrissement devant son amie venue se réfugier auprès de lui pour fuir un amour mort et les rigueurs de l'hiver.

Arlequin avait fait le portrait peint de Colombine-Arlequine en costume bariolé sur le mur de la blanchisserie. Pierrot a une idée. Il va sculpter une Colombine-Pierrette à sa manière dans sa pâte à brioche. Il se met au travail. Ses yeux vont sans cesse de la jeune fille endormie à la miche couchée dans le pétrin. Ses mains aimeraient caresser l'endormie, bien sûr, mais fabriquer une Colombine de pâte, c'est presque aussi plaisant. Quand il pense avoir terminé son œuvre, il la compare avec son modèle vivant. Evidemment la Colombine de pâte est un peu blême. Vite, au four !

Le feu ronfle. Il y a maintenant deux Colombine dans le fournil de Pierrot. C'est alors que des coups timides frappés à la porte réveillent la Colombine vivante. Qui est là ? Pour toute réponse, une voix s'élève, une voix rendue faible et triste par la nuit et le froid. Mais Pierrot et Colombine reconnaissent la voix d'Arlequin, le chanteur sur tréteaux, bien qu'il n'ait plus — tant s'en faut ! — ses accents triomphants de l'été. Que chante-t-il, l'Arlequin transi ? Il chante une chanson devenue célèbre depuis, mais dont les paroles ne peuvent se comprendre que si l'on connaît l'histoire que nous venons de raconter :

> *Au clair de la lune,*
> *Mon ami Pierrot !*
> *Prête-moi ta plume*
> *Pour écrire un mot.*
> *Ma chandelle est morte,*
> *Je n'ai plus de feu.*
> *Ouvre-moi ta porte,*
> *Pour l'amour de Dieu !*

C'est que le pauvre Arlequin avait retrouvé au milieu de ses pots de peinture le message abandonné par Colombine grâce auquel Pierrot avait convaincu la jeune fille de revenir à lui. Ainsi ce beau parleur avait pu mesurer le pouvoir que possèdent parfois ceux qui écrivent, surtout quand ils possèdent de surcroît un four en hiver. Et naïvement il demandait à Pierrot de lui prêter sa plume et son feu. Croyait-il vraiment avoir des chances de reconquérir ainsi Colombine ?

Pierrot a pitié de son rival malheureux. Il lui ouvre sa porte. Un Arlequin piteux et décoloré se précipite vers le four dont les portes continuent de suinter chaleur, couleur et bonne odeur. Comme il fait bon chez Pierrot !

Le mitron est transfiguré par son triomphe. Il fait de grands gestes amplifiés par ses longues manches flottantes. D'un mouvement théâtral, il ouvre les deux portes du four. Un flot de lumière dorée, de chaleur féminine et de délicieuse odeur de pâtisserie baigne les trois amis. Et maintenant à l'aide d'une longue pelle de bois, Pierrot fait glisser quelque chose hors du four. Quelque chose ? Quelqu'un plutôt ! Une jeune fille de croûte dorée, fumante et croustillante qui ressemble à Colombine comme une sœur. Ce n'est plus la Colombine-Arlequine plate et bariolée de couleurs chimiques peinte sur la façade de la blanchisserie, c'est une Colombine-Pierrette, modelée en pleine brioche avec tous les reliefs de la vie, ses joues rondes, sa poitrine pigeonnante et ses belles petites fesses pommées.

Colombine a pris Colombine dans ses bras au risque de se brûler.

— Comme je suis belle, comme je sens bon ! dit-elle.

Pierrot et Arlequin observent fascinés cette scène extraordinaire. Colombine étend Colombine sur la table. Elle écarte des deux mains avec une douceur gourmande les seins briochés de Colombine. Elle plonge un nez avide, une langue frétillante dans l'or moelleux du décolleté. Elle dit, la bouche pleine :

— Comme je suis savoureuse ! Vous aussi, mes chéris, goûtez, mangez la bonne Colombine ! Mangez-moi !

Et ils goûtent, ils mangent la chaude Colombine de mie fondante.

Ils se regardent. Ils sont heureux. Ils voudraient rire, mais comment faire avec des joues gonflées de brioche ?

La légende du pain

Il était une fois, tout au bout de la France, là où finit la terre, là où commence l'Océan, c'est-à-dire exactement dans le Finistère, deux petits villages qui vivaient en état de perpétuelle rivalité. L'un s'appelait Plouhinec, l'autre Pouldreuzic. Leurs habitants ne manquaient pas une occasion de s'affronter. Les gens de Plouhinec, par exemple, jouaient du biniou comme nulle part ailleurs en pays breton. C'était une raison suffisante pour que ceux de Pouldreuzic ignorent ostensiblement cet instrument et jouent avec prédilection de la bombarde, une sorte de flageolet qui s'apparente aussi au hautbois et à la clarinette. Et il en allait de même dans tous les domaines, les uns cultivant l'artichaut, les autres la pomme de terre, ceux-ci gavant des oies quand ceux-là engraissaient des cochons, les femmes d'un village portant des coiffes simples comme des tuyaux de cheminée, celles de l'autre village ouvrageant les leurs

comme des petits édifices de dentelle. Il n'était
pas jusqu'au cidre dont Plouhinec s'abstenait,
parce que celui de Pouldreuzic était fameux. Vous
me direz : mais alors qu'est-ce qu'on buvait à
Plouhinec ? Eh bien on y buvait une boisson
originale faite non avec des pommes, mais avec
des poires, et appelée pour cela du poiré.

Bien entendu on ne mangeait pas le même pain
à Plouhinec et à Pouldreuzic. Plouhinec s'était
fait une spécialité d'un pain dur, tout en croûte,
dont les marins se munissaient quand ils par-
taient en croisière, parce qu'il se conservait
indéfiniment. A ce biscuit de Plouhinec, les
boulangers de Pouldreuzic opposaient un pain
tout en mie, doux et fondant à la bouche, qu'il
fallait manger, pour l'apprécier, chaud du four, et
qu'on appelait de la brioche.

Les choses se compliquèrent le jour où le fils du
boulanger de Pouldreuzic tomba amoureux de la
fille du boulanger de Plouhinec. Les familles
consternées s'acharnèrent à détourner les deux
jeunes gens d'une union contre nature, grosse de
difficultés de toutes sortes. Rien n'y fit : Gaël
voulait Guénaële, Guénaële voulait Gaël.

Par chance, Plouhinec et Pouldreuzic ne sont
pas immédiatement voisins. Si vous consultez la
carte du Finistère, vous verrez qu'il existe un
village situé à mi-chemin des deux : c'est Plozévet. Or Plozévet n'ayant pas de boulangerie en ce

temps-là, les parents de Gaël et de Guénaële décidèrent d'y établir leurs enfants. Ce serait également à Plozévet qu'on les marierait. Ainsi ni Pouldreuzic, ni Plouhinec ne se sentiraient humiliés. Quant au banquet de noces, on y mangerait des artichauts et des pommes de terre, des oies et du cochon, le tout arrosé également de cidre et de poiré.

La question du pain qui se trouverait sur la table n'était pas aussi facile à résoudre. Les parents pensèrent d'abord y distribuer à part égale biscuits et brioches. Mais les enfants objectèrent qu'il s'agissait d'un mariage, et d'un mariage de boulangers, et que, par conséquent, il fallait trouver le moyen de marier eux aussi biscuits et brioches. Bref la nouvelle boulangerie se devait de créer un pain nouveau, le pain de Plozévet, également apparenté au pain-croûte de Plouhinec et au pain-mie de Pouldreuzic. Mais comment faire ? Comment faire du pain ayant à la fois de la croûte et de la mie ?

Deux solutions paraissaient possibles. Gaël fit observer à Guénaële qu'on pouvait prendre modèle sur les crabes et les homards. Chez ces animaux, le dur est à l'extérieur, le mou à l'intérieur. Guénaële lui opposa l'exemple des lapins, des chats, des poissons et des enfants : là le mou — chair — est à l'extérieur, le dur — os ou arête — à l'intérieur. Elle se souvenait même de

deux mots savants qui désignent cette différence :
les homards sont des *crustacés*, les lapins des
vertébrés.

Il y avait donc le choix entre deux sortes de
pains durs-mous : le pain crustacé dont la croûte
forme comme une carapace qui enveloppe la mie.
Et le pain vertébré dont la croûte se trouve cachée
au plus épais de la mie.

Ils se mirent au travail, chacun suivant son
idée. Il apparut aussitôt que le pain crustacé se
cuit beaucoup plus facilement que le pain vertébré. En effet, une boule de pâte mise au four : sa
surface sèche, dore et durcit. A l'intérieur la pâte
reste blanche et molle. Mais comment faire du
pain vertébré ? Comment obtenir une croûte dure
à l'intérieur de la mie ?

Gaël triomphait avec son pain crustacé, mais
les échecs de sa fiancée lui faisaient de la peine.
Pourtant elle ne manquait pas de ressource, la
petite boulangère Guénaële ! Elle avait compris
que c'était la chaleur de la cuisson qui fait naître
la croûte. Donc le pain vertébré devait être cuit de
l'intérieur — et non de l'extérieur, comme c'est le
cas dans un four. Elle avait ainsi eu l'idée
d'enfoncer dans la pâte une tige de fer brûlante,
comme une sorte de tisonnier. Ah, il fallait la voir
manier son tisonnier comme une arme fumante !
Elle serrait les dents et faisait saillir son menton
en embrochant les miches avec son épée de feu.

Gaël qui l'observait en avait froid dans le dos, car il se demandait ce que sa fiancée pouvait bien avoir dans la tête et le cœur pour imaginer cet étrange combat et s'y jeter avec tant d'ardeur. Et puis serait-ce toujours des miches qu'elle transpercerait ainsi avec un fer rouge ?

Qu'importait d'ailleurs ? Elle n'arrivait à rien de bon, et seul le pain crustacé se trouva au point quand arriva la date du mariage, et c'est ce jour-là à Plozévet que fut goûté officiellement pour la première fois le pain que nous connaissons, composé d'une croûte dorée entourant la masse douce et moelleuse de la mie.

Est-ce à dire que le pain vertébré fut définitivement oublié ? Pas du tout. Il devait au contraire connaître dans les années qui suivirent une revanche éclatante, pleine de tendresse et de poésie. Gaël et Guénaële eurent un petit garçon qu'ils appelèrent Anicet avec l'espoir que ce prénom parfumé l'aiderait à se faire une place dans leur corporation. Ils ne furent pas déçus, car c'est lui qui — à l'âge de cinq ans — suggéra à sa mère l'idée qui devait imposer le pain vertébré. Il lui suffit pour cela de manger à quatre heures une brioche avec un morceau de chocolat. Sa mère qui l'observait tenant d'une main sa brioche, de l'autre son morceau de chocolat, se frappa le front et se précipita dans le fournil de la boulangerie. Elle venait de songer que l'os, la vertèbre, le dur du pain vertébré pouvait être constitué par une barre de chocolat.

Le soir même, la boulangerie de Plozévet mettait en vitrine les premiers petits pains au chocolat de l'histoire. Ils devaient bientôt conquérir le monde et faire la joie de tous les enfants.

La légende de la musique
et de la danse

Au commencement Dieu créa le ciel et la terre. Or les ténèbres couvraient la terre et le silence emplissait le ciel. Dieu créa donc les astres, les luminaires et les planètes.

Et la lumière fut.

Mais pas seulement la lumière, car les astres, les luminaires et les planètes en accomplissant dans le ciel leurs paraboles et leurs révolutions émettaient des sons. Et on ne cessait d'entendre une sorte de concert céleste, doux, profond et ravissant : la musique des sphères.

Ensuite Dieu créa l'homme. Et il le fit mâle et femelle, ce qui veut dire qu'il avait des seins de femme et un sexe de garçon à la fois. Et Dieu se retira derrière un nuage pour voir ce qu'Adam allait faire.

Qu'allait donc faire Adam ? Il dressa l'oreille et écouta ce chant flûté qui tombait du ciel. Puis il mit un pied devant l'autre, il étendit les bras en

croix, et il tourna lentement sur lui-même. Il
tourna, tourna, tourna, si bien que, pris de
vertige, il tomba sur le sol où il resta un moment
hébété. Enfin il se secoua, et mécontent appela
son père :

— Ohé, Dieu du ciel !

Dieu qui n'attendait que cet appel apparut
aussitôt :

— Mon fils, qu'y a-t-il ?

— Il y a, dit Adam, que je ne puis entendre
cette musique sans danser. Or les sphères sont
nombreuses et leur musique est celle d'un véritable ballet. Et moi, je suis seul. Quand mes pieds
avancent, ils ne savent vers quoi, quand mes bras
se tendent, ils ne savent vers qui.

— C'est vrai, dit Dieu, si l'homme doit danser,
il n'est pas bon qu'il demeure seul.

Alors il fit tomber Adam dans un profond
sommeil. Puis il sépara son corps en deux moitiés,
la moitié mâle et la moitié femelle, et de cet être
devenu double, il fit un homme et une femme.
Quand ces deux êtres ouvrirent les yeux, Dieu dit
à l'un :

— C'est ta cavalière.

Et il dit à l'autre :

— C'est ton cavalier.

Puis il se retira derrière son nuage pour voir ce
qu'ils allaient faire. Que firent donc Adam et Eve
en se découvrant si merveilleusement différents et

complémentaires? Ils tendirent l'oreille à la musique des sphères.

— N'est-ce pas un pas de deux que nous entendons? demanda Eve.

Et ils dansèrent le premier pas de deux.

— N'est-ce pas là un menuet? demanda plus tard Adam.

Et ils dansèrent le premier menuet.

— N'est-ce pas une valse? demanda ensuite Eve.

Et ils dansèrent la première valse. Enfin prêtant l'oreille, Adam demanda :

— N'est-ce pas cette fois un quadrille?

— Sans doute, lui répondit Eve, c'est un quadrille. Mais pour cette danse-là, il faut être au moins quatre. Arrêtons-nous donc un moment et songeons à Caïn et à Abel.

Et c'est ainsi, pour les besoins de la danse, que l'humanité se multiplia.

Or il y avait nombre d'arbres dans le Paradis, et chacun par ses fruits conférait une connaissance particulière. L'un révélait les mathématiques, l'autre la chimie, un troisième les langues orientales. Dieu dit à Adam et à Eve :

— Vous pouvez manger des fruits de tous les arbres et acquérir toutes les connaissances. Gardez-vous cependant de manger des fruits de l'arbre de la musique, car, connaissant les notes, vous cesseriez aussitôt d'entendre la grande symphonie des sphères célestes, et, croyez-moi, rien n'est plus triste que le silence éternel des espaces infinis [1] !

Adam et Eve étaient perplexes. Le Serpent leur dit :

— Mangez donc des fruits de l'arbre de la musique. Connaissant les notes, vous ferez votre propre musique, et elle égalera celle des sphères.

Ils finirent par céder à la tentation. Or à peine eurent-ils mordu dans un fruit de l'arbre de la musique que leurs oreilles se bouchèrent. Ils cessèrent d'entendre la musique des sphères, et un silence funèbre tomba sur eux.

Ainsi finit le Paradis terrestre. L'histoire de la musique commençait. Adam et Eve, puis leurs descendants entreprirent de tendre des peaux sur des calebasses et des boyaux sur des archets. Ils percèrent des trous dans des tiges de roseaux et tordirent des lingots de cuivre pour fabriquer des diapasons. Cela dura des millénaires, et il y eut Orphée, et il y eut Monteverdi, Bach, Mozart, Beethoven. Il y eut Ravel, Debussy, Benjamin Britten et Pierre Boulez.

Mais le ciel demeura désormais silencieux, et plus jamais on n'entendit la musique des sphères.

---

1. Ce qui prouve que Dieu avait lu Pascal.

La légende des parfums

Il faut d'abord rappeler que, selon les Ecritures, Dieu a façonné Adam avec le sable du désert, et, pour lui donner la vie, il lui a soufflé de l'air dans les narines. Il le vouait, ce faisant, à une existence dominée par des émotions olfactives. Il faut aussi convenir que l'entreprise était paradoxale. Placer un être essentiellement olfactif tout seul dans un désert de sable, n'est-ce pas faire son malheur ? Certes, de nombreux millénaires plus tard, il se trouvera une chanteuse populaire française pour prétendre que son légionnaire sentait bon le sable chaud. Mais toutes les expériences ont prouvé depuis qu'il s'agit là d'une pure licence poétique, car le sable — froid ou chaud —, c'est évident, ne sent rien du tout.

Or donc Dieu, planant un jour au-dessus des dunes de la terre déserte, surprit Adam en étrange posture. Il promenait son nez le long d'un de ses bras et s'efforçait vainement de prolonger son investigation en le plongeant dans le creux de son aisselle.

— Oh là, mon fils, dit Dieu, que fais-tu donc ?

— Je sens, lui répondit Adam, ou plutôt j'essaie de sentir, car je sens surtout que je ne sens rien...

Et il lui tourna le dos en haussant tristement les épaules.

Dieu réfléchit. Si Adam doit avoir une vie olfactive, pensa-t-il, il n'est pas bon qu'il reste seul. Mais ce n'est pas tout. Il lui faut aussi un environnement parfumé.

Il se mit donc au travail et créa le Paradis. Or le Paradis n'était qu'un jardin de fleurs que bordaient des bois de santal, de campêche et d'amarante. Et chacune de ces fleurs s'évaporait ainsi qu'un encensoir, comme l'a écrit le poète. La terre du Paradis ne ressemblait pas non plus au sable sec, stérile et inodore dont avait été formé Adam. C'était un terreau gras, lourd et riche, et c'est dans cette matière que Dieu façonna Eve.

Eve ouvrit les yeux, elle vit Adam, aspira profondément, et lui tendit les bras.

— Viens, bel ami ! lui dit-elle.

Adam s'approcha, perçut les effluves qui flottaient autour de son grand corps nu.

— Jolie Madame ! murmura-t-il charmé.

Ils se prirent par la main et s'avancèrent dans une atmosphère étrangement pure, vierge encore

de toute trace humaine, où se composaient seulement la fleur, le bois et le pelage animal.

— Respire, mon chéri, dit Eve. C'est la nature
avant l'homme qui nous accueille, les trois notes
de l'innocence végétale, forestière et animale.

— L'odeur du 5ᵉ jour de la création, précisa
Adam, puisque nous avons été créés le 6ᵉ jour.

Ainsi se déroulait la vie heureuse au Paradis,
scandée par des parfums qui marquaient seuls les
heures et les aventures de chaque jour. Aventure
lorsque Adam ramassa sur la plage une boule
noire et dorée qu'il offrit à Eve. Heure exquise
quand la nuit bleue tombait sur eux après le
coucher du soleil. Aventure encore le jour où Eve
découvrit lové dans l'herbe un admirable serpent
dont les écailles semblaient autant de pierres
précieuses. Elle tendait la main vers ce vivant
joyau quand la voix de Dieu retentit du haut du
ciel : « Poison ! » disait cette voix. Adam et Eve
reculèrent épouvantés. Mais le Serpent se dres-
sant sur sa queue leur envoya pour les séduire un
souffle chaud, vibrant, scintillant, énigmatique.
Ils s'enfuirent, mais ils savaient dès lors qu'ils
n'en avaient pas fini avec le Serpent.

Or il y avait nombre d'arbres dans le Paradis,
et chacun par ses fruits conférait une connaissance particulière. L'un révélait les mathématiques, l'autre la chimie, un troisième les langues
orientales. Dieu dit à Adam et à Eve :

— Vous pouvez manger des fruits de tous les arbres et acquérir toutes les connaissances. Gardez-vous cependant de manger du fruit de l'arbre des parfums, car, connaissant l'art de la parfumerie, vous cesseriez aussitôt de recevoir gratuitement les parfums de la nature. Elle ne vous enverrait plus que des odeurs, et, croyez-moi, rien n'est plus morne qu'une odeur !

Adam et Eve étaient perplexes. Le Serpent les enveloppa de son effluve empoisonné et enjôlant.

— Mangez du fruit de l'arbre de la connaissance des parfums, leur dit-il. Connaissant l'art et la chimie de la parfumerie, vous ferez vos propres parfums, et ils égaleront ceux du Paradis.

Ils finirent par céder à la tentation. Or à peine eurent-ils mordu dans le fruit de l'arbre de la connaissance des parfums que leurs narines se pincèrent d'horreur et de chagrin. Tous les parfums du Paradis s'étaient d'un seul coup dissipés, et ne leur parvenaient plus que des odeurs triviales. L'humus, le foin coupé, la feuille morte, le poil mouillé de l'épagneul, le bois qui brûle et la suie qui s'ensuit, ce sont certes pour nous, pauvres hères de l'après-paradis, des remugles d'enfance qui nous touchent le cœur. Pour Adam et Eve, c'était une seule et même puanteur, celle de leur nouvelle misère. Il y avait pire. S'approchant l'un de l'autre et voulant comme pardevant aspirer leurs âmes, ils ne perçurent ensemble qu'un seul fumet, celui de leur transpiration. Car gagner son pain à la sueur de son front ne va pas sans exhalaison besogneuse. C'est alors que d'une seule voix, ils prononcèrent le mot le plus difforme, le plus sinistre, le plus graveleux du sabir international : « Il nous faudrait, dirent-ils, un déodorant. »

Les promesses du Serpent n'étaient peut-être pas totalement fallacieuses, mais il fallut à l'homme des millénaires de tâtonnements et de recherches pour retrouver un à un les grands parfums du Paradis. Lorsque Dieu fait monter Moïse sur le Sinaï, ce n'est pas seulement pour lui donner les Tables de la Loi. Il lui dicte aussi la recette du premier parfum de l'histoire humaine (myrrhe vierge, cinname aromatique, canne odorante, casse, huile d'olive). On a glosé à perte de vue sur la révolution chrétienne. Son véritable sens se trouve dans les cadeaux offerts par les Rois mages à l'Enfant-dieu : l'or, l'encens et la myrrhe. Soit deux grands parfums et le métal de leur flacon — l'or — à une époque où le cristal n'existait pas. Devenu adulte, Jésus montrera qu'il n'a pas oublié cette leçon de sa prime enfance. Lorsque Marie-Madeleine verse sur sa tête un parfum hors de prix, les disciples s'indignent de tant de prodigalité. Jésus les rabroue vertement. Cet hommage ne lui est-il pas dû de plein droit ?

Mais il faut attendre encore, et singulière-
ment la France du XXe siècle, pour assister à
une véritable explosion d'inventions olfactives
par une pléiade de parfumeurs de génie.

Tout commença en 1912 lorsque Guerlain
lança HEURE BLEUE. Quiconque recevait cette
bouffée d'iris, d'héliotrope, de jasmin et de rose
de Bulgarie se trouvait transporté au premier
crépuscule du monde, lorsque les premières
étoiles scintillaient au-dessus du premier couple
humain enlacé. Et chacun pleurait dans son
cœur ce climat de grâce langoureuse. Ce fut
autre chose encore quand en 1921 Chanel créa
son NUMÉRO 5. C'était l'indication d'une date,
le 5 mai (cinquième mois de l'année). Mais
c'était aussi le 5e jour de la Création qu'il évoquait dans notre mémoire ancestrale, lorsqu'il y
avait sur terre forêt, mer et animaux, mais
d'homme point encore. Puis en 1927 Lanvin fit
rouler à nos pieds une boule noire et dorée,
celle-là même qu'Adam avait ramassée sur une
plage, et qui s'appelle ARPÈGE. Il fallut attendre de longues années encore avant que Bal-
main avec JOLIE MADAME et Hermès avec BEL
AMI retrouvent chacun de leur côté la salutation
que nos premiers parents échangèrent en se
découvrant merveilleusement différents et complémentaires au sortir de leur sommeil natal.
Quant à POISON, l'odeur puissante et séduc-

trice du Serpent, ce sera Christian Dior qui la
recomposera.

Ainsi chaque grand parfum est une porte qui
s'ouvre sur notre passé paradisiaque. Marcel
Proust a rendu célèbre le goût de la madeleine qui
lui restituait son enfance. Parce qu'il a des ailes de
géant, le parfum nous rend le jardin magique où
le premier couple s'aimait innocemment sous
l'œil tutélaire du Grand Parfumeur Divin.

La légende de la peinture

Pierre et moi, nous sommes nés la même année, dans le même village. Nous avons appris à lire et à écrire dans la même école. Mais c'est là que nos destins ont commencé à diverger. Alors que Pierre excellait en mathématiques, se passionnait pour la chimie et remportait tous les prix en physique, pour moi seules comptaient la littérature, la poésie et plus tard la philosophie. Dès l'âge de vingt ans, Pierre s'expatriait. Moi je restais au village dans la maison séculaire de mes ancêtres. Je ne voyais plus mon ami d'enfance, mais j'en avais des nouvelles par ses parents, demeurés mes voisins. Il était aux U.S.A. Il avait fait des études d'électricité, d'électronique et d'informatique. Il avait, disait-on, un poste important dans une firme d'ordinateurs.

Je le sentais s'éloigner de moi à mesure qu'il progressait selon sa vocation. J'écrivais des récits et des légendes qui s'abreuvaient aux sources de la tradition populaire. Il me semblait que seule la proximité des bois et des labours de mon enfance pourrait nourrir mon inspiration de conteur. Plus mon art s'enrichissait, plus je m'enracinais dans ma terre natale.

Un jour, brusquement, Pierre reparut. Il sonna à ma porte et se jeta dans mes bras. Il avait à peine changé. Malgré la distance, il avait suivi mes travaux. Pas un de mes livres qu'il n'eût lu et relu. Et il m'apportait une proposition fantastique. Sa firme venait de mettre au point un système de codage international. N'importe quel programme pouvait être enregistré sous un volume infime, et devenait accessible à une multitude de décodages en langues diverses. Il me proposait de devenir le premier écrivain au monde qui profiterait de ce système. Si j'en étais d'accord, toute mon œuvre serait mise sur ordinateur, et déchiffrée ensuite dans les cent trente pays actuellement pourvus d'un terminal approprié. Mes livres connaîtraient ainsi une prodigieuse diffusion, comparable à celle de la Bible et du Coran. Le projet de Pierre m'enthousiasma.

— Je suis un homme de communication, me dit-il. Tu es un homme de création. La communication ne se justifie que par le message qu'elle véhicule. Sans toi, je ne serais rien.

— Ne sois pas trop modeste, lui dis-je à mon tour. La création ne peut se passer de rayonnement. Je n'aspire ni à la gloire, ni à la fortune. Mais j'ai besoin d'être lu. Qu'est-ce qu'un musicien qui n'est pas joué, un auteur dramatique sans théâtre ? La communication ajoute à la création une vie innombrable et imprévisible sans laquelle elle n'est qu'un objet inerte.

Et comme je ne m'exprime bien qu'en conteur, je lui contai une parabole du sage derviche Algazel, plus justement appelé Rhazali ou Ghazali, un peu arrangée à ma manière, comme il est loisible de le faire dans la tradition orale.

Il était une fois un calife de Bagdad qui voulait faire décorer les deux murs de la salle d'honneur de son palais. Il fit venir deux artistes, l'un d'Orient, l'autre d'Occident. Le premier était un célèbre peintre chinois qui n'avait jamais quitté sa province. Le second, grec, avait visité toutes les nations, et parlait apparemment toutes les langues. Ce n'était pas qu'un peintre. Il était également versé dans l'astronomie, la physique, la chimie, l'architecture. Le calife leur expliqua son propos et confia à chacun l'un des murs de la salle d'honneur.

— Quand vous aurez terminé, dit-il, la cour se réunira en grande pompe. Elle examinera et comparera vos œuvres, et celle qui sera jugée la plus belle vaudra à son auteur une immense récompense.

Puis, se tournant vers le Grec, il lui demanda

combien de temps il lui faudrait pour achever sa fresque. Et mystérieusement le Grec répondit : « Quand mon confrère chinois aura terminé, j'aurai terminé. » Alors le calife interrogea le Chinois, lequel demanda un délai de trois mois.

— Bien, dit le calife. Je vais faire diviser la pièce en deux par un rideau afin que vous ne vous gêniez pas, et nous nous reverrons dans trois mois.

Les trois mois passèrent, et le calife convoqua les deux peintres. Se tournant vers le Grec, il lui demanda : « As-tu terminé ? » Et mystérieusement le Grec lui répondit : « Si mon confrère chinois a terminé, j'ai terminé. » Alors le calife interrogea à son tour le Chinois qui répondit « J'ai terminé. »

La cour se réunit le surlendemain et se dirigea en grand arroi vers la salle d'honneur afin de juger et comparer les deux œuvres. C'était un cortège magnifique où l'on ne voyait que robes brodées, panaches de plumes, bijoux d'or, armes ciselées. Tout le monde se rassembla d'abord du côté du mur peint par le Chinois. Ce ne fut alors qu'un cri d'admiration. La fresque figurait en effet un jardin de rêve planté d'arbres en fleurs avec des petits lacs en forme de haricot qu'enjambaient de gracieuses passerelles. Une vision paradisiaque dont on ne se lassait pas de s'emplir les yeux. Si grand était l'enchantement que d'aucuns voulaient qu'on déclarât le Chinois vainqueur du concours, sans même jeter un coup d'œil à l'œuvre du Grec.

Mais bientôt le calife fit tirer le rideau qui séparait la pièce en deux, et la foule se retourna. La foule se retourna et laissa échapper une exclamation de stupeur émerveillée.

Qu'avait donc fait le Grec? Il n'avait rien peint du tout. Il s'était contenté d'établir un vaste miroir qui partait du sol et montait jusqu'au plafond. Et bien entendu ce miroir reflétait le jardin du Chinois dans ses moindres détails. Mais alors, direz-vous, en quoi cette image était-elle plus belle et plus émouvante que son modèle? C'est que le jardin du Chinois était désert et vide d'habitants, alors que, dans le jardin du Grec, on voyait une foule magnifique avec des robes brodées, des panaches de plumes, des bijoux d'or et des armes ciselées. Et tous ces gens bougeaient, gesticulaient et se reconnaissaient avec ravissement.

A l'unanimité, le Grec fut déclaré vainqueur du concours.

Les deux banquets
ou La commémoration

Il était une fois un calife d'Ispahan qui avait perdu son cuisinier. Il ordonna donc à son intendant de se mettre en quête d'un nouveau chef digne de remplir les fonctions de chef des cuisines du palais.

Les jours passèrent. Le calife s'impatienta et convoqua son intendant.

— Alors? As-tu trouvé l'homme qu'il nous faut?

— Seigneur, je suis assez embarrassé, répondit l'intendant. Car je n'ai pas trouvé un cuisinier, mais deux tout à fait dignes de remplir ces hautes fonctions, et je ne sais comment les départager.

— Qu'à cela ne tienne, dit le calife, je m'en charge. Dimanche prochain, l'un de ces deux hommes désigné par le sort nous fera festoyer, la cour et moi-même. Le dimanche suivant, ce sera au tour de l'autre. A la fin de ce second repas, je

désignerai moi-même le vainqueur de cette plai-
sante compétition.

Ainsi fut fait. Le premier dimanche, le cuisinier désigné par le sort se chargea du déjeuner
de la cour. Tout le monde attendait avec la plus
gourmande curiosité ce qui allait être servi. Or la
finesse, l'originalité, la richesse et la succulence
des plats qui se succédèrent sur la table dépassè-
rent toute attente. L'enthousiasme des convives
était tel qu'ils pressaient le calife de nommer
sans plus attendre chef des cuisines du palais
l'auteur de ce festin incomparable. Quel besoin
avait-on d'une autre expérience ? Mais le calife
demeura inébranlable. « Attendons dimanche,
dit-il, et laissons sa chance à l'autre concurrent. »

Une semaine passa, et toute la cour se
retrouva autour de la même table pour goûter le
chef-d'œuvre du second cuisinier. L'impatience
était vive, mais le souvenir délectacle du festin
précédent créait une prévention contre lui.

Grande fut la surprise générale quand le premier plat arriva sur la table : c'était le même que
le premier plat du premier banquet. Aussi fin,
original, riche et succulent, mais identique. Il y
eut des rires et des murmures quand le deuxième
plat s'avéra à son tour reproduire fidèlement le
deuxième plat du premier banquet. Mais ensuite
un silence consterné pesa sur les convives, lors-

qu'il apparut que tous les plats suivants étaient
eux aussi les mêmes que ceux du dimanche
précédent. Il fallait se rendre à l'évidence : le
second cuisinier imitait point par point son
concurrent. Or chacun savait que le calife était
un tyran ombrageux, et ne tolérait pas que
quiconque se moquât de lui, un cuisinier moins
qu'aucun autre, et la cour tout entière attendait épouvantée, en jetant vers lui des regards
furtifs, la colère dont il allait foudroyer d'un
instant à l'autre le fauteur de cette misérable
farce. Mais le calife mangeait imperturbable-
ment et n'échangeait avec ses voisins que les
rares et futiles propos qui sont de convenance en
pareille circonstance. A croire qu'il n'avait pas
remarqué l'incroyable mystification dont il était
victime.

Enfin on servit les desserts et les entremets,
eux aussi parfaitement semblables aux desserts
et aux entremets du premier banquet. Puis les
serveurs s'empressèrent de débarrasser la table.

Alors le calife ordonna qu'on fît venir les deux
cuisiniers, et quand les deux hommes se trouvè-
rent en face de lui, il s'adressa en ces termes à
toute la cour :

— Ainsi donc, mes amis, vous avez pu apprécier en ces deux banquets l'art et l'invention des
deux cuisiniers ici présents. Il nous appartient
maintenant de les départager et de décider lequel

des deux doit être investi des hautes fonctions de
chef des cuisines du palais. Or je pense que vous
serez tous d'accord avec moi pour reconnaître et
proclamer l'immense supériorité du *second* cuisinier sur le premier. Car si le repas que nous avons
pu goûter dimanche dernier était tout aussi fin,
original, riche et succulent que celui qui nous a
été servi aujourd'hui, ce n'était en somme qu'un
repas princier. Mais le second, parce qu'il était
l'exacte répétition du premier, se haussait, lui, à
une dimension supérieure. Le premier banquet
était un événement, mais le second était une
commémoration, et si le premier était mémorable,
c'est le second seul qui lui a conféré rétroactive-
ment cette mémorabilité. Ainsi les hauts faits de
l'histoire ne se dégagent de la gangue impure et
douteuse où ils sont nés que par le souvenir qui les
perpétue dans les générations ultérieures. Donc si
j'apprécie chez mes amis et en voyage qu'on me
serve des repas princiers, ici au palais, je ne veux
que des repas sacrés. Sacrés, oui, car le sacré
n'existe que par la répétition, et il gagne en
éminence à chaque répétition.

Cuisiniers un et deux, je vous engage l'un et
l'autre. Toi, cuisinier un, tu m'accompagneras
dans mes chasses et dans mes guerres. Tu ouvri-
ras ma table aux produits nouveaux, aux plats
exotiques, aux inventions les plus surprenantes de
la gastronomie. Mais toi, cuisinier deux, tu veille-

ras ici même à l'ordonnance immuable de mon ordinaire. Tu seras le grand prêtre de mes cuisines et le conservateur des rites culinaires et manducatoires qui confèrent au repas sa dimension spirituelle.

ŒUVRES DE MICHEL TOURNIER

Aux Éditions Gallimard

VENDREDI, OU LES LIMBES DU PACIFIQUE (roman). Folio 959.

LE ROI DES AULNES (roman). Folio 656.

LES MÉTÉORES (roman). Folio 905.

LE VENT PARACLET (essai). Folio 1138.

LE COQ DE BRUYÈRE (contes et récits). Folio 1229.

GASPARD, MELCHIOR & BALTHAZAR (récits). Folio 1415.

VUES DE DOS. Photographies d'Édouard Boubat.

GILLES & JEANNE (récit). Folio 1707.

LE VAGABOND IMMOBILE. Dessins de Jean-Max Toubeau.

LA GOUTTE D'OR (roman). Folio 1908.

PETITES PROSES. Folio 1768.

Pour les jeunes

VENDREDI OU LA VIE SAUVAGE. Folio Junior 30.

PIERROT OU LES SECRETS DE LA NUIT. Album illustré par Danièle Bour. Enfantimages.

BARBEDOR. Album illustré par Georges Lemoine. Enfantimages. Folio Cadet 74.

L'AIRE DU MUGUET. Folio Junior 240.

SEPT CONTES. Folio Junior 264.

LES ROIS MAGES. Folio Junior 280.

QUE MA JOIE DEMEURE. Conte de Noël dessiné par Jean Clavenne. Enfantimages.

Aux Éditions Belfond

LE TABOR ET LE SINAÏ. Essais sur l'art contemporain.

Aux Éditions Complexe

RÊVES. Photographies d'Arthur Tress.

Aux Éditions Denoël

MIROIRS. Photographies d'Édouard Boubat.

Aux Éditions Herscher

MORTS ET RÉSURRECTIONS DE DIETER APPELT.

Aux Éditions Le Chêne-Hachette

DES CLEFS ET DES SERRURES. Images et proses.

Au Mercure de France

LE VOL DU VAMPIRE. Notes de lecture. Idées 485.

COLLECTION FOLIO

Dernières parutions

*Impression B.C.I. à Saint-Amand (Cher),
le 4 août 1995.
Dépôt légal : août 1995.
1er dépôt légal dans la collection : août 1991.
Numéro d'imprimeur : 1/1841.*
ISBN 2-07-038406-3./Imprimé en France.

73979